# SCHULE UND ROCK

Arizona Raptors
Buch 5

RJ SCOTT

V.L. LOCEY

Übersetzung

XENIA MELZER

Love Lane Books

# Schule und Rock

Schule und Rock (Arizona Raptors #5)

Copyright 2020 RJ Scott, Copyright 2020 V.L. Locey

Cover: Meredith Russell

Lektorat englische Ausgabe: Sue Laybourn

Übersetzung: Xenia Melzer

Proofing: Eva Melzer

Veröffentlicht von Love Lane Books Limited

ISBN: 9781785647802

## Alle Rechte vorbehalten

## Schule und Rock

**Mein Leben war simpel – Partys, Musik und Hockey.**

**Dann taucht ein Baby an meiner Türschwelle auf.**

Plötzlich bin ich ein alleinerziehender Vater und weit außerhalb meiner Komfortzone. Die einzige Lösung ist, Hilfe anzuheuern und so landet Joseph Reyes in meinem Leben.

Joseph ist ruhig, brillant und absolut unbeeindruckt von meiner chaotischen Welt, aber er wird schnell die eine Person, die alles zusammenhält. Was zunächst nur vorübergehend sein sollte, fängt an, sich gefährlich dauerhaft anzufühlen.

Denn irgendwo zwischen spät in der Nacht Fläschchen geben und stillen Momenten, die alles verändern, verschwindet die Linie zwischen Helfer und jemandem, der mehr ist.

Und plötzlich ist wegzugehen keine Option mehr.

***Schule und Rock*** ist eine Hockey-Romanze mit

viel Drama, Gegensätzen, die sich anziehen, einem Überraschungs-Baby, einem Rockstar-Goalie, der gezwungen wird, alleinerziehender Vater zu werden, einem pragmatischen Manny, der sich weigert, sich in ihn zu verlieben, dem Chaos einer gefundenen Familie und einer Liebe, die keiner von beiden geplant hat.

## Widmung

Für meine Familie, die mich und all meine Marotten und Eigenheiten akzeptiert. Sogar die Plastikbanane in meinem Holster.

*VL Locey*

---

Immer für meine Familie.

*RJ Scott*

# Glossar

Da viele LeserInnen wohl keine eingefleischten Hockey-Fans sind, habe ich hier eine kleine Sammlung der Hockey-Begriffe, die in diesem Buch vorkommen. Eventuelle Fehler oder Ungenauigkeiten bitte ich zu entschuldigen.

**Back-to-Back**: Zwei Spiele hintereinander.

**Bag Skate**: Besonders intensives Konditionstraining auf dem Eis; oft eine Strafe für Fehlverhalten.

**Breakaway**: Eine Situation, in der ein Spieler keine Gegner mit Ausnahme das Goalies zwischen sich und dem gegnerischen Tor hat.

**Celly**: Feier eines Tors, bei jedem Spieler individuell.

**Cheap Shot**: Schüsse, die das Ziel haben, den Gegner zu verletzen.

**Combines**: Spiele vor dem Draft, in dem die Nachwuchsspieler ihr Können zeigen.

**Conference Championships**: Dritte Runde der

Stanley Cup Finalspiele. Es gibt die Eastern und die Western Conference Championship und der jeweilige Gewinner tritt im Finale an.

**Corsi-Statistik**: Eine relativ komplizierte Statistik, die beim Eishockey genutzt wird, um Schussversuche auf das gegnerische Tor bei einem ausgeglichenen Spiel (gleich viele Spieler in jeder Mannschaft auf dem Eis) abzubilden und so die Schlagkraft eines Teams einzuschätzen.

**Cross Net Shot**: Spezielle Art Schuss im Versuch, ein Tor zu erzielen. Anstatt direkt auf den Goalie zu zielen, schießt der Spieler den Puck quer zum Netz von einer Seite zur anderen.

**Defending the House**: Wörtlich übersetzt ‚Das Haus verteidigen'. Haus bezieht sich auf das Netz, wodurch der Rest selbsterklärend wird 😊

**Deke**: Täuschungsmanöver

**Drop Pass**: Ein Spielzug, bei dem man den Puck rückwärts zu einem Spieler hinter sich schießt, damit dieser Geschwindigkeit aufbauen und so besser vor das gegnerische Tor kommen kann.

**Expansion Draft**: Wird von der Liga durchgeführt, wenn ein neues Team im Zuge einer *Expansion* Mitglied wird. Spieler aus anderen Teams werden dafür rekrutiert.

**Expansions-Team**: Teams, die während mehrerer *Expansions* (Erweiterungen) der NHL beigetreten sind.

**Face-off**: Eine Art Einwurf des Pucks nach einem Foul oder einer Spielunterbrechung. Findet zwischen zwei Spielern statt. Ist auch der Anstoß zu Beginn des Spiels in der Mitte der Eisfläche.

**Farm Team**: Zweites Team eines Vereins, das in einer niedrigeren Liga spielt und aus dem Spieler für die NHL rekrutiert werden.

**Five-Hole**: Bereich zwischen den Beinen des Goalies.

**Flex**: Die Flexzahl steht für den Kraftaufwand in Pfund, der nötig ist, um die Schlägermitte um ca. 2.5 cm (1 Inch) zu biegen.

**Forecheck**: Defensivspiel in der Offensivzone (also vor dem gegnerischen Tor), mit dem Ziel, Druck auf die gegnerische Mannschaft auszuüben.

**Frozen Four**: Hier handelt es sich um die Halbfinals und das Finale der College-Eishockeymeisterschaften.

**Goalie**: Torhüter

**Hat Trick**: Hattrick; wenn ein Spieler in einem Spiel drei Tore hintereinander schießt.

**Healthy Scratch**: So wird ein Spieler bezeichnet, der auf der Bank bleiben muss, obwohl er gesund und spielfähig ist. In der Regel eine Bestrafung für Fehlverhalten.

**High Slot Robbery**: Die High Slots sind die Bereiche auf dem Eis, die sich direkt vor dem Netz befinden. Wenn ein Goalie einem gegnerischen Spieler dort den Puck abjagt, ist das ein High Slot Robbery.

**High Sticking**: Ein Foul, bei dem der Schläger eines Spielers über die Kopfhöhe des Gegners gehoben wird und Kontakt mit dem gegnerischen Spieler hat.

**Icing**: Unerlaubter Befreiungsschuss.

**Instigation**: Anzetteln einer Schlägerei auf dem Eis. Wird mit Penaltys bestraft.

**Junior-Liga/Minor/AHL**: So viel wie die 2. und 3. Liga im Fußball.

**Lines/Block**: Angriffsteams, zu denen ein *Center* und zwei *Flügelspieler/Stürmer* gehören. Sie bilden eine Einheit, die während eines Spiels untereinander ausgetauscht werden, da das Spiel sehr anstrengend ist. In der Regel ist ein Block eine Minute auf dem Eis.

**Neutrale Zone**: Bereich zwischen den beiden Linien, die die Mitte des Eises markieren.

**Odd Man Rush**: Wenn sich beim Eintritt in die Angriffszone mehr Spieler des angreifenden Teams dort befinden als des verteidigenden Teams. Je höher die Angreifer in der Überzahl sind, umso höher die Torchancen.

**Original Six**: Bezieht sich auf die ersten sechs Teams, die in der NHL gespielt haben.

**Penalty**: Strafe für Fehlverhalten. Die Dauer hängt von der Schwere des Fouls ab.

**Penalty Kill**: Wenn mehr Spieler des Gegners sich auf dem Eis befinden.

**Penalty-Schießen**: Vergleichbar dem Elfmeterschießen im Fußball. Findet statt, wenn es nach einer Verlängerung immer noch unentschieden zwischen zwei Mannschaften steht.

**PIM**: Penalty Infraction Minutes. Zeit, die ein Spieler in der Penalty Box verbringt, weil er auf dem Eis die Regeln missachtet hat.

**Poke Check**: Gängigste Methode, um den Puck einem anderen Spieler wegzunehmen; kann von jedem Spieler in jeder Zone angewendet werden. Es handelt sich um eine Art Stochern mit dem Schläger.

**Powerplay**: Wenn eine Mannschaft aufgrund von Penaltys mehr Spieler auf dem Eis hat als die andere.

**Roughing**: Zu hartes Vorgehen während des Spiels. Führt zu Penaltys (Strafen).

**Saucer**: Spezieller Schuss, bei dem sich der Puck wie eine fliegende Untertasse (flying saucer) bewegt.

**Shutout**: Spiel, bei dem ein Goalie ohne Gegentor bleibt. Sehr wichtig, weil dies auch in den Statistiken auftaucht.

**Slap Shot**: Scharfer, direkter Schuss auf das Tor.

**Slashing**: Foul bei dem der Gegner mit dem Schläger empfindlich getroffen wird.

**Tape-to-Tape**: Pass von Schläger zu Schläger.

**Toe-drag**: Trick, bei dem der Puck mit dem offenen Ende des Schlägers verdeckt und so vom Gegner ferngehalten wird.

**Tryout**: Probezeit eines Spielers, in der Regel vor der Saison im Trainingscamp und bei den vorsaisonalen Spielen.

**Turnover**: Puckverlust.

**Two Way Stürmer**: Ein Spieler, der sowohl als Verteidiger als auch als Stürmer agieren kann.

**Wraparound**: Wenn der Puck hinter dem gegnerischen Netz ist und die Spieler versuchen, um das Netz herum (Wraparound) zu kommen und ein Tor zu erzielen.

**Zebra**: Bezeichnung für die Schiedsrichter

# EINS

## Colorado

---

Es gab ein paar Möglichkeiten, so aufzuwachen, dass sichergestellt war, dass ein Tag gut wurde.

Sich nicht umdrehen zu können wegen der heißen, nackten Körper, die ein Bett teilten, war einer meiner absoluten Favoriten. Wo wir gerade dabei waren …

Ich berührte ein dickes Bein, ein Oberschenkel, ziemlich haarig. Als ich meine linke Hand nach außen wandern ließ, kamen die Rückseiten meiner Finger auf einer ziemlich großen Brust zu ruhen. Ich atmete die Gerüche von warmer Haut und Sex ein und rieb mit meiner stoppeligen Wange über den festen Bauch, auf dem mein Kopf ruhte. Ein kleines Schnurren blubberte in mir hoch, als meine Nase gegen einen weichen Schwanz stupste. Ich zog ein Bein zurück, fand einen harten, muskulösen Körper mit einer fleischigen Wade. Ich lächelte, während meine Augen geschlossen blieben, um die Sonne Arizonas auszublenden. Drei zu Eins. Ja, das klang richtig. Obwohl ich pan war, neigte ich dazu, Typen zu bevorzugen. Das machte meine Orientierung aber nicht weniger valide. Mein Bett und Herz standen allen offen.

Ich nahm mir einen Moment, um mich zu erden und auf die leisen Laute so vieler schlafender Liebhaber zu lauschen, ließ dabei meine Gedanken zu der Party letzte Nacht wandern. Es war ein absoluter Trip gewesen. Mein Haus war vollgestopft mit Fans, Groupies, meinen Musikerkollegen und sogar ein paar Raptors gewesen. Den Mutigeren. Viele aus dem Team scheuten sich vor den Rock-Partys.

Was ich respektierte. Ich nahm keine Drogen und trank nicht. Niemals. Ich hatte wenig Regeln in meinem Leben, aber Drogen und Alk waren absolut tabu. Wenn andere etwas rauchen, eine Line ziehen oder in eine Flasche Jack tauchen wollten, war das ihre Entscheidung. Leben und leben lassen. Mir ging es um Lust, Songs zu schreiben und Hockey zu spielen. Oh ja, und hin und wieder eine Party wie letzte Nacht …

Die Chaotic Furballs hatten einen Plattenvertrag mit Black Crack Records unterzeichnet, nachdem deren Vertreter, Dilly Andrews, uns verdammt hart umworben hatte. Und wir hatten uns mehr als gefreut, auf der gestrichelten Linie zu unterzeichnen. Black Crack war eine der größten und heißesten Plattenfirmen in der Metal-Szene. Sie waren in den letzten beiden Jahren aus dem Nichts aufgestiegen, indem sie neue Hard-Rock-Bands unter Vertrag nahmen, die die anderen Plattenfirmen aus Angst nicht nehmen wollten. Während die meisten von ihnen K-Pop-Bands und jedem, der wie Taylor Swift klang, schöne Augen machten, ging es Black Crack um Metal. Sie waren meine Leute. Die Band würde einen massiven Zufluss von Geld und Ansehen erfahren, etwas, wofür wir uns die Ärsche aufgerissen hatten. Jetzt da wir unterschrieben hatten, würden wir produzieren müssen. Aber all das musste warten, bis Hockey vorbei war, nachdem wir gerade einen Wildcard-Slot in den Playoffs bekommen hatten. Es war schwierig, zwei große Lieben im Gleichgewicht zu halten. Ich könnte nicht sagen, was ich mehr liebte, Hockey oder Rock. Beide waren für meine Seele fundamental. Beide waren die wichtigsten Dinge in meinem Leben. Ich würde weder meiner Band noch meinem Team den Rücken kehren. Ein echter Mann entzog sich seiner Verantwortung nicht.

Wer auch immer mein Kissen spielte, war hungrig. Sein Bauch rumpelte unter meinem Ohr. Ich küsste seinen Nabel, öffnete meine Augen und kicherte, als ich sah, dass es Dilly war, dessen Magen so viel Lärm machte. Stimmt, der Platten-Vertreter hatte uns heftig umworben und ich hatte ihn doppelt so heftig gefickt. *Und* den Typen mit den rosa Haaren *und* die Blondine mit den schönen Titten *und* den großen Roadie, der in den letzten Monaten Drums für uns herumgeschleppt hatte. Liebe war dazu bestimmt, geteilt zu werden. Ich hätte mir das auf die Pobacken tätowieren lassen sollen.

„Rock and Roll", murmelte ich, wand mich aus den Armen und Beinen, verknoteten Decken und dem Plüschemu, die alle um den dürren Typen mit den rosa Haaren und die einzige Frau in meinem Bett gewickelt waren. Ich schmollte, als ich meinen Plüsch-Kricker sah – ich vermisste den verdammten Emu, dämliche

Wildtier-Gesetze — und taumelte nackt in meinem Schlafzimmer herum. Ein warmer Wind blies durch die offenen Schiebetüren, trug den schweren Duft von Wüstenlavendel mit sich. Schön.

Ich fand meine Jeans, ein Retro-Modell mit riesigem Schlag, und zog sie über meinen blanken Hintern. Dann entdeckte ich den durchsichtigen Kimono mit Zebra-Print, den die üppige Blondine, die unter dem Roadie schlief, gestern Nacht getragen hatte. Ich zog ihn an und tappte dann barfuß aus meinem Zimmer. Der glatte Kimono rieb über meinen Nacken und ich zuckte zusammen. Ich hielt vor einem Spiegel an der Wand, neigte meinen Kopf nach rechts. Das frische Tattoo, das ich letzte Nacht hatte stechen lassen, war empfindlich. Die Röte hatte nachgelassen und die Musiknoten waren verdammt intensiv. Mein Blick fiel auf das Tattoo von Kricker mit einem Bowler auf meinem Brustmuskel.

„Immer in meinem Herzen, Bro", murmelte ich, klopfte dann auf meinen Brustkorb.

Während ich durch mein luftiges Wüstenheim schlenderte, blieb ich hin und wieder stehen, um nach meinen Gästen zu sehen, vor allem meinen Bandkollegen, die alle um eine Frau oder zwei gekuschelt waren, ihre wohlverdiente Feier ausschliefen. Ich war der einzige Furball, der Schwänze mochte, oder zumindest der Einzige, der es offen zugab. Gähnend und meinen Bauch kratzend, legte ich einen Stopp im Bad ein und trat über einen Kerl in einem Kilt, der mit einer roten Bong in der einen Hand und einem grünen Dildo in der anderen schlief.

„Sieht so aus, als hättest du eine gute Nacht gehabt",

sagte ich, erleichterte mich dann, spülte und wusch meine Hände. Ich schaute genauer in den Spiegel, lächelte angesichts des Mannes, den ich sah und tappte dann nach unten, achtete darauf, nicht auf leere Alkoholflaschen, ein paar Fässchen und dazugehörige Leute, die ich kannte und nicht kannte, zu treten. Nicht zu vergessen, dass ein Drumset im Wohnzimmer stand, das jemand mit Wasser gefüllt und die vier fetten Kois aus dem Betonteich im Garten hineingesetzt hatte. Ich kicherte über diese *The Beverly Hillbillys*-Referenz und kam in die Küche, blinzelte angesichts der Helligkeit und schaute mich nach dem elektrischen Wasserkocher um, während ich mich fragte, wo mein Handy gelandet war. Ich fand den Wasserkocher im Kühlschrank, gefüllt mit Garnelen. Mein Telefon steckte zwischen dem riesigen Herd, den ich nie benutzte und der Arbeitsplatte.

„Leute", seufzte ich, wusch dann den Wasserkocher aus und schaltete ihn an.

Ich begann meine Tage immer mit zwei Tassen Ginseng-Tee, der mit Honig gesüßt war. Das war eines der ein Dutzend Dinge, die meine Großmutter Alchemy jeden Morgen gemacht hatte, die ich in meine Routinen eingebaut hatte. Die meisten der Angewohnheiten meiner Großmutter waren ziemlich rechtschaffen und zielten darauf ab, die Bestie in meinem Brustkorb zu zähmen. Ich vermisste ihre Gesellschaft, aber sie lebte jetzt in Vermont, führte eine Wohngemeinschaft für Hippie-Senioren. Sobald Hockey vorbei war und die Band ein paar Songs aufgenommen hatte, würde ich nach Vermont reisen – dem Land von Ben & Jerry's.

Während der Wasserkocher heiß wurde, steckte ich mein Handy in die Ladestation und flüsterte: „Alexa, spiel ‚Dude (Looks Like a Lady) von Aerosmith' auf dem gesamten Haussystem. Konzertlaustärke."

Ich warf meinen Kopf zurück, drehte mich im Kreis und fing an, zusammen mit meinem Idol Steven Tyler zu singen. Meine Stimme war seiner ähnlich und meine Bühnen-Screams kamen seinen nahe. Nicht, dass irgendjemand die Majestät seiner Stimme replizieren konnte, natürlich nicht. Ich schüttelte meinen Hintern zu Joe Perrys Gitarren-Solo − wenn ich einen Dollar für jedes Mal bekommen würde, bei dem ich meine Stange zu der Fantasie poliert habe, zwischen Tyler und Perry eingeklemmt zu sein, würde mir der gottverdammte Grand Canyon gehören − und sang mit, während ich eine Tasse mit heißem Wasser füllte, meinen Teebeutel hineintauchte und etwas Kleehonig hineinrührte, den Alchemy mir letzte Woche geschickt hatte.

Ich schaffte einen Schluck, bevor ich dachte, dass ich die Türglocke gehört hätte. Schwer zu sagen, weil Aerosmith so laut rockten, dass die Fenster brummten, aber es klang wie die Glocke. Ich sprang über zwei halbnackte asiatische Typen, die auf dem italienischen Marmor im Foyer geschlafen hatten, umeinandergeschlungen wie zwei Katzen. Dios „Holy Diver" kam als Nächstes. Ich ging auf die Knie, mein seidiger Kimono flatterte auf wie Flügel, und bot der geliebten toten Legende ein Rock-Gebet dar.

Die Typen hinter mir kicherten. Ich zwinkerte ihnen zu, gab ihnen dann meinen Tee, damit sie sich aufwärmen konnten, bevor ich wieder auf meine nackten Füße kam und die Tür aufriss. Ich erwartete, einen Typen mit einem braunen Truck zu sehen, der mich bat, für eine Lieferung zu unterschreiben. Furball-Fans und Raptors-Unterstützer schickten mir Zeug. Ich schaute auf die weite Auffahrt, aber es gab nichts zu sehen außer Kakteen, einen Rennkuckuck und einen gut gepflegten Blumengarten, dem ich nie Beachtung schenkte. Gärtner kümmerten sich darum, genau wie der Putzdienst herkommen würde, um das Haus aufzuräumen, sobald ich im Flugzeug saß. Mein Agent kümmerte sich um all das. Wer hatte dafür die Zeit?

„Colorado, uns ist kalt", rief einer der Typen – sie könnten Zwillinge sein – hinter mir mit einer Singsang-Stimme.

Ich nahm an, dass jemand von der Party mir einen Streich gespielt hatte und wollte gerade die schwere Eingangstür zuschlagen und die beiden frierenden Groupies wärmen, als ein kleines Wimmern, wie das eines Kätzchens, meine Aufmerksamkeit nach unten zog. Dank sei all den verdammten Göttern, dass ich meine heiße Tasse Tee diesen Typen gegeben hatte. Mein gesamter geistiger Zustand wurde leer, als ich mit offenem Mund das winzige Baby anstarrte, das mich aus seinem Trage-Dings anschaute. Es hatte einen großen Kopf mit weichem, dunklem Pfirsichflaum und blaue Augen. Es war ganz in Rosa gekleidet, darum schloss ich, dass es sich um ein Mädchen handelte, aber warum nicht geschlechtsneutraler? Kommt schon, Leute. Der Rand eines Umschlags ragte aus der Unterseite des Trageteils hervor, darum zog ich ihn heraus.

„Yo", sagte ich zu dem Baby. Es gurgelte. „Wo ist

deine Mutter, kleine Person? Ist sie hinten und schläft sich mit Buick aus? Er steht auf MILFs." Drummer waren ständig geil. Erwiesene Tatsache. Genau wie Goalies seltsam sind. Ich stand da absolut dazu.

Ich öffnete den zerknitterten Brief, als eine Brise meinen gestohlenen Kimono zauste, ebenso wie den weichen Flaum des Babys. Dann setzte ich mich im Schneidersitz neben das Baby und schüttelte die unglaublich kurze Nachricht auf.

*Colorado,*
*das ist dein Baby. Ich habe sie nach meinen Großmüttern,*
*Madeline und Celeste, benannt.*

Mein Blick huschte zu dem Kind, das auf seinen Fingern kaute. „Großmütter sind cool", erklärte ich ihr und sie blubberte um ihre Faust herum. Ich schenkte ihr ein schiefes Lächeln, als die erste Zeile der Nachricht einsank und mein Magen sich umdrehte. Ich konzentrierte mich wieder auf die Nachricht, die mit einem lila Stift geschrieben war.

*Ziehe sie gut auf. Du kannst sie dir leisten, ich nicht. Benutz das*
*nächste Mal ein Kondom, du nuttiger Hurenbock.*
*Eine von Tausend*

„SCHEIßE", flüsterte ich, die Nachricht flatterte im Morgenwind davon. Madeline Celeste und ich starrten einander für eine Millisekunde an. Dann tauchte ich in etwas, das man nur als absoluten Ausraster bezeichnen konnte. Ich drehte im biblischen Sinne durch. Schnappte mir die Babytrage mit dem Baby, rannte dann zurück ins Haus, wo eine heftige Melodie von Tenacious D die über sechstausend Quadratmeter große Villa im mediterranen Stil erfüllte. Das Baby, Madeline, fing an zu kreischen, was weder meinem mentalen Zustand half noch Jack Blacks harten Vocals. Die Zwillinge warfen einen Blick auf mich und das schreiende Baby und verschmolzen mit den Schatten.

Ich raste in die Küche, stellte das Baby auf die Arbeitsfläche, bellte Alexa an, verdammt noch mal still zu sein, und schnappte mir dann mein Handy. Man konnte unmöglich ohne Bluttest sicher sagen, ob Madeline von mir war, aber sie hatte beeindruckende Stimmbänder, darum *war* sie vielleicht mein Kind. Obwohl sie blaue Augen hatte, und meine waren ein grün-brauner Haselnusston, darum war sie es vielleicht doch nicht?

Ich rief Alchemy an, aber ihr Anrufbeantworter – im Ernst, wer *zur Hölle*, benutzte noch einen Anrufbeantworter, abgesehen von Hippie-Senioren – informierte mich, dass sie sich auf einer geistigen Suche befand und vor Freitag nicht in diese Ebene zurückkehren würde, darum sollte man bitte eine Nachricht hinterlassen.

Anstatt etwas zu sagen, hielt ich mein Handy hoch, damit sie mein Kind … *das* Kind … hören könnte, das wie am Spieß schrie. Angeblich mein Kind. Genau. Angeblich. Kein Beweis. Nur ein Brief von jemandem, die dachte, sie wäre ein Mitglied des Borg-Kollektivs. Eine von Tausend. Hatte sie Zeit mit Seven of Nine verbracht?

*Colorado, hör mit dem* Star Trek-*Scheiß auf und konzentriere dich auf das Problem, bevor ich dir in deinen verdammten Hintern trete.*

„Also, ja, das geht ab. Könntest du mich bitte anrufen, wenn du in deine sterbliche Hülle zurückgekehrt bist?!", schrie ich meine Großmutter an und fühlte mich sofort schrecklich. „Tut mir leid, bin nur etwas gestresst. Bitte ruf mich an, okay. Ich muss wirklich mit dir reden. Liebe. Frieden. Oh meine Fresse, sie ist ganz rot im Gesicht!"

Ich legte auf, löste den kleinen Gürtel, der das wütende Baby in der Trage hielt und schob eine Hand unter sie. Ich erinnerte mich, wie ich das Neugeborene eines Teamkollegen bei einer Veranstaltung letzten Monat gehalten hatte und umfasste Madelines Kopf und legte sie an meinem Brustkorb. Sie wurde sofort still. Rotz und Speichel bedeckten meine Schulter. Nicht, dass mich das aufregte. Das Leben war es nicht wert, gelebt zu werden, wenn man keine Körperflüssigkeiten auf der Haut hatte.

„Okay, ja, gut", murmelte ich, wiegte mich von einer Seite auf die andere, während ich einen weiteren hektischen Anruf tätigte. „Ja, braves Mädchen. Nicht jeder kann so früh am Morgen etwas mit Tenacious D anfangen. Komm schon, Vlad, geh an das gott … liebende Handy, bevor ich – Vlad! Oh Mann, ich habe hier ein kleines Problem. Sehr klein. Vielleicht sieben Pfund und … nein, Kumpel, es ist kein Baby-Emu. Es ist ein Baby." Madeline schnüffelte an meinem Schlüsselbein und saugte wie wild. Scheiße. Hatte sie Hunger? Wann hatte sie zuletzt etwas gegessen? Welcher Mensch stellte ein Kind vor der Tür eines bekannten Arschloch-Rock-and-Roll-Goalies ohne etwas zu Essen ab? „Was füttert man einem Baby? Was? Nein, Kumpel, ich habe dir gesagt, dass es kein Babytier ist. Ernsthaft? Warum sollte ich ein Tigerjunges kaufen? Okay, ja, es *wäre* cool und klingt nach etwas, das ich machen würde. Da muss ich dir recht geben. Vlad, hör zu, irgendeine Frau hat ein Baby vor meiner Eingangstür abgestellt und – Ja! Ein echtes Baby. Ein Menschen-Baby. In der Nachricht steht, dass sie von mir ist."

Meine stoppelige Wange ruhte auf ihrem weichen Kopf, während wir durch die Küche tanzten. Sie roch gut, nach Sonnenschein und warmem Kätzchenfell. Ein Strom Russisch von Vlad flutete in den Raum. Ich verdrehte die Augen, während wir herumtanzten. Mein Handy lag auf der Arbeitsplatte. Ich hatte nur etwas Tee gewollt, etwas zu essen, eine schnelle Runde mit den vier Leuten, die noch immer in meinem Bett schliefen und eine Dusche, bevor ich zum Flughafen fuhr. War das zu viel ver -?

„Bleib, wo du bist. Ich komme sofort", sagte Vlad und legte dann auf.

Die Panikattacke ließ ein wenig nach, gerade genug, um mich in die Gänge zu bekommen. Jemand in dieser Villa *musste* wissen, was man für ein Baby tun musste. Jede Frau, die ich weckte, um Madeline zu füttern, wurde super-angepisst und nannte mich ein sexistisches Arschloch, weil ich nur Frauen fragte, wie man sich um ein Baby kümmerte. Wen sonst sollte ich fragen? Buick? Mein bester Kumpel in der Band konnte sich kaum selbst ernähren, ganz zu schweigen von einem Baby. Ein wimmerndes, weinendes Baby leerte das Haus schnell. Ich hatte den Verdacht, dass sie auch geschissen hatte, wenn der Gestank, den ich roch, von ihr kam und nicht meinem ungewaschenen, nuttigen Hurenbock-Hintern. Ich war noch nie in meinem gesamten Leben so glücklich über die Ankunft meines Team-Kapitäns gewesen. Ich war weniger glücklich, Coach Carmichael und seinen festen Freund zu sehen.

„Kumpel, warum zur Hölle hast du sie angerufen?", bellte ich Vlad an, sobald sie das Haus betraten.

„Er hat angerufen, weil ich dein Head Coach bin", schnappte Coach C.

Mark, einer der Eigentümer der Raptors, glitt zwischen uns. Tüten mit Zeug hingen von seinen Fingern. „Nimm das", sagte er und streckte die Hand aus, um mir Madeline abzunehmen. Ich ruckte zur Seite, hielt ihren kleinen Körper fest an meinen Brustkorb gedrückt. Mark warf mir einen Blick zu, der absolut genervt war. „Nimm die Tüten. Da drin sind Milch, Flaschen und Windeln für sie."

Ich schaute von Vlad zu Coach zu Westman-Reid, während mein … Madeline an meinem Schlüsselbein saugte.

„Danke." Ich hakte die Einkaufstüten in meine Finger und trug Madeline dann in das weiße

Wohnzimmer. Es gab zwei. Eines war weiß und das andere war … irgendwie nicht-weiß.

„Was zur Hölle ist hier passiert?", fragte Coach, während ich das Baby auf eine Couch legte, mich hinsetzte und sie anschaute. Sie stank wirklich.

„Wir haben einen Plattenvertrag unterschrieben und eine Wildcard bekommen", gab ich zurück, während Madeline Löcher in meine Seele starrte.

„Ah, hast du die ganze Nacht gefeiert?", fragte Mark in einem Ton, der diesen Kommentar sofort in meinen mentalen Abfalleimer schickte. Die Eigentümer hatten mich noch nie gemocht. Es gab Tage, an denen ich nicht sicher war, ob Coach mich mochte, aber er hatte mich rekrutiert, darum war ich hier, in all meiner Penn-Familien-Herrlichkeit.

„Ich bin sauber. Ich werde in einen Becher pissen, sobald wir in Vegas ankommen, aber gerade im Moment sind die Band und das Team nicht das Wichtigste, ja?" Sie alle nickten beschämt. Vlad murmelte etwas darüber, das Jugendamt zu rufen, gerade, als ich den Mut aufbrachte, den winzig kleinen rosa Strampler zu öffnen, den Madeline trug, um nach einem Windel-Desaster zu sehen. Der Gestank, der aus ihrem Strampler kam, ließ uns alle würgen. „Nein", sagte ich, während meine Augen tränten und Coach einen Schritt rückwärts machte. „Wir werden mein Kind *nicht* in eine Pflegefamilie schicken."

„Colorado, du weißt nicht, ob sie von dir ist", bemerkte Coach. Ich würgte ein wenig. Wie konnte so eine kleine Person so dermaßen stinken? „Wir müssen in fünf Stunden in Nevada sein für die erste Runde der

Play-offs. Du kannst nicht mit diesem Baby reisen. Eine kluge Vorgehensweise wäre, das Jugendamt anzurufen, einen Bluttest machen zu lassen und wenn festgestellt wird, dass du der Vater bist, dann kannst du nach der Mutter suchen. Schüttel nicht den Kopf, es gibt Protokolle, die-"

„Nein. Ich werde ihr nicht den Rücken kehren. Sie gehört mir, bis etwas anderes bewiesen wird. Gute Eltern überlassen ihre Kinder *nicht* anderen Leuten, um sie aufzuziehen!", schrie ich.

Coach starrte mich finster an, sagte aber nichts. Mark und Vlad standen mehrere Sekunden wie Golems herum, bevor Westman-Reid etwas sagte, das tatsächlich nützlich war.

„Meine Schwägerinnen nutzen ständig Nannys. Sie können uns vielleicht aushelfen." Mark schaute sich um. Ich nickte. Coach nickte. Vlad nickte. „Also gut, wechsle diese Windel und wir kümmern uns um die Milch, damit sie essen kann."

Mark drehte uns den Rücken zu, während er eine seiner Schwägerinnen anrief. Ich zog die Windel auf, nur an einer Seite und wich in totalem Entsetzen zurück. Coach und Vlad verließen den Raum, als wäre Satan ihnen auf den Fersen. Madeline trat und kicherte.

„Ja, du denkst, es ist lustig, aber das ist es nicht", murmelte ich, während meine Augen feucht wurden. „Aber ich kümmere mich um dich, kleine Maus."

# ZWEI

# Joseph

Mr Johnson von der Bluedown Heights Grundschule irrte sich.

Genaugenommen hatte er sich sehr viel geirrt, seit er früh am Nachmittag direkt nach meiner Pause mit einem Haufen zehnjähriger Kinder im Schlepptau auf ihrem Schulausflug im Planetarium aufgetaucht war. Er hatte so viel Zeit damit verbracht, die Planeten zu erklären, die die Sonne umkreisen, dass ich schwören konnte, dass ein paar der Kinder ins Koma gefallen waren und eines war vom Ende der harten Holzbank gerutscht. Kein Wunder, dass Kinder sich nicht für das Planetensystem interessierten, wenn die Begeisterung ihnen in so jungen Jahren mit Langeweile ausgetrieben wurde. Ich hörte so lange zu, wie ich es aushalten konnte, aber als der Idiot einen offensichtlich beschissenen Witz über Uranus riss, räusperte ich mich und ließ meinen inneren Geek heraus.

Es war nicht gut gelaufen.

Was der Grund dafür war, dass ich mich jetzt im

Büro des Managers befand, mich um den Beginn eines blauen Auges kümmerte, auf einem Stuhl saß und darauf wartete, dass der Manager sich genügend beruhigte, um mit mir zu reden. Lewis Drewin war ein dürrer Typ mit einem glänzenden kahlen Kopf und einer Hakennase, der die Angewohnheit hatte, billige Anzüge aus so dünnem Material zu tragen, dass jeder sehen konnte, auf welcher Seite er seinen Schwanz trug. Nicht, dass ich hinschaute. Ich hatte Standards, die ihn nicht mit einschlossen. Er war die Art Manager, dem sein Zuständigkeitsbereich egal war, ebenso wie die Geschichte der unendlichen Schönheit des Weltraums. Ihm ging es nur um Geld. Wenn etwas seinen Gewinn erhöhte, dann war er interessiert, doch als wir über mein Konzept, eine Installation über Quasare zu bauen, gesprochen hatten, hatte er angefangen zu zittern und sein Scheckheft zu umklammern. Ich mochte Lewis nicht sonderlich und um ehrlich zu sein, mochte er mich auch nicht wirklich.

„Du …", fing er an und richtete einen zitternden Finger auf mich, bevor er wieder auf seine Notizen schaute. Zum ersten Mal in den fünf Jahren, seit ich hier arbeitete und Schichten und Stunden übernahm, die niemand sonst wollte, hatte ich dafür gesorgt, dass Drewin seine Fähigkeit, Worte zu formulieren, verlor. Ich war dem vor zwei Jahren bei dem großen Kuipergürtel-Tumult nahegekommen, aber damals hatte ich ihn so lange zugetextet, dass er mich weggeschickt und nie wieder darüber gesprochen hat.

„Was hast du überhaupt …?" Wieder stoppte er und vergrub seinen Kopf in seinen Händen.

*Autsch. Das war nicht gut.* Vielleicht musste ich anfangen zu reden, zum Teil mit der Wissenschaft kommen und mich davor retten, die einzige Einkommensquelle zu verlieren, die ich im Moment hatte. Wie zur Hölle sollte ich fürs College *und* die Miete zahlen, wenn ich diese Arbeit verlor? Ich hatte es verbockt, aber gerade im Moment musste ich auf die Wissenschaft zurückfallen und dafür sorgen, dass Drewin erkannte, dass ich nichts falsch gemacht hatte.

„Der Lehrer hat gesagt, dass Pluto ein Planet ist. Ich habe ihm gesagt, dass dem nicht so ist. Er hat gesagt, ist er doch-"

„Um Himmels willen-"

„Darum habe ich dem Lehrer erklärt, dass ein Planet per Definition ein Himmelskörper ist, der sich im Orbit um die Sonne befindet. Aber er wollte nicht auf mich hören, darum habe ich erwähnt, dass zu dieser Definition noch zwei weitere Teile gehören. Ich habe ihm sehr ruhig erklärt, dass er eine ausreichende Masse für Eigengravitation haben muss, um die rigide Volumenkraft zu überwinden, damit er ein hydrostatisches Gleichgewicht erlangen kann." Drewin starrte mich mit leerem Gesichtsausdruck an. „Das bedeutet beinahe rund." Ich malte sogar die Form von etwas Rundem in die Luft, nur damit das klar wurde und zuckte innerlich zusammen, weil ich dazu neigte, Dinge zu übertreiben, wenn ich dachte, dass die Leute mich nicht verstanden. *Das hilft gerade gar nicht.*

Drewin schüttelte seinen Kopf. „Ich kann nicht einmal-"

„Da hört es aber nicht auf", machte ich weiter. „Ich

habe dem Lehrer und der Klasse auch gesagt, wie der dritte und wichtigste Teil der Definition eines Planeten lautet, weil er darauf bestanden hat, dass wir Pluto nicht ausschließen können und er sich geirrt hat."

„Er ist ein Lehrer-"

„Aber er lag falsch und ich habe nur-"

„Jesus, Maria und Joseph", murmelte Drewin und ich war mir nicht sicher, ob er meinen Namen als Teil des Fluchs verwendete. Wahrscheinlich schon.

„Er musste verstehen, dass bei der Zurücksetzung von Pluto der dritte Teil der wichtigste war. Um ein Planet zu sein, muss ein Himmelskörper andere größere Objekte in seiner Nähe im Raum eingesaugt oder abgestoßen haben, in anderen Worten, er muss Schwerkraft-Dominanz erreicht haben."

„Verschwinde von hier-"

Ich konnte sehen, dass ich verlor, darum drehte ich die Wissenschaft weiter auf. „Pluto teilt seine orbitale Nachbarschaft mit anderen vereisten Objekten des Kuipergürtels, was bedeutet, dass ihm sein Status als Planet von der International Astronomical Union im Jahr 2006 entzogen wurde." Ich redete, als ob er das wüsste, aber ich war ziemlich überzeugt, dass er überhaupt keine Ahnung hatte und als er mich anstarrte, ging ich noch weiter und zog die großen Namen aus dem Hut. „Neil deGrasse Tyson und das Hayden Planetarium haben eine Ausstellung mit nur acht Planeten gemacht und wir haben uns dem angeschlossen."

„Du hast einen Lehrer geschlagen." Drewins Gesichtsausdruck war leer.

Wenn ich ihn mir so anschaute, könnte es Schock gewesen sein. Er verstand eindeutig nicht, was passiert war, darum fing ich an, diesen Teil ebenfalls zu erklären, obwohl ich mich schuldig fühlte und das musste wohl ersichtlich gewesen sein. „Genaugenommen war es das Modell von Jupiter, das ihn getroffen hat, als es auf seinem üblichen Orbit unterwegs war. Er stand nur zufällig zu nahe an dem Ausstellungsstück und befand sich am falschen Ort. Wenn er ein besseres Verständnis dafür gehabt hätte, wie Jupiter sich verhält, dann wäre er nicht dort gestanden, wo Jupiter unterwegs war. Wir haben über die Entdeckungen von Objekten im Kuipergürtel mit Massen, die grob denen von Pluto ähnlich sind, debattiert, wie Quaoar, Sedna und Eris und er hat es nicht verstanden und das hat das Problem anscheinend an einen Kipppunkt gebracht. Er hat mich gegen das Raketenmodell geschubst und ist dann, aufgrund der Wechselwirkung zwischen zwei Körpern und der bedauerlichen Physik von Ort und Zeit nach hinten getaumelt und da hat Jupiter ihn getroffen."

Ich lehnte mich auf meinem Stuhl zurück, weil niemand gegen diese Erklärung etwas einwenden konnte. Ich hatte nicht sehr viel Geduld für Leute, die nicht durch den Unfug hindurch auf die reine Wissenschaft blicken konnten. Wenn eine Frucht eine orangene Farbe hat, wie eine Orange schmeckt und irgendwie rund ist, dann ist sie eine Orange. Sie ist kein Apfel. Und Pluto war kein Planet, er war ein deutlich unterschiedlicher Zwergplanet. Jeder Naturwissenschaftslehrer, der sein Geld wert war, hätte das wissen sollen, wenn er den Verstand zukünftiger

Generationen formen wollte. War das nicht der Grund, warum das Planetarium mich angestellt hatte, um Gespräche anzufangen und Diskussionen anzustoßen, die zu Lernen führten? Sie hatten mich in meinem ersten Semester für Astronomie geschnappt und hatten mein Wissen und meinen Enthusiasmus gewollt und wenn Besucher eine andere Meinung hatten, regte ich eine Debatte an und alle gingen glücklich nach Hause.

Manchmal lagen sie grauenvoll daneben, wie dieses eine Mal, als ein Dad mit seinen Kindern einen Quasar als Quantar bezeichnet hat. Darum mein verzweifeltes Bedürfnis, eine Quasar-Installation zu bekommen, um jeden zu unterrichten, der das auch nicht verstand. Natürlich war der Dad Jupiter nicht im Weg gestanden, darum hatten zu dieser Diskussion keine Sanitäter gerufen werden müssen.

„Du bist gefeuert", platzte Drewin heraus.

„Was?"

Das konnte er nicht machen. Ich brauchte das Geld von diesem Job und wer sonst außer mir würde die irren Nachtschichten übernehmen? Ganz sicher nicht Andy-ich-weiß-gar-nichts aus dem Café mit seinen Geschichten darüber, wie er einmal von Aliens entführt worden war.

„Du musst mir deine Security-Karte geben und deinen Spind räumen."

Vielleicht hatte ich mich verhört. „Meine Karte?"

Drewin streckte seine Hand aus. „Deine Security-Karte-"

„Warte, nein, ich brauche diesen Job-"

„Du bist eine Belastung, Joseph, Karte, jetzt, hol deine Sachen und geh."

„Aber heute Abend ist die Wunder des Nachthimmels Show-"

„Andy wird sie übernehmen-"

„Andy hat in der letzten Show allen erzählt, dass Asteroiden keine Monde haben-"

„Andy schlägt keine Lehrer-"

„Ich habe den Lehrer nicht geschlagen, das war Jupiter-"

„Gefeuert." Die Tür öffnete sich und da stand Jim von der Security, ein Mann, so groß und breit, dass er den gesamten Türrahmen füllte und der mich streng anschaute. „Jim, könntest du bitte Mr Leigh zu den Spinden begleiten und dann vom Gelände."

Ich begegnete Jims ruhigem Blick. Sicher würde Jim das nicht tun − ich passte auf seine Kinder auf. Zur Hölle, ich hatte sogar einen Nanny-Job für seine Cousine Bertha und ihre fünf Kinder angenommen − aber er lächelte mich nicht an, er machte einfach einen Schritt zurück, damit ich Platz hatte, um an ihm vorbeizukommen. Ich schaute von ihm zurück zu Drewin, der immer noch seine Hand nach meiner Karte ausstreckte.

Ich hatte noch eine letzte Sache zu sagen. „Bitte, lass Andy nicht die Show vermasseln-"

„Raus."

„Vergiss nicht, er hat gesagt, dass er von Aliens entführt worden ist, aber denk darüber nach. Wenn Aliens gelandet sind, würden sie die intellektuellen Superhirne unseres Planeten entführen, nicht Andy. Es sei denn natürlich, sie wollten ihren Planeten neu bevölkern, aber sogar dann würde Andy sicher nicht ihre beste Wahl sein."

Drewin stand so schnell auf, dass sein Stuhl gegen die Wand krachte. „Raus!", donnerte er und ich rannte so schnell rückwärts und durch die Tür, dass ich schwöre, ich habe Brandspuren auf dem Teppich hinterlassen.

Jim zog die Tür zu, damit wir allein im Flur waren. „Scheiße, Junge, was hast du jetzt angestellt?"

Ich zog meine Schultern zurück und schaute von meiner nachteiligen Einen-Meter-sechzig-Position an seiner Masse nach oben und schob meine Brille dann an meiner Nase hoch.

„Ich habe gar nichts gemacht", verteidigte ich mich, aber ich konnte nicht weiterreden. Es war an *mir* gelegen. Ich war aus der Ruhe gekommen. Ich hatte mich auf einen kindischen Kampf darüber eingelassen, ob Pluto ein Planet war und anstatt Wissenschaft zu nutzen, hatte ich den Lehrer provoziert, mich zu schubsen, und hatte dann zugesehen, wie Jupiter herumgeschwungen war und ihn zu Boden gestoßen hatte. Ich hätte genauer sein sollen, als ich ihm eine Warnung zugerufen hatte, aber mein genuscheltes „*Vorsicht, Jupiter*" hatte nicht geholfen, ihn zu bewegen. Tatsächlich hatte es ihn dazu gebracht, mich gegen die Apollo-Rakete zu schubsen. Und jetzt hatte ich den einen Job verloren, der bedeutete, dass ich Geld verdienen, studieren und um alles andere herumarbeiten konnte. Bedauern durchflutete mich, als Jim die Sicherheitstür hinter mir zuzog und ich auf dem

Gehweg auf der Hinterseite des Tucson Planetariums stand.

Ich hatte meinen Rucksack voller Schulbücher, das halb fertige Modell der Titan 1 Rakete, an dem ich in meinen Pausen gearbeitet hatte und mein Handy. Ich hatte auch eine Stunde zu Fuß zurück zu dem Ausziehbett, auf dem ich in der Wohnung meiner Schwester in Santa Rita Park schlief. Ich hätte den Bus nehmen können, aber es gab einen Grund, warum ich unter Schock stand, weil ich diesen Job verloren hatte. Es war nicht nur so, dass sie mich brauchten, sondern ich brauchte das Geld – das war die eine Sache, die zwischen mir und meinem letzten Studienjahr stand. Ich hatte acht Jahre gebraucht, um bis hierher zu kommen, und ich stand so kurz davor, meinen Abschluss zu machen, dass ich es schmecken konnte. Ich marschierte durch Rincon Heights, meine Schritte schnell und nachdrücklich, angetrieben vom Feuer rechtschaffener Empörung, aber erst als ich den Parkway überquerte, wobei der Wind von vorbeirasenden Autos mich streifte, wurde mir klar, was ich getan hatte.

Das war wahrscheinlich das Dümmste, was ich je in meinem Leben erreicht hatte. Wie sollte ich die Miete plus Unterricht und Kredite ohne diese zusätzlichen sechshundert Dollar pro Monat bezahlen? Ich würde mir einen Job in einem Fast-Food-Restaurant besorgen müssen oder in einem vierundzwanzig Stunden Laden und sie würden mir nicht dasselbe zahlen. Ich wäre nur der alte Typ, der Siebenundzwanzigjährige, der *immer noch* versuchte, das College abzuschließen. Ich hing an meinen Fingerspitzen an einem Kliff, das über einen riesigen Canyon aus Schulden und Enttäuschung ragte.

Die Hitze war sogar am frühen Abend überwältigend, Schweiß rann an meinem Rücken nach unten, die Nase meines Modells fing an zu rutschen, wo der Kleber schmolz. Ich war heute gekommen, um für jemanden einzuspringen, war so aufgeregt gewesen wegen der Wunder am Nachthimmel Show, die ich designt und mit viel Herzblut zum Leben erweckt hatte.

„Du bist ein verdammter Idiot", schalt ich mich selbst und ging weiter, bog links auf die South Third und fühlte mich leichter, weil es nur noch fünfzehn Minuten bis nach Hause waren. Selbstmitleid brannte in mir, dann kam Wut, dann Akzeptanz und als ich in die Straße einbog, in der meine Schwester wohnte, mit ihren Rissen in den Gehwegen und den alten Häusern, hatte ich jede einzelne Emotion durch. Es hatte keinen Sinn, Zeit damit zu verbringen, über das nachzudenken, was heute passiert war. Ich würde ins Haus gehen, mir ein Getränk machen, nach Emma sehen und mich dann hinsetzen und mir überlegen, was ich tun konnte.

Die Eingangstür stand weit offen, meine zwei Jahre ältere Schwester, Natalie, saß auf einem Stuhl, hatte eine Dose Diätlimo in der Hand und ein breites Lächeln im Gesicht. Ich hatte im Laufe der Jahre gelernt, dass dieses Lächeln bedeutete, dass sie darauf wartete, mich um etwas zu bitten. Sie ließ mich nicht einmal bis ganz zur Tür kommen.

„Der Arzt hat angerufen und mir meine HbA1c-Werte gesagt, die auf einem guten Level sind, die Ergebnisse liegen auf dem Tisch, damit du sie lesen kannst. Außerdem hat Mick mich gefragt, ob ich in zwei Monaten rauf nach LA kommen möchte, können wir uns deinen Zeitplan ansehen und schauen, an welchen Wochenenden du frei hast, damit du für mich auf Emma aufpassen kannst?"

Mick war Natalies neuester fester Freund, noch ein Typ, von dem sie dachte, dass er vielleicht wie der Mann war, den sie geheiratet und verloren hatte und der wahrscheinlich ihrer einen, wahren Liebe, Bobby Owens, nicht das Wasser reichen konnte. Der Himmel wusste, dass sie so viel verdiente. Schließlich war sie innerhalb eines Monats schwanger, verheiratet und dann verwitwet gewesen. Bobby hatte Emma nie kennengelernt, aber seine Erinnerung war lebendig an einer Wand aus Fotos im Wohnzimmer. Darum setzten wir uns oft mit Emma zwischen uns hin und erzählten ihr Geschichten über Bobby und was für ein wunderbarer Dad er war. Natalie und Bobby waren seit ihrer Jugend zusammen und ihn so grausam an Krebs zu verlieren, hatte unsere winzige Familie bis ins Mark erschüttert.

Emma und dieses Haus waren die einzigen Dinge, die sie noch von dem Mann, den sie geliebt hatte, übrighatte und den zu ersetzen sie jetzt all ihre Zeit verbrachte. Sie verdiente mehr als dieses baufällige Heim und das Damoklesschwert des Diabetes, der ihr Leben kontrollierte. Sie hätte in einem schönen Haus mit einem weißen Zaun mit ihrem geliebten Bobby und ihrer Tochter leben und keine Injektionen oder Kontrolluntersuchungen brauchen sollen. Bobby zu verlieren hatte sie verändert und es war ihre ewige

Suche nach etwas Besserem für sie und Emma, die mir Angst machte.

„Du kommst gleich auf den Punkt, huh?", fragte ich und setzte mich auf die Treppe, streckte dann meine Hand nach der Dose aus.

Sie reichte sie mir, aber sie war warm und beinahe leer, darum gab ich sie mit einer Grimasse zurück – es gab nichts Schlimmeres als warme Limo. Außer vielleicht meinen gut bezahlten, wissenschaftlich orientierten, zu meinem Leben passenden Job zu verlieren.

Sie zeigte mir ein weiteres Grübchenlächeln. „Nur wenn du Zeit hast", murmelte sie und beugte sich vor. „Er möchte mir Hollywood zeigen und ich war da noch nie."

Wie praktisch war es, dass ich meinen Job verloren hatte und von jetzt an kein Wochenende mehr geplant arbeiten würde? *So praktisch. Überhaupt nicht.*

„Natürlich werde ich das. Du verdienst etwas Zeit für dich."

Sie hob salutierend ihre Dose. „Du warst schon immer mein Lieblingsbruder."

„Ich bin dein einziger Bruder", erinnerte ich sie wie immer, das vertraute Geplänkel reichte aus, meine Sorgen zu dämpfen. Ein Wochenende mit meiner Nichte Emma klang genau nach dem, was ich brauchte, schwimmen, spazieren gehen und wir konnten weiter an unserer Mondlandschaft arbeiten, was ihr Spaß machte. Sie liebte die Sterne und ich konnte den ganzen Tag damit verbringen, ihr alles auf ihrem Niveau zu erklären. Darum wurde ich so wütend, wenn Lehrer, die behaupteten, sich mit Wissenschaft auszukennen, Dinge falsch wiedergaben und den Kindern nur Unsinn beibrachten.

„Oh-oh, warum runzelst du die Stirn? Was hast du getan?"

Scheiße. Ich wünschte, sie würde mich nicht so gut kennen. „Ich habe meinen Job im Planetarium verloren."

Ihre Augen wurden groß und sie legte eine Hand auf mein Bein. „Oh nein, was ist passiert? Geht es dir gut?"

Ich hätte es erklären können, aber jetzt, da ich vom Planetarium weg war, und rückblickend, konnte ich den ganzen Vorfall so sehen, wie er war. Ein absoluter Haufen Mist epischen Ausmaßes. Sie schaute mich so verwirrt an und ich konnte die Schuldgefühle nicht unterdrücken.

„Ich bezahle dir dennoch Miete."

Sie runzelte die Stirn und schüttelte ihren Kopf. „Ich brauche keine Miete."

Das tat sie. Um sich das Insulin leisten zu können, und die Arztbesuche und die Retinopathie-Untersuchungen, aber das sagte ich nicht. Ich würde eher mein letztes Jahr an der Uni verzögern, als meine Schwester krank zu sehen. Wenn ich *endlich* meinen Abschluss hatte, würde ich einen Job bekommen und ich würde vielleicht nicht in Geld schwimmen, aber ich könnte mich um sie kümmern, sie von hier wegholen, irgendwohin, wo es kühler war, in der Nähe einer guten Schule für Emma.

„Vielleicht hat die Nanny-Vermittlung etwas." Sogar

als ich es sagte, bezweifelte ich es. Ich hatte drei Notfall-Einsätze gehabt und das nur, weil ich der Einzige war, der Zeit hatte. Das Management der Vermittlung hatte nie explizit etwas gesagt, aber ich sah und hörte mehr, als sie wussten. Ich liebte es, mich um Kinder zu kümmern, es war so etwas Wundervolles an ihrer Begeisterung für die Welt und sehr oft bedeutete, auf ein Kleinkind aufzupassen, auch für das Geschwister dieses Kleinkinds da zu sein. Es war nichts so schön, wie Zeit damit zu verbringen, ein Baby zu wiegen und mit dem älteren Geschwister über die Sterne zu reden. Ich hatte diese beiden Dinge mit Emma gehabt – ich hatte mich als Baby um sie gekümmert und jetzt zeigte ich ihr die Schönheit des Universums und das war mein Daseinszweck.

Ich brauchte keinen Job in dem dämlichen Planetarium, ich musste mehr Nanny-Jobs an Land ziehen, bis ich meinen Abschluss hatte – es war einfach.

„Erde an Joseph."

Ich riss mich aus meiner Selbstrechtfertigungsschleife und seufzte. „Oder ich besorge mir einen anderen Nebenjob", sagte ich und schaute zu, wie die Nase meines Modells endlich mit einem Ploppen auf die Treppe rutschte. Es war so verdammt albern und ich konnte das nervöse Lachen nicht unterdrücken, das mir mit Nachdruck entkam. Wenn ich nicht lachte, würde ich weinen. Über meine Dummheit, mein Bedürfnis, immer recht zu haben und vor allem, dass ich nicht genügend Kleber für die Nase der Rakete verwendet hatte.

„Komm, ich habe dir vom Abendessen etwas

übriggelassen und du bist früh zurück, darum ist es vielleicht noch essbar." Sie half mir aufzustehen und wir betraten das kühlere Haus. Ich schloss die Tür, steckte dann meinen Kopf in Emmas Zimmer, sah meine süße und freche fünfjährige Nichte auf ihrem Bett, die Arme ausgebreitet, im Tiefschlaf. Irgendwie machte sie alles richtig und perfekt.

Obwohl ich es verbockt hatte, liebte sie mich noch.

Ich seufzte und zog die Tür zu, stand dann für einen Moment im Flur.

*Was zur Hölle habe ich getan?*

# DREI

# Colorado

Die Lyrics eines der ersten Songs, den ich je geschrieben hatte, im hohen Alter von acht Jahren, kamen mir in den Sinn.

*Die Himmel haben schwarzen Regen geregnet und ich wurde nass.*

Ja, es war keine großartige Zeile. Das Wort „Regen" kam zu oft vor, unter anderem. Ich *war* erst acht gewesen. Aber dieser eine chaotische Moment in meinem verstümmelten Leben passte sehr gut zu diesem ersten Versuch, ein Songwriter zu sein. Ich war bis auf die Haut durchnässt und brauchte einen Regenschirm. Ein Baby an meinen Brustkorb drückend, während die Welt um mich herum außer Kontrolle geriet, sehnte ich mich nach einem Hafen in einem Sturm. Zur Hölle, sogar ein Seil, das in dieses mahlende Meer des Wahnsinns geworfen wurde, hätte gereicht. Also ja, die Zeile funktionierte in dieser Situation.

„Yo!", rief ich über das Durcheinander von schreiendem Baby, irritiertem Russen, einem Team-

Eigentümer, der mit seinem Handy am Ohr rein und raus tigerte und einem wirklich aufgebrachten Head Coach. Alle Augen richteten sich auf mich. „Kann jemand sie nehmen, während ich dusche und packe?"

Wir mussten in ungefähr zwei Stunden in Vegas sein. Mark stürmte in den Raum, seine Augen waren so rund wie eine Trommel und redete direkt über das, was Vlad gerade sagen wollte.

„Du darfst das Kind nicht aus dem Staat bringen", bellte Westman-Reid.

Mir gefiel seine diktatorische Einstellung nicht und ich plusterte mich ein wenig auf. Madeline ließ einen wirklich lauten Furz hören, der mich zum Lächeln brachte. Vielleicht war sie ja doch von mir …

„Wir haben Play-offs", erinnerte Coach seinen Partner.

Mark warf ihm einen hitzigen Blick zu. „Mir sind unsere nachsaisonalen Verpflichtungen durchaus bewusst, Rowen. Ich habe gerade die Rechtsabteilung am Telefon. Sie sagen mir, dass wir das Jugendamt anrufen und ihnen das Baby übergeben müssen, bis-"

„*Nein!* Zur Hölle damit!", schrie ich. Madeline zuckte zusammen und wimmerte. Ich beruhigte sie, starrte aber weiter Mark über ihren weichen kleinen Kopf hinweg an. „Nein. Sie wird *nicht* dem System übergeben. Nein. Das verbiete ich. Ich weiß, was mit Kindern passiert, wenn sie Zeit in Pflegefamilien verbringen."

„Colorado", fing Mark an, seine Stimme wurde weicher, als er sich mir näherte. Ich drückte mein – das Baby – enger an mich, rutschte sie nach oben, bis meine stoppelige Wange an ihren dunklen Haaren ruhte. „Du hast hier noch keine legalen Rechte."

„Sie ist von mir. So steht es auf der Nachricht." Ich dachte an die lila Tinte auf diesem Zettel. War er noch immer im Garten? Oder war er davongeflogen, so wie mein vorheriges Leben das gerade gemacht hatte?

„Wir wissen nicht, ob sie von dir ist", erinnerte Coach mich.

Ich machte ein paar Schritte rückwärts, mein Fuß stieß gegen eine leere Flasche Jägermeister. Was wusste er schon? Er hatte dem Typen am Flughafen nur erzählt, dass wir uns verspäten würden wegen einer *„schwierigen Team-Situation, die gelöst werden musste"*, bevor wir abheben konnten. Mir missfiel der Gedanke, dass mein Kind – *angeblich* mein Kind – als Situation bezeichnet wurde. Es war nicht ihre Schuld, dass irgendeine unverantwortliche Frau sie wie eine ungewollte Scheunenkatze vor meiner Tür abgelegt hatte.

„Rowen hat recht", sagte Mark und senkte sein Handy. „Du musst deine Vaterschaft beweisen, bevor du vor Gericht eine Auflösung des Sorgerechts für die Mutter beantragen kannst oder etwas in der Art."

„Ich weiß nicht, wer die Mutter ist!", schnappte ich, wodurch Madeline wieder anfing zu wimmern. Ich wiegte sie sachte, während ich langsam den Raum verließ. „Das war vor über einem Jahr. Ich neige dazu, mich zu verteilen. Es könnte-"

„Eine von Tausend gewesen sein." Vlad wählte diesen Moment, um etwas zu sagen.

Ich warf ihm einen finsteren Blick zu. „Wer hat dich gefragt, Ivan Drago?"

Er hob eine glatte Braue.

„Colorado, das hier muss korrekt gehandhabt werden", verkündete Coach. Mein Blick ruckte zu ihm, als er sich zwischen mich und Mark schob, seine Stimme ruhig und kühl, aber stahlhart. „Wir können sehen, dass du bereits an dem Kind hängst, und auch wenn das bewundernswert ist, könnte es sein, dass sie nicht von dir ist. Das hier könnte ein Trick oder Erpressung sein. Wir wissen es einfach nicht und um absolut ehrlich zu sein, dieses Haus und dein Lebensstil sind nicht geeignet, um ein Baby großzuziehen."

Ich öffnete meinen Mund, um etwas einzuwenden, als mein Drummer durch die offene Eingangstür getaumelt kam. Madeline wurde immer unruhiger und ich hatte keine Ahnung warum.

„Kumpel, oh mein Gott, ist das ein Baby?", schrie Buick, als er in das Foyer stolperte, dabei nichts außer einem Sombrero und ein paar Dutzend Knutschflecke trug. Ich nickte meinem Drummer zu. Er grinste sein wunderschönes Grinsen und eilte zu mir, um Madelines Kinn zu kitzeln. „Sie ist niedlich. Warum hat sie Stress?"

„Wahrscheinlich, weil du stinkst."

Das brachte meinen Drummer zum Schnauben. „Ich bin in einem Busch eingeschlafen."

„Mann, der Gärtner hat die Blumenbeete gerade kompostiert oder so. Fass ihr Gesicht nicht mit Scheiße-Fingern an."

Buick, der eigentlich Tom Marks aus Fort Wayne, Indiana, war, zeigte mir ein schiefes Grinsen.

„Ich habe gesagt, dass ich in einem Busch eingeschlafen bin. Ich habe nie gesagt welche Art Busch." Er kicherte, während Rindenstücke und Dreck von ihm ab und auf den italienischen Marmor fielen.

„Gibt es einen Grund, warum dieser Mann keine Kleidung trägt?", schnappte Coach und ich zuckte mit den Schultern.

„Ich habe einen Hut", bemerkte Buick, staubte dann seine langen braunen Haare und seinen struppigen Bart ab. „Warum ist die Kleine so aufgebracht?"

„Ich weiß es nicht", antwortete ich, wiegte mich und tätschelte ihren winzigen Rücken.

„Colorado, wir *müssen* das Jugendamt anrufen. Keiner von uns ist gut darin, auf ein Kind aufzupassen, und das Baby muss von einem Arzt untersucht werden", sagte Mark, sein Blick war auf den strahlend rosa Sombrero auf Buicks Kopf gerichtet, während er redete.

Ich schüttelte meinen Kopf. Warum ich mich so heftig dagegen wehrte, war ein Mysterium. Ich hatte nie auch nur über Kinder nachgedacht, abgesehen davon, dass ich sie absolut lustig fand und vielleicht, eines Tages, wenn ich ein Erwachsener war, würde ich ein paar wollen. Es gab aber eine Art Verbindung zu dem wimmernden Baby in meinen Armen. Es war nicht greifbar, aber lebendig. Doch als ich mich in meinem Heim umschaute und die Männer musterte, die darin versammelt waren, wusste ich im tiefsten Inneren, dass Westman-Reid recht hatte. Diese winzige Person musste bei jemandem sein, der Erfahrung mit Babys hatte. Das könnte ich sein. Oder?

„Ich will sie zurück. Wenn die Bluttests sagen, dass ich ihr Vater bin, dann will ich sie zurück."

Alle starrten mich mit offenem Mund an. Sogar Buick und es war schwierig, ihn zu erstaunen.

„Colorado", fing Coach an, auf diese beruhigende Art, in der die Leute mit dir redeten, wenn sie dachten, dass du gleich eine absolut dämliche Entscheidung treffen würdest. „Dein Leben …"

„Kann verändert werden. *Wird* verändert werden. Ich werde mein Kind nicht einen Moment länger in Pflege lassen, als es sein muss. Ich werde mich an jeden wenden, an den ich mich wenden muss. Sonia Sotomayor! Ich werde ihr meinen Fall erklären oder ihr die Papiere schicken oder was immer nötig ist. Dieses Baby kommt zu mir nach Hause, wenn sie beweisen, dass ich der Vater bin. Versprich mir, dass sie zu mir zurückkommt, oder ich packe meinen Scheiß und ihren und gehe über die Grenze. Ich werde es tun. Ich bin in Tijuana, bevor du genügend Spucke gesammelt hast."

„Wir können dir dieses Versprechen nicht geben", gab Coach zurück.

„Dann bin ich unterwegs nach Mexiko", gab ich zurück.

Madelines Braue traf auf meine nackte Schulter. Schlief sie? Oh mein Gott, vertraute sie mir genug, um in meinen Armen zu schlafen?

„Colorado, hör auf, dich wie ein verwöhntes Kind aufzuführen", mischte Vlad sich in das Duell ein. „Du bist kein Vater-Material. Ein Vater-"

„Halt mir *keinen* Vortrag darüber, was ein Vater ist! Ich weiß, was ein Vater ist und was nicht!" Ich knurrte, drückte das winzige, schlafende Mädchen an mich, während meine Gedanken umherwirbelten.

„Ein guter Vater macht, was für sein Kind das Richtige ist. Er stellt dessen Bedürfnisse über seine eigenen", flüsterte Vlad, gerade als mein Rückgrat gegen den Türrahmen stieß. Gottverdammter Russe und sein eisiger, geradliniger Scheiß. „Wir werden tun, was wir können, um dir zu helfen, das Kind zu behalten, wenn sie von dir ist. Aber jetzt musst du das tun, was richtig und legal ist. Zeig der Welt, dass mehr in dir steckt, als sie denkt."

Ich holte zittrig Luft und reichte dann Westman-Reid sehr zögerlich das schlafende Baby. Er nickte, hielt Madeline im Arm und ging in die Küche. Ich glitt an der Wand nach unten. Vlad klopfte mir auf die Schulter. Coach fing wieder an, mit jemandem am Telefon zu reden, vermutlich Leuten vom Flughafen, und man konnte hören, wie Mark irgendeinem Anzugträger von der Rechtsabteilung Anweisungen gab. Ich würde mir einen Anwalt zulegen müssen. Vielleicht konnte mein Agent, der nutzlose Arsch, mir einen besorgen.

Buick setzte sich neben mich. „Kumpel, es tut mir leid, aber verzweifle nicht. Die Sonne wärmt immer das kälteste Herz, richtig? Du hast das für ‚Long Night into a Rose Day' geschrieben, erinnerst du dich?"

„Ja, ich erinnere mich, B." Das war einer unserer besten Songs, dafür bestimmt, ein Nummer-eins-Hit zu werden, laut Black Crack Records. Ich schien überhaupt keine leuchtende Begeisterung für die Songs, den Vertrag oder die Play-offs aufbringen zu können. Ich konnte nur darüber nachdenken, dass ich eine

Unschuldige in die Hände des Systems übergeben hatte. Und die arme Madeline hatte keine Großmutter, die sie rettete, so wie es bei mir gewesen war. Sie war jetzt ganz allein. Aber nicht für lang. Gott war mein verdammter Richter, ich würde sie irgendwie zurückbekommen. Sogar wenn sie nicht mein war, würde ich sie adoptieren. Kein Kind sollte den lebenslangen Schmerz erleiden, der mit dem Wissen einherging, dass seine Eltern es nicht gewollt hatten.

„Es wird alles sonnig werden, C-Man." Er umarmte mich, stand auf und ging zu seinem Drum-Set, kippte die Kois auf den Boden und joggte mit seiner tropfenden Pearl Standtrommel und einem klimpernden Beckenhalter davon. Vlad schob die Fische in eine Vase und rannte durch die weit offene Verandatür, um den Teich zu suchen. Und hier saß ich, in meiner Jeans und einem gestohlenen Kimono, bis das Jugendamt kam, um mein Kind mitzunehmen. Ich musste es Coach und Mark lassen. Sie brachten das Haus in kürzester Zeit in Ordnung, riefen meinen Putzservice an und zahlten dann das Doppelte. Mein Hintern war immer noch auf dem Boden, als zwei Sozialarbeiter drei Stunden nachdem der erste Anruf beim Jugendamt eingegangen war, auftauchten.

Es gab jede Menge Gespräche zwischen den Erwachsenen und ich hörte halbherzig zu, mein Blick ständig auf Madeline gerichtet, während sie in ihrem Tragedings schlief.

„… ein Bluttest, sobald wir zurückkommen", hörte ich Coach sagen.

Ich stand auf. Alle schauten mich an. „Ich mache

den Bluttest, bevor wir aufbrechen", verkündete ich, warf dann meinen Kopf zurück, um meine strähnigen Haare aus dem Gesicht zu bekommen. Ich musste wirklich unbedingt duschen. Ich war mit Schweiß, verschüttetem Bier und Körperflüssigkeiten bedeckt. Die letzte Nacht schien eine Ewigkeit her zu sein.

„Colorado, wir haben den Flug bereits um eine Stunde verschoben", erinnerte Coach mich. Streng. Ich zog den durchsichtigen, zu kleinen Kimono um meine nackte Mitte, in dem Versuch, die Blicke aus riesigen Augen von den beiden Menschen, die mir gleich meine Tochter − *angebliche* Tochter − wegnehmen würden, auszusperren. Ich wollte wetten, sie hassten Tattoos. Und Piercings. Sie dachten wahrscheinlich, dass mein Nasenring dämlich war und dass ich nicht in der Lage war, mich auch nur um einen Emu zu kümmern, was, ja, okay, stimmte, aber … Scheiße. Ich hatte Kricker verloren und jetzt mein Kind. Vielleicht *war* ich doch ein beschissenes Elternteil, genau wie mein biologischer Vater, Liberty.

„Dann geht. Ich dusche und fahre zu dem Labor, das diese beiden Roboter vorschlagen, dann treffe ich euch in Vegas. Sagt der Presse, dass ich mich um eine Familienangelegenheit kümmern musste." Mit diesen Worten wirbelte ich herum, streichelte sanft Madelines weiche Wange und ging nach oben, um mein altes Leben wegzuwaschen. Es mochte ein Hochdruckreiniger nötig sein, aber hey, wer brauchte schon Haut?

WIE SICH HERAUSSTELLTE, brauchte ich Haut und Glück und ein Hirn, das nicht in Arizona war.

Schade, dass ich nichts davon hatte. Meine Zeit in Vegas war nicht mit der Gunst von Lady Fortuna gefüllt. Dieses kaltherzige Miststück weigerte sich, auf meinen Würfel zu blasen oder mir in mein Netz zu folgen. Es schien keine Rolle zu spielen, dass ich bei jedem der beiden Spiele in der Sin City meine Warm-up-Routine befolgt hatte: Rausfahren, die Rohre berühren, den Netzbereich studieren, um das Netz fahren, Armkreisen links, dann Armkreisen rechts, einen Puck auf das Netz schießen und dann eine Runde in die entgegengesetzte Richtung drehen. Ich wusste es besser, als die Routine nicht zu befolgen. Eine kleine Sache – wie ungenügendes Armkreisen – konnte zu einem beschissenen Spiel führen. Darum tat ich, um Lady Fortuna zu betören, das, was ich dachte, dass sie mochte. Die meisten Frauen liebten mich. Offensichtlich war sie schwer zu überzeugen, weil sie nicht wirklich aufmerksam war.

Genaugenommen schien sie mich zu meiden, als hätte ich Tripper. Ich hatte mich genau ans Protokoll gehalten, seit ich mit Vlad an meiner Seite in Vegas angekommen war. Der große Trottel hatte sich geweigert, Tucson ohne mich zu verlassen. Ob nun Coach ihn angewiesen hatte, meinen Hintern ins Stadion zu eskortieren, für den Fall, dass ich eine irre Flucht nach Mexiko plante, nachdem ich meine Tochter – *angebliche* Tochter – zurückgestohlen hatte oder ob ich ihm einfach nur leidtat, wusste ich nicht. Es war mir auch egal.

Ich hatte mich zu einem richtigen Ärgernis gemacht, hatte das Labor und das Jugendamt stündlich angerufen. Je länger es dauerte, was verdammt beleidigend war für jeden, der auf Resultate wartete, fünf gottverdammte Tage Däumchen zu drehen, umso aufgebrachter wurde ich. Das erste Spiel gegen Vegas war eine Zitterpartie und ich ließ zwei einfache Tore durch. Das schob ich auf meinen unruhigen mentalen Zustand. Das Problem war, dass mein Kopf immer noch mit den klirrenden Scherben der Töpferei gefüllt war, die mein Leben gewesen war. Jetzt war alles, was ich gekannt hatte, wie eine kaputte Teekanne, die jemand – das Schicksal, dieser grausame Inkubus – aufgekehrt und in den Trockner geworfen hatte.

Ich hatte mir keine Sorgen gemacht, dass Andre LeMans, ein blonder Junge mit süßem Gesicht und riesigen blauen Augen aus Bromont, Quebec, in diesem ersten Spiel übernehmen würde. Coach wusste, dass ich mich zusammenreißen würde. Jetzt da in Spiel zwei nur noch zehn Minuten blieben und wir drei Tore im Rückstand waren, war ich mir nicht mehr so sicher, dass mein Platz als erster Goalie wirklich so gefestigt war. Mein Fokus war im Arsch. Ich konnte meine Gedanken nicht in die Zone bringen. Ich steckte in Arizona fest, drehte durch, wo Madeline war und wer sie hatte. Kümmerte man sich um sie oder wurde sie von irgendeinem kranken Freak missbraucht?

„… ihn beim Faceoff zu sehen." Ich blinzelte den Schweiß aus meinen Augen, als Ryker während einer Werbepause an mir vorbeifuhr.

„Ja, absolut", antwortete ich ohne eine Ahnung, mit wem oder worüber er redete.

Ich ging in meine Hybrid-Haltung, auf meinen Fersen, das Brüllen der Zuschauer und die Rufe meiner Teamkollegen stiegen an die Decke. Wenn ich nach Hause kam, würde ich ein Kinderzimmer brauchen. Und eine Nanny. Ich hatte schließlich zwei Jobs, gute Jobs, die schönes Geld einbrachten. Das sollte die Sozialarbeiter beeindrucken. Eine Villa, eine Menge Kröten, eine Nanny von einer seriösen Agentur …

Der Puck traf mich direkt an der Maske, schreckte mich aus meinen Visionen von weißen Bettchen und Vorhängen mit Punkten auf. Ein Verschluss löste sich, darum schüttelte ich meine Maske ab. Tyler Parks, ein Stürmer für Vegas, hatte entschieden, einen Schuss zu machen, obwohl ich keine Maske trug und die Pfeifen, die das Spiel beendeten, überall auf dem Eis zu hören waren. Ich hatte meine Schulter instinktiv gedreht, um den späten Schuss zu blocken, war aber sofort wütend. Wenn mich das im Gesicht oder am Hals getroffen hätte, hätte es mich umgebracht. Und was wäre dann aus Madeline geworden? Sie hätte niemals ein Heim mit einem liebenden Vater.

„Hey, du verdammte wandelnde Stuhlprobe!", schrie ich, warf mein Paddle weg und stürmte aus dem Netz, warf Parks aufs Eis. Ich hatte ein paar gute Treffer gelandet, bevor ich von dem erstaunten Center in Rot und Silber heruntergezogen wurde. Ryker und Alex schoben mich zurück zum Netz, ihre Münder bewegten sich. Parks schlug auf Vlad ein, traf ihn am Hinterkopf und das Arschloch bekam dafür ein Penalty für Roughing.

„Alles in Ordnung?", fragte Ryker, klopfte mir auf die Schulter, während ich schnaubte und tobte.

Roter Nebel umhüllte meinen Blick, als ich zuschaute, wie Parks auf die Penalty-Box zufuhr. „Ja, in einer Sekunde wird es mir hervorragend gehen." Ich wurde meinen Blocker und Fanghandschuh los, machte mich dann direkt auf zur Penalty-Box. Parks schaute sich um, gerade, als ich eintrat. Ich warf mich auf ihn. Wir beide gingen zu Boden, Beine und Kufen in der Luft. Der arme Aufpasser wurde ebenfalls umgerissen und lag unter uns, schrie um Hilfe, während ich Parks ein Fingerknöchel-Sandwich fütterte.

Danach ging es irgendwie den Bach hinunter. Mir wurde ein Arsch voller Penaltys aufgebrummt, die jemand anderes absitzen musste. Dann, weil Coach kein Mann war, der sich gerne verarschen ließ, holte er mich aus dem Netz und schickte Andre raus, um das Spiel zu beenden. Warum ich keine größere Strafe für Fehlverhalten bekommen habe, blieb ein Rätsel. Es wäre weniger schmerzhaft gewesen, weggeschickt zu werden, anstatt hier zu sitzen, kochend, das Raptors-Cap tief in die Stirn gezogen und zuzusehen, wie mein Team eine weitere Niederlage einfuhr. Und nicht irgendeine Niederlage. Vegas fickte uns ohne Gleitgel mit der Faust. Der finale Stand, 6-1, zog mein Loch zusammen. Genau wie die bevorstehende Standpauke, die ich in ungefähr fünf Sekunden von Coach bekommen würde.

„Penn!", brüllte Coach, als wir zurück in die Gästeumkleide schlichen, die Köpfe gesenkt, die

Schultern bis zu den Ohren hochgezogen, der Geruch der Niederlage so schwer wie der Gestank ungewaschenen Mannes. Ich wartete neben dem Handschuh-Trockner auf ihn, meine Teamkollegen betraten die Umkleide mit Seitenblicken auf mich.

„Coach, ich kann erklären …"

Er marschierte zu mir, drückte seinen Brustkorb an meinen, seine Nase war nur zwei Zentimeter von meiner entfernt. „Nach allem, was ich für dich getan habe, zahlst du es mir so zurück? Indem du nicht lieferst, wenn wir dich am meisten brauchen? Diese Show da draußen war noch unter Amateurlevel!" Ich wollte etwas sagen. Er schnitt mir schnell das Wort ab. „Nein." Er hob einen Finger vor meinem Gesicht. „Versuch *nicht,* dir irgendwelche windigen Entschuldigungen einfallen zu lassen. Du bist für den Rest dieser Serie auf der Bank. Während du auf der Bank verrottest, musst du dir über einiges klar werden. Was genau willst du vom Leben, Junge? Hockey? Musik? Dieses Baby? Was es auch ist, du solltest schleunigst deinen Kopf aus dem Hintern ziehen, weil du es sonst verlieren wirst. Ich sehe im Moment nicht eine verdammte Sache, die mich dazu bewegen würde, dir einen verdammten Goldfisch zu überlassen, ganz zu schweigen von einem Kind und ich bezweifle sehr, dass das Jugendamt es anders sieht."

Ich nickte. Was konnte ich sagen? Er hatte recht. Es stimmte alles. Auch dass ich mich wie ein idiotischer Heißsporn benahm, genau wie Liberty das immer getan hatte. Die Tür zur Umkleide schwang hinter Coach zu. Ich konnte hören, wie er die Raptors anschrie, etwas, das nicht wie eine aufmunternde Rede klang. Er hatte sich wohl noch nicht alles von der Seele geredet.

Und ja, es war eine rechtschaffene Strafpredigt. Coach hatte recht. Ich musste aufhören, ein hitzköpfiger Versager zu sein. Es hing jetzt mehr als nur mein eigenes Leben von mir ab. Meine Tochter – zur Hölle mit dem *angeblich*-Scheiß, sie *musste* von mir sein, ich konnte die Verbindung in meinem Knochenmark spüren – baute darauf, dass ich die Art Vater sein würde, den sie brauchte. Ich musste mich auf und abseits des Eises zusammenreißen, weil ich sonst wie Liberty enden würde. Ganz allein, nur mit der endlosen Straße, einer alten Gitarre und einer leeren Flasche Johnny Walker als Gesellschaft.

VIER

# Joseph

Mein Handy weckte mich. Ich lag mit dem Gesicht auf einem Absatz über Sir William Herschel und griff benommen danach, sah, dass es fünf Uhr morgens war, und hoffte inständig, dass es das Planetarium war und Drewin mir sagte, dass es in Ordnung war, wenn ich zurückkam. Oder sogar im schlimmsten Fall die Agentur mit einer Nanny-Stelle. Ich hatte in den letzten Tagen von keinem von ihnen gehört und ich hatte angefangen, die Hoffnung zu verlieren, dass ich jemals mit meinem Notfall-Job, Regale schwarz einzuräumen, aufhören konnte. Die Nachrichten, die ich bei *beiden* potenziellen Arbeitgebern auf die Voicemail gesprochen hatte, waren eine Mischung aus direkt und ehrlich, ohne zu betteln, aber ich hatte meinen Stolz hinuntergeschluckt und beim Planetarium noch eine große Entschuldigung hinzugefügt. Was auch immer Natalie gesagt hatte, dass ich keine Miete zahlen musste, wir beide wussten, dass ich weiter sowohl für mich als auch für sie Geld beschaffen musste. Ich hatte Glück, dass ich ein Dach über dem Kopf hatte, aber Däumchen zu drehen, würde nichts erledigen.

Es war die North Nanny Agency, die anrief, aber ich beeilte mich dennoch, mich aufzurichten, obwohl das wahrscheinlich nur eine Nachfrage war, wann ich zur Verfügung stand oder dass sie mir, schon wieder, sagten, dass sie nichts für mich hatten. Es kam nie viel dabei heraus, wenn ich meine freien Zeiten mitteilte, weil die Mitten-in-der-Nacht-Schichten, die ich im Planetarium arbeitete, nicht zu Übernachtungen in den Häusern von Kunden passten, um auf deren Kinder aufzupassen. Der letzte Nanny-Job, den ich gehabt hatte, war vor einem Jahr gewesen, eine ganze Woche, in der ich auf Zwillinge in diesem riesigen Haus außerhalb der Stadt aufgepasst hatte. Ich hatte es gut gemacht, hatte es sogar ertragen, dass der Dad mich in der Garage in die Enge getrieben hatte, als ich hatte gehen wollen, um mir zu sagen, dass er mich *liebend* gerne wieder als Nanny haben wollte.

So wie er mich mit einem steifen Schwanz, von dem er gedacht hatte, dass er mich beeindrucken würde, gegen eine Wand gepresst hatte, schien es, dass er mich liebend gerne für mehr als nur als Nanny zurückhaben wollte. Ich hatte höflich abgelehnt, er hatte mich nicht so höflich vom Grundstück geworfen und die Bewertung, die ich für meine Arbeit erhalten hatte, war schlecht gewesen.

„Wir haben einen zeitlich begrenzten und dringenden Job und Sie sind der Einzige, der Zeit hat", verkündete Lucy-May North in ihrem sachlichen Tonfall. Sie war eine dieser gnadenlos effizienten

Managerinnen, bestand ganz aus kurzangebundener Kommunikation ohne Höflichkeiten, aber ihre Nanny Agentur war erfolgreich, darum machte sie es richtig.

„Okay?"

„Und Sie stehen jetzt im Moment zur Verfügung?"

„Jetzt?" Ich schaute erneut auf die Uhr. Es war definitiv fünf Uhr morgens und nicht fünf Uhr abends.

„Jetzt, Joseph. Ein Auto wird sie in fünfundvierzig Minuten abholen. Dem Kunden wurde unsere Diskretion versichert, aber es *wird* verlangt werden, dass Sie einen Verschwiegenheitsvertrag unterschreiben und alle wichtigen Papiere dazu befinden sich in dem Auto."

„Moment, ich habe noch nicht zugestimmt", fing ich an.

„Eintausend für zwei Nächte Arbeit, da hatte ich angenommen, dass Sie zustimmen." Wie schaffte sie es, es so klingen zu lassen, als wäre es falsch von mir auch nur zu zögern? Sie kannte mich besser als ich mich selbst. Eintausend würden den nächsten Monat abdecken und einen Teil des darauffolgenden. Was der Grund war, warum ich mich beeilte zu packen, mich kurz duschte, eine schlafende Emma zum Abschied küsste und Natalie aufweckte, um ihr zu sagen, dass ich ihr eine Textnachricht schreiben würde, sobald ich ankam. Sie murmelte etwas im Schlaf und drehte sich um, aber ich legte noch einen Zettel auf den Tisch. Ein Auto hielt draußen, ein schwarzer SUV, der von einem Typen im Anzug gefahren wurde, der die Tür für mich aufmachte, mich von oben bis unten musterte, knurrte und dann seine eigene Tür zuknallte, nachdem er eingestiegen war.

„Hi", versuchte ich ein Gespräch anzufangen, aber der Hulk auf dem Fahrersitz hatte eindeutig nicht vor, sich mit mir zu unterhalten und nachdem ich im Spiegel meine Augen verdreht hatte, sank ich in meinen Sitz und schaute zu, wie Tucson an mir vorbeizog. Wir fuhren in eine der exklusiveren Nachbarschaften, voller riesiger Villen und weitläufiger Häuser, in der Nähe wo der Typ, der in der Garage fummelte, wohnte.

„Wissen Sie, wohin wir fahren?", fragte ich den großen, muskulösen Chauffeur erneut, als wir in die Catalina Foothills Community fuhren und dann wieder, als wir von der ruhigen Straße abbogen und vor Toren anhielten, die weit offen standen. Ich redete mit mir selbst, weil der Fahrer nicht antwortete. Obwohl er plötzlich wie ein Seemann fluchte, als er neben einer Kamera an der Wand anhielt.

„Colorado, du Arschloch, um Himmels willen", schnappte er und knallte seine Hand auf das Lenkrad. Er drehte sich halb zum Fenster und fuhr es herunter, um die Kamera anzustarren und ich versuchte, nicht zuzuhören, als er wie wild fluchte, bevor er sehr nachdrücklich auf die Hupe drückte.

Ich wusste nicht, was sein Problem war, weil er einfach hineinfahren hätte können, darum nahm ich an, dass das riesige schmiedeeiserne Tor und das Sicherheitssystem eher schmückend als funktional waren. Ich schickte Natalie eine kurze Nachricht, nichts weiter als eine Adresse, etwas, das wir aus Gewohnheit machten. Dann bewegte das Auto sich wieder. In der Auffahrt vor dem riesigen Haus gab es einen kleinen Brunnen, was einen praktischen Punkt ergab, um den man fahren konnte und als das Auto stoppte, stieg ich aus, bevor der wütende Chauffeur herumkommen und meine Tür öffnen konnte.

Ich hörte sein genervtes Schnauben, als er mich vor seinem wertvollen verdammten Auto fand und schaute dann zu, wie er seine Arme vor seinem Brustkorb verschränkte und mich mit stählernem Gesichtsausdruck anstarrte. Er war mindestens zehn Jahre älter und mindestens eineinhalbmal schwerer als ich, aber er sah nicht wie ein Chauffeur aus. Aus dieser Nähe wirkte er eher wie jemand vom Militär, der in einen Anzug gezwungen worden war – vielleicht ein Bodyguard – ein Typ, der Muskeln aber kein Hirn hatte. Ich ignorierte seinen wütenden Blick, strich mein bestes Hemd glatt, warf mir meinen Rucksack über die Schulter, schob dann mein Handy ein, nahm mir die Zeit, meine Atmung zu beruhigen und die Sorge aus meinen Gedanken zu vertreiben. Wenn dieser Fahrer Security war, betrat ich dann ein Mafia-Haus oder geriet in eine Situation, die mir ein Menge Ärger einhandeln würde?

*Nein. Dieses Haus gehört einem Geschäftspaar, das irgendwohin unterwegs ist auf einer absolut wichtigen Mission, um einen Deal auszuhandeln und Millionen zu verdienen. Die Kinder werden Namen wie Lotus-Bunny und East-West haben und ich werde das ganze Wochenende allein in der Küche verbringen, während sie an ihren Handys hängen.*

„Was jetzt?", frage ich, unsicher, ob ich die Stufen zur Tür hinaufgehen sollte oder ob das ein weiterer Teil des sorgsam choreografierten Fahrer/Bodyguard-Tanzes war.

„Wer zur Hölle weiß das schon", murmelte der

Bodyguard, deutete dann auf die Eingangstür. Ich ging die Stufen hinauf und drückte die Klingel, hob mein Kinn und klebte mir ein Lächeln ins Gesicht.

Die Tür öffnete sich und ein Mann mit wilden Augen stand dort, groß, seine Haare standen in alle Richtungen ab, er hatte Tattoos und echte Furcht in seinem Gesichtsausdruck, hielt dazu ein brüllendes Baby. Ich trat näher, streckte eine Hand aus, aber ehe der große Mann sie schütteln konnte, trat der Fahrer/Bodyguard dazwischen.

„Ich habe es dir doch gesagt", schnappte er den Mann mit dem wilden Blick an. „Die Tore sind offen, ich bin einfach reingefahren, Colorado, und wissen wir überhaupt, wer das ist, den ich gerade abgeholt habe?"

Gab es Unklarheiten, wer ich war?

„Ich bin die Nanny-"

„Er ist der Manny-"

Der große Typ und ich redeten gleichzeitig und er warf mir einen Blick zu, der seine Verzweiflung zeigte, bevor er sich wieder Mr Dangerous zuwandte.

Wo wir gerade dabei waren, der Bodyguard nahm mir meinen Rucksack ab, stieß mich dann gegen eine Wand und tastete mich ab. Ich war zu schockiert, um überhaupt daran zu denken, zu protestieren, aber als er anfing, Sachen aus meinem Rucksack zu ziehen, inklusive meiner Bücher fürs College, zog ich die Grenze.

„Lass meine Sachen in Ruhe!"

„Ausweis", sagte Mr Dangerous und streckte eine Hand aus. „Was, wenn er eine Waffe hätte?", fügte er hinzu, aber er redete nicht mit mir, als ich endlich meinen Ausweis überreichte. Dennoch, er deutete an, dass ich eine Waffe hätte? Was zur Hölle?

„Ich habe keine Waffe-"

„Was zur Hölle − was soll ich deiner Meinung nach machen?", unterbrach mich der große Kerl, der das Baby hielt.

„Um Himmels willen, Colorado, nimm es ernst!" Der Bodyguard und dieser große Typ, der anscheinend Colorado hieß, starrten sich an und ich trat zurück, um zu begreifen, was zur Hölle vor sich ging. Der Fahrer *war* also Security und diese Colorado-Person, die das Baby hielt, war was? Ein vorheriger Manny? Vater des Babys? Er sah aus, als wäre er rückwärts durch eine Hecke gezogen worden, durch einen schlammigen Garten, und dann zu einer schlaflosen Nacht gezwungen worden. Er trug weite Shorts voller Löcher und ein altes T-Shirt mit einem schwarzen Goth-Design, irgendein Name, der seit langer Zeit verblasst war. Tattoos bedeckten seine Arme und ich konnte sie auch auf seinen Beinen sehen, Bilder, Buchstaben alles durcheinander

Wer er auch war, er war absolut angepisst. „Ich *nehme* es ernst. Vlad war gerade da und-"

„Es ist nicht schwierig, Colorado. Tor öffnet sich, Besucher kommt an, Tor schließt sich-"

„Simon-"

Mr Dangerous, aka Simon, ignorierte ihn und fuhr damit fort, Colorado zu schimpfen, der mit jeder Minute angespannter wurde. „Tor öffnet sich, Besucher geht, Tor schließt sich. Schalte den verdammten Alarm an, du Idiot, was zur Hölle stimmt mit dir nicht?"

„Fuc – Ich habe den Alarm eingeschaltet."

Simon schaute nachdrücklich auf die Konsole neben der Tür und hob eine Braue. Zumindest kannte ich jetzt ihre Namen, aber einer testosterongefüllten Auseinandersetzung so nahe zu sein, machte mich nervös und mein erster Instinkt war es, mir das Baby zu schnappen und zu fliehen, vor allem weil das Weinen jetzt zu etwas anderem geworden war. Das arme Ding bekam die Wut und den Streit mit und das würde ich nicht zulassen.

„Was, wenn jemand von der Straße einfach hereinkommt oder ein Drogendealer, der einem deiner *Gäste* Nachschub bringt oder ein weiterer verdammter Emu oder irgendeine Lieferung von was immer zur Hölle du isst, mal zwanzig, weil dein Haus das Zuhause für viel zu viele Fremde ist?"

„Simon-"

„Du musst es ernst nehmen."

„Es ist nichts ernster als herauszufinden, dass du ein Dad bist und deine Tochter vor deiner Türschwelle abgesetzt wurde!"

Colorado schrie, Simon keifte zurück und mittendrin brüllte das Baby, so laut sie konnte. Instinktiv, vielleicht auch dumm, stellte ich mich zwischen die beiden großen Männer und streckte meine Hände nach ihr aus.

„Ihr beide, hört auf, ihr macht ihr Angst. Gib sie mir", verlangte ich und Colorado kam ruckartig aus dem Streit heraus und blinzelte mich an, hob das Baby und hielt sie schützend fest.

Colorado machte keine Anstalten, mir zu geben, was

er hielt, aber ich gestikulierte mit meinen Händen, um meine nachdrückliche Bitte zu betonen und er starrte mich an, so viel Schmerz und Sorge in seinen haselnussbraunen Augen. Ich nickte ein wenig, um anzudeuten, dass es in Ordnung war und ich weiß nicht, was er in mir in diesem Moment sah, aber er reichte sie mir endlich, als wäre sie aus dünnstem Glas und er machte sich Sorgen, dass sie zerbrechen könnte. Ich konnte riechen, dass sie eine frische Windel brauchte und sie war rot im Gesicht vom Weinen, dicke Tränen liefen an ihrem Gesicht nach unten. Dass ich sie hielt, stoppte nichts davon und ich wartete darauf, dass mir gezeigt wurde, wo in diesem Haus sich ihre Sachen befanden.

„Hier entlang." Colorado trat gleichzeitig zurück und drehte sich, seltsam elegant, als er über eine Kiste stolperte. Simon fing ihn auf, als er beinahe mit dem Gesicht voran hinfiel, sich dann aufrichtete. Er starrte auf die böse Kiste, sah aus, als ob er gleich fliehen würde und ich legte eine Hand auf seinen Ellbogen, um ihn zu ermuntern, weiterzugehen, aber Simon war sofort da und ich wandte mich an ihn.

„Dieses Baby braucht Hilfe", verkündete ich. „Zeig mir, wo ihre Sachen sind."

„Hier lang", sagte Colorado und taumelte-stolperte durch schwarze Säcke, die in dem breiten Flur herumstanden und weiter zu einer Tür, stieß sie auf und stand dann im Raum. Wenn ich gedacht hatte, das Haus wäre ein Chaos, wurde ich in diesem Zimmer eines Besseren belehrt. Angefüllt bis zur Decke befand sich alles darin, was es an Babysachen gab, von

Brustwarzencreme bis hin zu Kisten voller Windeln für Kleinkinder. Zuerst einmal, war niemandem klar, dass Kleinkindwindeln zu groß sein würden und wo war die Mom, die die Brustwarzencreme brauchte?

„Wird das Baby gestillt?", verlangte ich zu wissen und hielt währenddessen das schreiende Baby und suchte nach Feuchttüchern und Windeln für Neugeborene, plus einem sauberen Strampler und eine Stelle, an der ich arbeiten konnte.

„Nein, ihre Mutter hat sie verlassen und sich vom Acker – sie ist nicht hier."

Ich entdeckte eine Wickelmatte, die zwischen sechs runde Behälter mit Milchpulver gestopft war und riss sie mit einer Hand heraus.

„Sei vorsichtig mit ihr!", schrie Colorado mir direkt ins Ohr.

Ich drehte mich zu ihm. „Hör auf zu schreien. Geh weg. Lass mich meine Arbeit machen."

Ich war mir nicht sicher, ob es meine Aufgabe war, mich um einen unter Drogen stehenden großen Typen und einen finster dreinschauenden Bodyguard zu kümmern. Wer zur Hölle war diese Colorado-Person? Ein Dealer? Er sah aus, als hätte er zehn Tage lang durchgesoffen, die gesamte rechte Seite seines Gesichts war blau und seine langen, zerzausten Haare waren zu einem schlampigen Pferdeschwanz gebunden, der von einem leuchtend rosa Haargummi gehalten wurde.

Etwas in meinem Ton musste zu ihm durchgedrungen sein und die Tatsache ignorierend, dass zwei große Männer an der Tür herumstanden, konzentrierte ich mich auf die Kleine.

„Wie heißt sie?", fragte ich, während ich die Feuchttücher und die Windeln zu mir zog und die Knöpfe löste, die das übermäßig warme Baby darunter entblößten. Schnell und effizient wischte ich alle Spuren von Kacke weg, wenigstens hatte sie keinen Windelausschlag und ihr Bauch war weich und rund, ihre Augen immer noch feucht von Tränen und ihre winzige Faust hatte sie in ihrem Mund und saugte daran.

„Madeline Celeste", platzte Colorado heraus.

Ich schaute auf und sah, wie er Simon gegen die Wand drückte, und dann wechselte die Position genauso schnell. Ich zog ihr endlich eine saubere Windel an, aber ein Strampler in dieser Hitze war wahrscheinlich zu viel. Sie hatte Hunger und ich zog einen Pappkarton zu mir, warf eine Kiste mit Flaschen, ein Sterilisationsgerät für die Mikrowelle und Milchpulver hinein, fand dann den Heiligen Gral, Kartons mit vorgemischter Milch. Ich nahm Madeline auf den Arm und schob den vollen Karton in Simons Richtung, der gerade dabei war, Colorado zu schubsen. Ich wusste nicht, was zur Hölle hier los war, aber ich hatte kein Interesse daran, mich in diesen Scheiß hineinziehen zu lassen.

„Bring das in die Küche", befahl ich, schlüpfte dann an den beiden Männern vorbei und machte mich Gott weiß wohin auf, um die Küche zu suchen. Sie war nicht schwer zu finden, riesige, gewölbte Decken, rostfreier Stahl und Glas überall und ein Blick auf die Catalina Mountains, der mich daran erinnerte, dass wir in einer Wüste wohnten. Jemand befand sich an der Arbeitsplatte, den Kopf unten, schlafend, und es gab nicht viel Platz auf der Platte, um zu arbeiten. Überall befanden sich Berge von Take-out-Behältern, drei Pfannen und mehrere Töpfe waren in der Spüle aufgestapelt, überall waren Eierschalen verstreut, Sportgetränke, Teller, Tassen, was es auch war, es lag herum. Ich fand die Mikrowelle, ein riesiges Monster mit genügend Knöpfen, um ein Spaceshuttle zu landen, aber mit schnellen Bewegungen und einhändig, Madeline schluchzte dabei leise, packte ich das Sterilisationsgerät aus. Es war dieselbe Marke, die Natalie benutzt hatte, als sie Emma bekommen hatte und eine sterilisierte Flasche gefüllt mit vorbereiteter Milch später, saß ich auf der ersten freien Stelle, die ich finden konnte, einem kleinen Sofa in einer Ecke des gewaltigen Küchenbereichs und versuchte, sie dazu zu bringen, die Flasche zu nehmen.

Colorado folgte mir, Simon ihm hinterher und beide setzten sich dann auf das gegenüberliegende Sofa, passten kaum darauf. Simon war breit, Colorado groß und muskulös und beide hatten deutliche Muskeln, obwohl Simon mehr Masse hatte und Colorado definierte Stärke. Zuerst wollte Madeline ihre Flasche nicht nehmen, aber es war auch nicht ruhig. Simon schien ein Problem mit einem Todeswunsch zu haben, den Colorado anscheinend hegte und Colorado hatte ein Problem mit jemandem namens Mark, der, in seinen Worten, ein verdammtes Arschloch war. Sie beide redeten leise, aber es war so viel Nachdruck dabei, dass ich mir Sorgen um das Leben dieses Mark machte.

Endlich nahm Madeline die Flasche, eine Hand schlug gegen meine, die andere hatte sie zur Faust geballt. Sie schloss kurz ihre Augen, öffnete sie dann und ich bekam die volle Wucht der größten blauen Augen ab, die ich je bei einem Baby gesehen hatte. Dazu hatte sie einen anbetungswürdigen Schopf feiner dunkler Haare und ich dachte, dass sie nicht älter als einen Monat sein konnte. Sobald ich das Gefühl hatte, dass ich den Blick heben konnte, tat ich das.

„Fang von vorne an", verlangte ich in meinem ruhigsten Tonfall, legte dann einen Finger auf meine Lippen, um zum Flüstern zu ermuntern.

Colorado warf einen Blick auf Simon und sie führten eine stumme Unterhaltung über ich weiß nicht was, bis Simon aufstand und mich mit einem Schnauben mit Colorado mit den wilden Augen und den Drogen intus allein ließ.

*Ich kann das.*

„Madeline wurde vor zwei Wochen vor meiner Tür abgestellt."

„Wo sind die Eltern?"

Colorado wurde blass und deutete auf sich und ich folgte seinem Finger und sah, dass er auf dem T des Wortes ‚Chaotic' landete. Ich konnte das zweite Wort nicht lesen, es war in zu vielen Waschgängen verloren gegangen und wegen der Art, wie sich das Material über seinem muskulösen Brustkorb dehnte. „Ich bin ihr Dad. Es ist offiziell, die Bluttests haben es bestätigt."

Er klang so staunend über diesen Teil, dass mein ursprünglicher Hass und mein Misstrauen gegenüber diesem Mann, wer auch immer er war und was er wahrscheinlich getan hatte, um diese Villa zu bekommen, anfingen sich aufzulösen. Nur ein wenig, nicht genug, als dass ich Madeline bei ihm lassen wollte.

„Und ihre Mom?"

Colorado sank in sich zusammen. Ich hatte noch nie etwas so absolut Jämmerliches gesehen wie diesen großen Mann, der sich vornüberbeugte, den Kopf in die Hänge gestützt. „Weg. Ich weiß nicht einmal, wer … Ich habe keine Ahnung …"

„Okay, ich brauche keine Einzelheiten, was ich tun muss, ist das Jugendamt anzurufen." Da hob ich mein Kinn, wartete darauf, dass er Einwände hatte. Nur weil Colorado Madelines Dad war, hieß das nicht, dass er sich um ein Baby kümmern konnte. „Dieses Haus ist Chaos und du-"

„Das war es nicht. Mein Boss hat einen Putzservice organisiert, der gekommen ist, aber dann war ich unterwegs und als ich zurückgekommen bin, war es so – die Furballs hatten eine Session und es gab Bier und …" Er deutete herum. Der Mann an der Arbeitsplatte wachte mit einem Schnaufen auf und fiel beinahe vom Stuhl, gähnte dann und schaute sich um, bevor er in Unterwäsche und einem T-Shirt zu uns tappte. Ich zog Madeline schützend an mich, weil ich dachte, dass wenn Colorado ein Drogendealer war, dieser Mann dann ganz sicher einer sein musste, weil er komplett mit weißem Puder auf seinem T-Shirt kam.

„Col, Kumpel, du bist zu Hause!"

„Geh weg, Buick."

„Hey, tut mir leid, wegen dem Mist."

„Fu – geh weg, Arsch – Idiot."

Colorado schaute zu dem anderen Mann auf,

starrte ihn ewig an und dann zuckte Drogen-Typ mit den Schultern und wanderte zurück zur Arbeitsplatte in der Küche, fluchte wegen irgendetwas, bevor Simon ihn in den Schwitzkasten nahm. Sie verschwanden und ich hörte Geschrei in der Ferne, bevor die Eingangstür zuknallte. Simon kam zurück in die Küche und zu uns, knallte einen Schlüssel auf den kleinen Tisch neben mir.

„Er kommt nicht wieder rein", knurrte Simon.

Mir entging hier etwas, eine Dynamik zwischen Colorado und Simon, beinahe so, als ob die beiden trotz der Streitereien eine Art Verbindung hätten.

„Du kannst das Jugendamt nicht anrufen", sagte Colorado nach einem Moment.

„Es ist meine Pflicht als verantwortungsbewusster Erwachsener zu melden-"

„Das Jugendamt hat mich schon besucht."

„Das überrascht mich nicht, wegen der Drogen-"

„Welche Drogen -?"

„Dein Freund an der Theke war mit weißem Pulver bedeckt, du nimmst eindeutig etwas", ich wedelte mit der Hand zwischen ihm und Simon, „und welche *Beziehung* auch immer ihr beide habt, in diesem Haus ist irgendetwas absolut nicht in Ordnung und ich werde es melden."

„Beziehung?" Colorado schaute zu Simon auf. „Mit ihm?"

„In deinen Träumen", sagte Simon seufzend. „Hör zu, Junge, ich bin der vom Gericht ernannte Colorado-Flüsterer-Schrägstrich-Bodyguard, den die *Craptors* für diese Situation engagiert haben." Colorado schubste ihn weg und machte dieses Gesicht, das nur aus Ha-fucking-Ha bestand.

Der Himmel wusste, wo ich da hineingeraten war, aber diese Craptors-Gang klang wie der Scheiß, den ich mein ganzes Leben lang zu meiden versucht hatte. Ich könnte jetzt gehen und keinen Aufstand machen und ich hatte die echte Furcht, dass ich Natalie und Emma nicht wiedersehen würde. Ich wusste nicht viel über die rivalisierenden Gangs in Tucson, aber sie mussten groß sein, wenn Colorado so ein riesiges Haus besaß.

Ich *könnte* Madeline zurücklassen und gehen. Die Polizei anrufen, das Jugendamt, sie auf diese Weise wegholen, nach einer Weile. Oder ich könnte tun, was mein Herz mir sagte und mir ein Rückgrat wachsen lassen, weil dieses winzige Menschlein von mir abhängig war. Ich stand auf, rückte die Flasche zurecht und schnappte mir das Spucktuch, das ich mitgenommen hatte, für den Fall, dass ihr schlecht wurde.

„Ich gehe und ich nehme das Baby mit", verkündete ich und machte einen Schritt in Richtung der Arbeitsplatte.

Colorado und Simon rumpelten beide auf.

„Was zur Hölle?"

„Gib mir mein Baby!"

Ich drückte Madeline enger an mich, schmiegte ihr winziges Gesicht an meinen Hals, wo sie in Sicherheit sein würde. Wenn es zu einem Schusswechsel kam, würde ich sie abschirmen und hoffen, dass zumindest sie es überlebte. Hysterie überkam mich, aber ich schaffte es, Worte zu formen.

„Mir sind die *Craptors* egal, aber eine Gang, die

Drogen dealt, Waffen verscherbelt, Prostitution betreibt oder was auch immer ist kein Leben für ein Kind. Lass mich sie an einen sicheren Ort bringen, ich werde mich um sie kümmern, helfen, gute Pflegeeltern für sie zu finden."

„Was?" Colorado klang verwirrt und neben ihm grinste Simon. Warum zur Hölle grinste der Muskelmann?

Ich redete weiter. „Du hast ein Gang-Leben mit Drogen und Waffen und Gott weiß was noch gewählt, aber deine Tochter könnte frei von den Craptors sein und ein langes, glückliches Leben führen." Ich machte noch einen Schritt zurück und dieses Mal grinste Simon übers ganze Gesicht und er trat sogar zur Seite, um mich vorbeizulassen, während er Colorados Arm packte und ihn festhielt.

„Simon, was zur Hö – halte ihn auf."

„Er hat recht, Col", sagte Simon todernst. „Das Gang-Leben ist nichts für ein süßes, unschuldiges Baby."

Ich ging rückwärts weg von den beiden Männern und dann, in einer Bewegung, die ich für den Rest meines Lebens nicht vergessen würde, entkam Colorado Simons Griff, sprang über das Sofa, machte diese Drehung in der Luft und landete zwischen mir und der Tür wie ein gottverdammter Superheld, komplett mit Faust auf dem Boden.

Ich quiekte oder jaulte und an meiner Kehle ließ Madeline ein unzufriedenes Quäken hören, als mein Griff sich verstärkte.

„Lass sie los", verlangte er und erhob sich zu seiner

vollen Größe, was gute fünfzehn Zentimeter über mir
war, ganz Muskeln und wilde Entschlossenheit.

„Lass sie mich mitnehmen", flehte ich.

Simon glitt zu Boden, lachte so sehr, dass er nicht
mehr atmen konnte und ich stand kurz davor, schreiend
mit dem Baby in den Armen aus dem Haus zu laufen.

Colorado hob eine Hand. „Kumpel, mein Name ist
Colorado Penn. Ich bin der verdammte Starter-Goalie
des Arizona Raptors Hockeyteams. Ich bin mir sicher,
dass mein Freund Buick betrunken war, aber das weiße
Zeug war von den dreißig Zuckerdonuts, die er gegessen
hat. In meinem Haus gibt es jetzt keine Drogen, darum
gib mir mein Baby zurück."

# FÜNF

# Colorado

In der Regel wäre das Temperament, das ich von meinem Daddy geerbt hatte, genau jetzt aufgeflammt.

Wir Penns hatten Probleme damit, wenn Leute uns wie Fußabtreter behandelten. Diese Lebhaftigkeit, wie Alchemy es gerne nannte, konnte in zwei Ströme fließen. Strom Nummer eins war ein sanfter gurgelnder Bach, der Aufregung, Sorge und Wut davontrug wie ein Herbstblatt, das zufällig in diesen Bach gefallen war. Strom zwei war ein angeschwollener Fluss der Wut, der zu ausgerissenen Bäumen und blutigen Nasen führte. Dank meiner Großmutter erkannte ich diese beiden Wasserwege und konnte, wenn ich die Zeit hatte, mich zu erden, das Blatt sein. Heute, dank eines Anrufs von Alchemy, in dem sie mir gesagt hatte, dass sie in Ohio war und noch diese Woche kommen würde, wenn die Reifen ihres VW-Vans durchhielten, fühlte ich mich wie der gurgelnde Bach.

Außerdem schadete es nicht, dass der Manny absolut niedlich war, auf eine absolut nerdige Bill-Nye-

Art. Kommt schon, der Kerl trug altmodische Cargo-Shorts und ein Oberteil mit einem großen Konterfei von Marvin dem Marsianer. Ich ignorierte Simon, den frisch angestellten Security-Mann, den die Raptors wie einen Einlauf in meinen persönlichen Raum gerammt hatten.

„Manny, Kumpel", fing ich an, nachdem ich einen langen, reinigenden Atemzug genommen hatte.

„Joseph, mein Name ist Joseph."

„Das ist ein rechtschaffener Name. Also, Manny Joe, ich versichere dir, dass die einzige Gang hier in der Gegend die Lollipop Gilde ist, die drüben vor dem großen Bildschirm zu Dorothy singen." Ich deutete mit meinem Daumen in Richtung des Wohnzimmerbereichs und zeigte ihm mein bestes Lächeln. Es schien ihn wenig zu beeindrucken, genau wie die anderen menschlichen Wesen, denen ich es zeigte. „Ich weiß, dass es hier drin heftig aussieht und das liegt daran, dass der Putzservice zu spät dran ist, aber nichts und niemand hier wird meinem Baby schaden, inklusive mir und meinen Bandkollegen." Mit diesen Worten warf ich Simon einen finsteren Blick zu, der seine gewaltige Gestalt langsam in den Griff bekam.

Joe schaute zu mir, dann zu Simon, dann wieder zu mir, sein Griff um meine Tochter sanft, aber schützend. Extrem schützend. Was mir das Gefühl gab, dass dieser Mann eine gute Wahl war, auf Madeline aufzupassen, wenn ich unterwegs war. Ich wollte jemanden, der sich vor einen Bus werfen würde, um sie zu beschützen. Genau wie ich das tun würde.

„Was für eine Art Irrenhaus ist das hier genau?",

fragte Joe, während er mir vorsichtig mein Mädchen zurückgab.

Es könnte sein, dass ich seine Sorgen durchbrochen hatte. Oder es könnte sein, dass Simon, der menschliche Mammutbaum, hinter mir aufgetaucht war.

„Wir sind gerade im Übergang", erklärte ich, legte dabei mein Baby in das Tragetuch, das jetzt Teil meiner ständigen Kleidung zu sein schien. Joe hob die Brauen. „Ja, ich weiß, es sieht wie ein Spaß-Haus aus, aber ich schwöre, die Dinge sind nicht so, wie sie scheinen. Komm rein, setz dich. Lass uns das noch einmal von vorne machen."

Ich tappte barfuß ins Musikzimmer, einen meiner Lieblingsplätze in diesem Mausoleum einer Villa, die ich mit all dem Raptors-Geld gekauft hatte. Das Aufnahmestudio im Keller war auch ein lustiger Platz zum Abhängen, kam gleich nach dem Musikzimmer und meinem Schlafzimmer, aber mein Wissen, wie man Aufnahmen abmischte, war minimal.

Ich hörte Joes knarzende Ledersandalen einen Moment später.

„Setz dich." Ich deutete auf eines von mehreren Sofas, die um die Übungsinstrumente der Band und einen Stutzflügel verteilt waren. Ich schwang ein Bein über den Klavierhocker und setzte mich. Maddie winselte und wimmerte, ihre Wangen waren immer noch rot von ihrem Schreianfall vorhin. „Manchmal, wenn sie so aufgebracht ist, mag sie Musik. Was wirklich beweist, dass sie von mir ist." Ich legte meine Finger auf die Tasten und fing an, ein Schlaflied zu spielen. Ihr Zucken wurde langsamer, ihre Arme und Beine entspannten sich. Ich drückte einen Kuss auf ihren flaumigen Kopf. „Das habe ich vor ein paar Nächten herausgefunden, als sie getobt hat. Nichts, was ich getan habe, hat sie beruhigt. Flasche, saubere Windel, nichts. Also sind wir gegangen. Sind hier gelandet und ich dachte mir, warum nicht? Musik beruhigt die wilde Bestie, darum sollte sie ein wütendes Baby beruhigen können."

Joe setzte sich nicht. Er umkreiste den schwarzen Steinway wie eine besorgte Bärenmutter. „Du bist überhaupt nicht so, wie ich es erwartet habe", gestand er, während er mit einer Hand über das Klavier strich.

„Ja, da bin ich mir sicher." Ein Goalie mit zerzausten Haaren, Tattoos, einem Nasenring und mehreren Zehenringen, der mit zwei Stunden Schlaf in den letzten drei Tagen agierte. Wer hätte sich das vorgestellt? Maddie gähnte leise. Joe lächelte und ich erwiderte es. Sein Niedlichkeitsfaktor wuchs um zehntausend, wenn er lächelte. Ich hoffte, dass er das öfter machte. „Diese ganze Dad-Sache war wie Cartoon-Amboss, okay?"

Ich wechselte von dem Schlaflied zu Aerosmiths „Angel", das ich ebenfalls angefangen hatte, ihr vorzusingen. Sie liebte Aerosmith. Genau wie ihr Dad.

„Wie in es fiel aus dem Himmel und traf unangekündigt deinen Kopf?" Er stand da, die Arme verschränkt, schaute zu, während ich spielte.

„Absolut genau so. An einem Tag bin ich ein ungebundener Pan-Typ, der das Rock and Roll und Hockeyleben liebt und lebt, am nächsten bin ich ein Vater. Das war ein radikaler Weckruf. Wie dem auch sei, das Jugendamt ist jetzt involviert und obwohl ich legal ihr Vater bin, zumindest beinahe, und ganz sicher leiblich, stapfen sie auf der Suche nach ihrer Mutter durch die Staaten. Sie muss das Sorgerecht aufgeben oder etwas in der Art. Ich weiß es nicht. Mein Kopf ist wirr. Zu wenig Schlaf und zu viele Puderzucker-Donuts. Ich brauche Hilfe hier zu Hause und ich brauche sie gestern schon. Wir reisen in zwei Tagen nach Dallas zu den Western Division Finals und ich brauche eine zertifizierte Nanny oder sie nehmen sie mir weg."

„Und das bin ich?"

„Ja, nun, das hoffe ich. Du bist wahnsinnig niedlich, unglaublich fürsorglich und wurdest mir wärmstens empfohlen. Ich werde dir zahlen, was immer du willst." Er keuchte, dann schnaubte er. „Nein, Mann, ich meine es absolut ernst. Meine ganze Hockeykarriere hängt an einem seidenen Faden. Wenn ich in Dallas so aufkreuze", ich deutete auf meine bemitleidenswerte Gestalt, „wird Coach meinen Hintern wieder auf der Bank parken. Die Eigentümer werden mir eine Sonderfreigabe geben oder so."

„Du bist also ein Hockeyspieler und ein Musiker?" Er schlich um das Klavier, um einen Blick auf Maddie zu werfen, die friedlich schlief und dabei stetig auf meinen Brustkorb sabberte.

„Ich bin beides. Winter-Goalie und Sommer-Rocker. Wir nehmen ein neues Album auf, sobald die Saison vorbei ist, darum wirst du meine Bandkollegen sehr oft sehen." Das brachte die besorgten Falten zurück. „Kein Grund, sich Stress zu machen. Simon ist hier, um das Haus wie ein Bootcamp zu führen. Kein Alkohol, keine

Drogen, keine sexuellen Eskapaden, keine Partys, keine Emus …"

„Emus?"

„Ja, lange Geschichte. Die B-Seite ist, dass ich mein Bestes geben möchte, der Vater zu sein, den Maddie braucht und den das Gericht sehen möchte. Ich brauche jemanden, der mir hilft, die Guter-Daddy-Reise zu machen. Du und Simon, so sehr er mich auch nervt, werdet das tun."

„Ihr beide seid im Flur gestanden und habt einander angebrüllt, mit einem Baby zwischen euch, das ist nicht einmal in der Nähe des Versuchs, ein guter Dad zu sein."

„Rom wurde nicht an einem Tag gebaut, Kumpel."

„Ich behalte mir ein Urteil vor", murmelte er und wendete den Blick nicht von Maddie.

„Heißt das, du hast vor zu bleiben? Ich gebe dir, was immer du willst. Geld ist *kein* Problem. Geschenke. Mann, siehst du diese blaue Gibson auf dem Ständer neben den Drums? Signiert von Slash. Deine, wenn du sie haben willst."

„Ich spiele nicht Gitarre und ich habe keine Ahnung, wer Slash ist."

Meine Finger erstarrten. Maddie Boo schniefte. Ich spielte weiter, dieses Mal Poisons „Every Rose Has Its Thorn", um die sanfte Stimmung zu erhalten.

„Kumpel, du hast traurigerweise deinen Bezug zu den Großen des Metal und Rock verloren. Das werden wir in Ordnung bringen. Also, was meinst du? Ich zahle dir zweitausend pro Woche."

Seine hellblauen Augen wurden groß. „Zweitausend pro Woche?"

„Ist das nicht genug? Dreitausend pro Woche. Reisekosten gehen auf mich, wenn wir irgendwohin müssen und du mitkommst. Ähm, was noch? Ach, ja, die Gibson. Oder diesen Bass, den Gene Simmons signiert hat."

Er starrte mich stumpf an. Wusste er nicht, wer Gene Simmons war, oder war er von dem Gehalt geschockt, das ich ihm angeboten hatte? In diesem Moment hätte ich zehntausend pro Woche bezahlt, wenn er sich um mein Baby kümmerte, damit ich schlafen konnte. So viel hing von mir ab und meiner Performance als Vater, als Goalie und als Musiker. Ich konnte das nicht verbocken.

„Möchtest du dir nicht meinen Lebenslauf durchlesen, bevor du mich als permanente Nanny anstellst?"

Himmel, er war niedlich. So ein sauberer Steve-Rogers-vor-dem-Serum-Vibe umgab ihn. Stand er auf Kerle? Würde das in seinem Lebenslauf stehen? Wenn dem so war, dann Ja, ich wollte seinen Lebenslauf sehen, genau wie seinen Schwanz.

*Yo, Arschloch, du gleitest in den Liberty-Modus.*

„Scheiße, ja, tut mir leid." Ich hustete, während meine Gedanken zu meinem neuen Leben zurückkehrten. „'Tschuldige, ja, ich stehe absolut darauf, deinen Lebenslauf zu sehen. Ich hätte dich das vorhin schon fragen sollen, aber du hast mit Attitüde um dich geworfen, wie alte Frauen im Park den Tauben Vogelfutter hinwerfen. Außerdem hat der Schlafmangel mein Hirn in Mus verwandelt. Ganz ehrlich, ich konnte mich heute Morgen nicht an meinen zweiten Vornamen erinnern, als ich mit meinem Anwalt gesprochen habe." Ich schnaubte vor Erheiterung über mein todmüdes, gebackenes Hirn.

„Die Agentur hätte alles schicken sollen, aber ich kann es dir zusammenfassen."

„Cool, fass über mir zusammen, Mann", murmelte ich, während meine Finger ganz von selbst über die Tasten wanderten.

Maddie schlief tief und fest, ihr winziger Körper ganz eng und warm an meinem Brustkorb. Ich schloss meine Augen, atmete tief ein und seufzte über den Geruch von Babyshampoo. Ich war mir nicht sicher, wer ihre Mama war, aber sie und ich hatten ein wunderschönes Kind gemacht. In nur zwei Wochen hatte ich mich so sehr in meine Tochter verliebt, dass es angsteinflößend war. Ich hatte gedacht, dass ich andere Leute liebte, viele von ihnen, in jeder Form, Farbe, Alter und Geschlecht oder Nicht-Geschlecht. Ich habe meine Großmutter verehrt und habe ein scharfes Gefühl der Brüderlichkeit mit meinen Teamkollegen verspürt. Ich hatte für ein paar Leute sogar tief auf diese bedeutungsvolle Art und Weise empfunden, die man für andere Personen haben kann. Aber noch nie habe ich ein Band wie dieses gespürt. Es jagte mir absolute Angst ein. War es so für alle Eltern? Würde es mit der Zeit nachlassen? Musste wohl so sein. Warum sonst hätte Liberty sich aus dem Staub machen und mich im Alter von sechs Jahren bei Alchemy lassen sollen? Ich würde nach dieser Abnahme der Zuneigung Ausschau halten müssen und wenn sie kam, musste ich etwas tun, irgendwie, um sie mehr zu lieben –

„… das Planetarium hat die Wichtigkeit, die Planeten richtig zu platzieren, nicht erkannt. Hörst du mir zu?", fragte Joe, seine rosa Lippen wurden schmal.

„Sicher! Das Planetarium fand deine Planeten nicht cool?" Er runzelte die Stirn. Fuck, sogar das war niedlich. „Es tut mir leid. Ich bin kurz vorm Einschlafen. Kannst du mir das Grundlegende sagen?"

„Ich habe meiner Schwester geholfen, ihre Tochter aufzuziehen. Ich wohne immer noch bei ihnen. Ich habe alle erforderlichen Kurse online gemacht, wie positive Disziplin, Wassergewöhnung, Stressmanagement, Sicherheit im Haus, Sicherheit beim Essen, Schlaftraining, Hirnentwicklung, Trends in der Kinderversorgung und geschlechtsneutrale Erziehung. Ich habe auch meinen Erste-Hilfe-Schein und ein Zertifikat fürs Schwimmen."

„Kumpel, ich bin beeindruckt. Und du studierst auch noch das Weltall?" Er nickte, sah zufrieden mit sich und seinem Studium aus. Das sollte er sein. Ich hatte es gerade so durchs College geschafft. Alles, was ich gewollt hatte, war Musik zu machen und Hockey zu spielen. „Ich bin überzeugt. Die Westman-Reids haben absolut für deine Agentur gebürgt und Simon hat dich und deine Familie bereits auf kriminelle Aktivitäten überprüft. Wann kannst du anfangen?"

„Wir überstürzen die Dinge, nicht wahr?", bemerkte Simon. Ich hatte nicht einmal gehört, wie er in das Zimmer gekommen war.

„Dass du die Regeln ignorierst und dass du und

deine Security sich im Flur anschreien, ist das normal?"
Joe verschränkte seine Arme vor seinem Brustkorb und
ich war mir nicht sicher, ob wir ihn schon hatten. Mir
gefiel dieser Gefängniswärter-Vibe nicht, aber für
Maddie Boo würde ich alles tun.

Simon bewegte sich an eine Stelle, wo ich ihn sehen
konnte, und wir tauschen einen Blick. Ich wusste, was er
wollte, dass ich die Tore nicht offenließ, oder meine
Bandkollegen hereinließ oder eines von einhundert
anderen Dingen, die ich verbockte. Er hob eine Braue.

„Es wird nicht wieder vorkommen", sagte ich. „Also,
wann kannst du anfangen?"

Er hielt für einen langen Moment inne. „Freie Zeit
für meine Familie, einen richtigen Vertrag und ich kann
jetzt anfangen … nehme ich an."

„Wunderbar." Ich stand auf, die letzten Noten, die
ich gespielt hatte, verklangen, während ich meine
schlafende Tochter aus dem Tuch fummelte und sie in
Joes schön definierte Arme legte. „Das Kinderzimmer ist
oben. Du kannst es nicht verfehlen. Es ist ganz gelb und
weiß mit leuchtenden blauen, grünen, roten und lila
Punkten. Ein paar Freunde von mir sind mit Mustern
gekommen und einfach eskaliert. Du kannst sie
hinlegen, oder?"

„Ja, natürlich. Ich gebe dir eine zweiwöchige
Probezeit. Ist das fair?" Er hielt Madeline, als wäre er
geboren worden, um ein Baby zu wiegen.

„Jep, absolut fair." Wir stießen die Ellbogen
aneinander, als Ersatz für einen Handschlag, weil seine
Hände die wertvollste Ladung der Welt hielten.

Er ging davon, mein Mädchen in seinen Armen und

ich warf mich mit einem Stöhnen auf die goldene Couch, das mir in der Regel nur entkam, wenn ich eine Ladung verschoss. Das Kissen roch nach billigem Bier, Zigarettenrauch und frittiertem Lachs. Spielte keine Rolle. Ich schloss meine Augen und schlief auf der Stelle ein, meine Träume drehten sich um mein Baby und den faszinierenden Mann, der die Seele einer Grizzly-Mama hatte und Augen, so rein blau wie ein Frühlingshimmel.

## SECHS

## Joseph

Ich war mir nicht sicher, was passiert war. Irgendwie hatte ich zwei Wochen zugestimmt und jetzt stand ich mitten in einer Farbexplosion. Das Kinderzimmer war überhaupt nicht in Pastellschattierungen gehalten, keine sanften Zitronenhäschen oder blassrosa Teddys. Es sah aus, als ob jemand willkürlich überall Formen hingemalt hätte. Zuerst verzog ich das Gesicht, doch als mein erster Schock nachließ, erkannte ich, dass die Punkte Muster und Zahlen ergaben und die leuchtenden Farben würden wunderbar sein, sobald Madeline Celeste sie wirklich erkennen konnte.

„Ryker und Alex haben das gemacht", bemerkte Simon von der Tür. Ich hatte gespürt, dass er mir nach oben gefolgt war, darum nahm ich an, dass ich die neue große Sorge in seinem Leben war. Zusätzlich zu den offenen Toren und diesem seltsamen Typen in der Küche mit dem weißen Puder, Buck oder Buick oder so?

„Wer?" Ich drehte mich zu ihm und er füllte den Türrahmen so aus, dass nicht mehr viel Raum blieb.

„Teamkollegen von Colorado bei den Craptors, entschuldige, Raptors. Ich muss aufhören, sie so zu nennen, aber ich bin ein eingefleischter Boston-Fan." Er schlug sich auf den Brustkorb, was, wie ich annahm, seine Art war, diese Aussage zu betonen. Ich hatte noch nie organisierten Sport verfolgt und sich auf den Brustkorb zu schlagen, machten wir im Wissenschaftsclub nicht. Hin und wieder ein semi-ironisches *Eureka!*, aber kein Trommeln auf den Brustkorb.

„Oh." Ich drehte mich wieder zurück, um auf die Wand zu starren, erkannte die Zahlen Drei und Null. „Es ist eigentlich ziemlich clever, auch wenn das Farbsehen von Babys nicht so ausgeprägt ist wie bei uns, wird allgemein angenommen, dass Babys mit fünf Monaten ein gutes Farbsehen haben. Ich nehme an, Madeline Celeste ist ungefähr einen Monat?"

„Maddie", korrigierte Simon und kam ins Zimmer. Zum Glück war es ein großes Zimmer mit gewölbten Decken und sich kreuzenden Balken, die fabelhaft aussehen würden mit ein paar Mobiles und vielleicht Sternen. „So nennt C sie. Maddie. Manchmal Maddie Boo – woher das kommt, weiß ich nicht."

„Also gut." Von dem Zimmer ging noch eine weitere Tür ab und ich öffnete sie, war mir bewusst, dass Simon direkt hinter mir war. Die Tür führte zu einem Bad, wie ich es noch nie gesehen hatte.

Es gab eine versenkte Badewanne, eine Dusche, die dreimal so groß war wie normal, das Glänzen von Stahl und so viele Spiegel, dass ich mich selbst und Maddie bis ins Unendliche sehen konnte. Auf einer Seite stand eine lange, breite Kommode, die hereingezerrt worden war, was man an der Delle in der Wand sehen konnte, und darauf lagen eine Wickelmatte und ein Haufen Babysachen. Die beiden Waschbecken waren enorm – groß genug, um ein Baby darin zu baden und der Stapel flauschiger Handtücher in zehn verschiedenen Regenbogenfarben befand sich über den Waschbecken in einem Regal. Ich ging wieder hinaus, Simon blockierte kurz meinen Weg, bevor er zur Seite trat. Ich nahm an, das hatte den Zweck mir zu zeigen, wer das Sagen hatte, aber ich würde ihn nicht darauf ansprechen und die Sache weiterverfolgen. Ich war nicht hier, um Probleme zu verursachten, ich war hier, um eines zu lösen.

Auf dem Boden lag eine Matratze, mit zwei Kissen, darum nahm ich an, dass Colorado bei Maddie geschlafen hatte, zumindest sah es so aus.

„Also, deine Hintergrundüberprüfung. Eltern wohnen in Florida, und du hast eine Schwester", fasste Simon zusammen. Ich hatte schon eine ganze Weile nicht mehr an Mom und Dad gedacht – wir standen uns nicht nahe, eine Kombination aus Natalies Schwangerschaft ohne verheiratet gewesen zu sein, meiner Homosexualität und der Tatsache, dass sie evangelikale Irre waren. Ihr Verlust, weil sie niemals ihre einzige Enkelin, Emma, kennenlernen würden und sie war verdammt großartig.

„Natalie."

„Und sie ist eine alleinerziehende Mutter."

Die Art wie er es sagte, brachte mich in

Verteidigungsstellung. „Und anscheinend ist dein Kunde ein alleinerziehender Vater."

„Ich habe das nicht abwertend gemeint, tut mir leid, es ist nur … du bist ein Onkel-"

„Emma, die fünf ist, ihr Dad ist tot, Krebs. Noch Fragen?"

Maddie regte sich in meinen Armen, ihr winziger Mund öffnete sich in einem Gähnen und ihre freie Faust schlug gegen mein T-Shirt. Sie wachte aber nicht ganz auf und ich trat um Simon herum, um zu ihrem Bettchen zu kommen. Geschnitztes, poliertes Holz mit knallroten Decken, sah es so einladend aus und war definitiv eine Stufe besser als die Schublade, die wir für Emma benutzt hatten, nachdem sie geboren war. Natürlich hatten wir, sobald wir es uns leisten konnten, ein Bettchen für sie gekauft, aber das war nicht so vornehm gewesen wie dieses hier. Ich legte Maddie auf ihren Platz und wickelte sie in die Decke ein und sie machte keinen Aufstand, weil sie nicht mehr in meinen Armen lag.

„Sie hat all ihre genetischen Tests durch", informierte Simon mich und als ich den Blick hob, sah ich, dass er von einem Klemmbrett ablas.

„Was? Damit er entscheiden kann, ob er sie behält oder nicht?"

Simon runzelte die Stirn, als er von der Liste aufschaute. „Hm? Nein. Er mag ein kompletter Arsch sein, aber er liebt sie und sie wird nirgendwohin gehen. Es wurde gemacht, weil wir keine Ahnung haben, wer die Mom ist."

„Ja, stimmt." Das mochte respektlos gewesen sein, aber Simon war genauso ein Angestellter wie ich.

„Nein, im Ernst, wir haben es auf fünf mögliche Frauen heruntergebrochen. Es wären zwölf gewesen, aber er kann sich klar erinnern, dass sieben davon Männer waren. Ja, der August war ein hektischer Monat. Die Band war auf Tour."

„Was zur Hölle?", platzte ich heraus und mein Mund klappte auf.

„Wie dem auch sei, sie scheint keine offensichtlichen Allergien zu haben, aber wir haben Milch, Eier, Erdnüsse, Soja, Weizen, Baumfrüchte, Walnüsse, Cashews und so weiter noch nicht ausgeschlossen, auch nicht Fisch und Schalentiere."

„Das will ich auch hoffen. Sie trinkt Babymilch. Bitte sag mir, dass ihr ihr nichts von diesen Dingen gegeben habt."

Er sah beleidigt aus. „Nein. Natürlich nicht. Aber das ist etwas, das meinem Kunden Sorgen bereitet und darum steht es mit auf der Liste, die ich angelegt habe. Die Notfallnummern sind im Flur, der Küche, dem Poolhaus, dem Gartenhaus, im Wohnzimmer, an der Eingangstür und im Esszimmer und hier." Er deutete auf ein Poster an der Rückseite der Tür. Die Liste begann mit dem Arzt, gefolgt vom Kinderarzt, dem Krankenhaus, dem Amt für ansteckende Krankheiten und endete mit mehreren Namen. Ryker und Alex waren die einzigen beiden, die ich sah und vielleicht als die beiden erkannte, die das Zimmer dekoriert hatten.

„Ich bin überrascht, dass ihr keine Nummer für das örtliche S.W.A.T. Team hier habt", bemerkte ich und drehte mich gerade rechtzeitig zu ihm, um zu sehen, wie er etwas aufschrieb. „Das war ein Witz."

Er starrte mich an, dann auf die Liste, dann wieder zu mir. „Ich werde sie trotzdem hinzufügen."

„Dann könnt ihr genauso gut die NASA in die Kurzwahl nehmen, für den Fall, dass es eine Alien-Invasion gibt", murmelte ich und wiederholte es nicht, als er mich darum bat. „Was noch?", fragte ich stattdessen.

Er arbeitete eine Liste durch, die beinahe zehn Minuten erforderte und ich versuchte, ihn nicht zu unterbrechen. Bei meinen früheren Nanny-Jobs hatte ich Listen von Eltern, die es zufrieden waren, sie mir zu überlassen. Das hier war die Liste eines Mannes, der überhaupt keine Ahnung hatte und alle Eventualitäten abdeckte. Ich konnte mir nicht vorstellen, wie schwierig es für jemanden wie Colorado war, ein Baby in seinen hedonistischen Lebensstil zu integrieren. Ich hatte keine Ahnung von Hockey, nur, dass dabei erwachsene Männer auf Schlittschuhen stießen und schubsten und zu kämpfen anfingen und dass es in Tucson eine gewisse Obsession mit einem Hockeyteam gab. Ich hatte Poster gesehen, riesige Poster an den Seiten des Santa Catalina Stadions, große, männliche Sportskanonen, die einem Wissenschaftsnerd keinen zweiten Blick gegönnt hätten. Noch nie in der Geschichte der menschlichen Existenz, oder zumindest in meiner Existenz, hatten Nerds und Sportskanonen in friedlicher Weise koexistiert und das sagte ich aus Erfahrung. Wenn ich so darüber nachdachte, konnte ich mich nicht erinnern, Colorado auf diesen Postern gesehen zu haben, aber ich konnte mich nicht einmal an den Namen des Teams erinnern, darum musste das nicht viel heißen.

„Gut, das war alles", murmelte Simon und klappte das Klemmbrett zu, bevor er es wieder öffnete und zusammen mit dem Stift in meine Richtung hielt. „Kannst du unten unterschreiben, um zu bestätigen, dass du die Gefahren verstanden hast?"

Ich nahm es wortlos und las mir die Liste durch, die er mir gerade gegeben hatte.

„Du möchtest, dass ich unterschreibe, dass mir bewusst ist, dass sie vielleicht auf Schalentiere allergisch ist und dass ich bei jedem Bad verschiedenfarbige Handtücher benutzen soll, in der Anordnung des Regenbogens? Ich bin nicht lange hier, warum zur Hölle sollte ich das unterschreiben? Und *oh mein Gott*, du hast tatsächlich S.W.A.T. hinzugefügt."

„Die Sache mit den Handtüchern war Colorados Idee, um ein Gefühl für Fluidität oder so zu fördern."

„Moment, also hast *du* die Krustentiere hinzugefügt?"

Er blinzelte mich an und zog dann nur die Nase kraus. „Wie dem auch sei, unterschreib einfach die verdammte Liste."

Ich machte, was mir gesagt wurde, denn ja, ich konnte leicht zustimmen, dass ich keine Schafe, Ziegen und/oder andere Nutztiere in das Kinderzimmer lassen oder irgendeines der dreißig oder so Dinge auf der Liste machen würde – und auch kein S.W.A.T. Team rufen würde. Dann nahm ich das Papier, drehte es um und kritzelte meine eigene Bedingung darauf und reichte sie ihm. „Jetzt bist du dran mit unterschreiben."

Er räusperte sich und fing an zu lesen. „Ich, Simon *Irgendwie*", er stoppte und schaute mich an. „Brennan. Simon *Brennan*."

Er klang, als würde er James Bond nachahmen, aber ich konnte mir nicht sicher sein.

„Ich, Simon Brennan, stimme hiermit zu, dass ich Joseph Jackson Leigh nicht bitten werde, Listen zu unterzeichnen, auf denen sich das Akronym S.W.A.T. befindet. Ich stimme auch zu, Joseph Jackson Leigh in Ruhe zu lassen, es sei denn, es handelt sich um einen Stufe Zehn Notfall, wie er in der Joseph Jackson Leigh Notfall-Skala beschrieben wird." Er kniff seine Augen misstrauisch zusammen. „Welche Joseph Jackson Leigh Notfall-Skala?"

„Stufe Zehn ist, wenn ich dich um Hilfe bitte, eins bis neun bedeutet, du lässt mich meine Arbeit machen."

Wir starrten einander an und ich wartete darauf, dass er die Beherrschung verlor, aber dann lachte er schnaubend, unterzeichnete den Zettel und schloss dann die Abdeckung des Klemmbretts. „Ich mag dich, Joseph Jackson Leigh." Er hielt mir seine Hand hin und wir schüttelten sie und es tat weh, weil er ein Bär von einem Mann war und ich Hände hatte, die mehr daran gewöhnt waren, Modelle von Planeten zu basteln, als sich jemandem wie ihm zu stellen.

„Geh mir nicht im Weg um und ich werde dich vielleicht auch mögen." Ich hob mein Kinn und alles, was er machte, war wieder zu lachen, mir dabei mit einer fleischigen Hand auf die Schulter zu klopfen, was mich beinahe zu Boden gedrückt hätte.

„Hier entlang", sagte er und ging durch die Tür,

erwartete, dass ich ihm folgte. Ich war noch nicht bereit, Maddie zu verlassen, ich musste erst ihren Schlafrhythmus kennenlernen und mich damit vertraut machen, welche Art Baby sie war, doch als ich das Zimmer verließ, hatte er die gegenüberliegende Tür offen und ich konnte meinen Rucksack auf einem riesigen Bett mit einem lila und orangenen Quilt sehen. „Das ist dein Zimmer und in Maddies Zimmer befindet sich ein Überwachungssystem, das du mit dem Laptop auf dem Schreibtisch aufrufen kannst."

„Eine Nanny-Cam, okay."

Er sah beleidigt aus. „Es ist keine Nanny-Cam, es ist ein Überwachungssystem, fünf Kameras mit geteilten Bildschirmen und kristallklarem Audio."

„Ich habe keine Kameras gesehen."

„Ich weiß", sagte er selbstzufrieden, ließ dann seinen Hals knacken. „Ich lasse dich in Ruhe. Soweit ich weiß, liegt C schlafend auf dem Sofa neben seinem Klavier. Ich werde in der Küche sein."

Erst als er weg war, erkundete ich meine Umgebung. Vom Kinderzimmer aus konnte man auf den weitläufigen Garten blicken, der in mehreren Terrassen den Hügel hinunterfloss. Ich konnte von dort den Pool sehen und das Schimmern der Hitze um die verschiedenen Pflanzen, die versuchten, Schatten zu bieten. Es war der typische Garten eines reichen Mannes, mit seltsamen Skulpturen, aber es gab auch Stühle und Tische überall, was mich denken ließ, dass viele Leute zu Besuch zu haben hier normal war. Als ich in mein Zimmer ging, hörte ich einen Staubsauger und Stimmen unten am Ende der Treppe, zusammen mit

Simons Lachen, darum nahm ich an, dass der Putzservice gekommen war, aber hier oben war alles makellos. All der Schaden und das Chaos waren auf unten beschränkt, was ein Segen war, weil mein Zimmer, zusammen mit dem schreienden Quilt, eine Oase der Ruhe war.

Ich packte meine Sachen aus, behielt die Tür und das Zimmer von Maddie im Auge und schaute mir auch den Laptop an, der wirklich eine klare Sicht auf Maddies Bereich gewährte. Innerhalb weniger Minuten, in denen ich meine Liebe zu allem, was mit Mathe und Perspektive zu tun hatte, nutzte, hatte ich herausgefunden, wo die Kameras sich befanden. Winzig kleine Punkte in den Ecken von Maddies Zimmer und dann, weil ich im Moment nichts anderes zu tun hatte, setzte ich mich auf die Matratze dort und fing an, mich durch das nächste Buch auf dem Stapel auf meinem Nachttisch zu arbeiten. Dieses hieß *Ein neues Paradigma für fortgeschrittene angewandte Planeten-Geologie entwickelt durch analoge Experimente auf der Erde* und es war absolut faszinierend. Ich hörte zu lesen auf, als Maddie aufwachte, ich wechselte ihre Windel, fütterte sie, ließ sie aufstoßen und dann machten wir die große Tour durch das Haus, das jetzt ordentlich und sauber war. Es war riesig, Zimmer um Zimmer, ein kleiner Raum hatte keinerlei Möbel und schaute auf den Garten. Die Klimaanlage hielt alles kühl, obwohl die Sonne von Arizona draußen herunterstach.

„Das hier wäre ein perfekter Platz für ein Sofa", erklärte ich Maddie und ging herum, um ihr alles zu zeigen. „Ein kleiner Tisch für Getränke, ein Buch und dieses Zimmer wäre der beste Ort, um zu lernen. Vielleicht ein Schreibtisch und etwas, wo ich meine Materialien verstauen kann, und ich könnte meinen Abschluss noch in diesem Jahr schaffen. Nicht, dass ich ein Jahr hier bin." Sie blinzelte zu mir auf, ihr winziger, wie ein Bogen geformter Mund war geöffnet und ihre Augen groß. Sie konnte mich sehen, aber ich setzte mich auf die Fensterbank und hob sie an, damit sie mich besser mustern konnte. „Emma würde dich liebend gerne kennenlernen", sagte ich und fuhr ihre weichen, runden Wangen nach und plättete dann ihre fluffigen Haare. Sie sah ihrem Dad nicht sonderlich ähnlich, auch wenn ich nicht allzu viel über Colorado sagen konnte, unter seinen rauen Stoppeln und den langen, zerzausten Haaren. Er war groß, muskulös, mit dicken Oberschenkeln, gebräunt und nicht, dass ich geschaut hätte, aber seine Hose überließ nichts der Fantasie. Ich würde genauer hinschauen müssen, aus der Nähe, und vielleicht konnte ich seinen Arm streicheln und ihm versichern, dass alles gut werden würde, und dann würde er vielleicht alles andere als eine Sportskanone sein und mir tatsächlich etwas Beachtung schenken.

Wenn man vom Teufel sprach, ich hörte ein Klappern und dann rannte Colorado ins Zimmer und rutschte beinahe die ganze Länge über den Boden, Furcht in seinem Gesicht und ein wilder Ausdruck in seinen Augen.

„Du. Du bist ..."

„Hier", beendete ich den Satz. Simon schlenderte viel langsamer in das Zimmer.

„Was im Namen der Hölle machst du, C?", fragte er.

Colorado schüttelte seinen Kopf. „Ich dachte … Ich bin aufgewacht und ich war in dem Zimmer und sie nicht …" Er rieb sich über seine Augen.

„Ruhen Sie sich aus, Mr Penn", sagte ich. „Ich habe das im Griff." Nach einem Moment des Zögerns verließ er das Zimmer eher kriechend als rennend und Simon folgte, nahm seine Sich-um-Colorado-kümmern-Aufgabe ernst.

Colorado verschlief das Abendessen. Tatsächlich schlief er die ganze Nacht und ich zog mit meiner Decke in Maddies Zimmer und schlief auf der Matratze, die einen etwas seltsamen Patschuli-Geruch verströmte, aber unglaublich bequem war. Der Gedanke, dass jemand mir beim Schlafen zuschaute, war aufreibend, aber ich musste heute Nacht einfach hier drin sein. Ich erinnerte mich an die ersten Nächte mit Emma, als wir beide im selben Zimmer geschlafen hatten, wobei ich bei jedem Schniefen und Schnuffeln aufgewacht war. Hier war es genauso, aber um drei Uhr herum, nachdem ich sie noch einmal gefüttert hatte, schaffte ich es zu schlafen.

Genau wie Maddie.

„Hey? Kumpel, lebst du? Joseph? Joe?"

Ich öffnete ein Auge. Colorado war direkt vor mir, in meinem Bereich. Zunächst einmal war er viel zu nahe. Zweitens hatte er geduscht, seine Haare waren aus seinem Gesicht gebunden und seine Augen deutlich weniger rot als am Vortag. Er wedelte mit etwas vor meiner Nase. „Kalter Kaffee?"

„Mr Penn?"

„Nenn mich Colorado."

"Uh huh." Ich versuchte, mich zu konzentrieren. Dann setzte ich mich auf und nahm dankbar die Tasse, kümmerte mich nicht, dass sie nur lauwarm war, das Einzige, was zählte, war, dass es sich um Koffein handelte. Schlafentzug war eine ernste Angelegenheit, aber es war nur eine Nacht gewesen und ich war fix und fertig. Damals mit Emma war es Nacht um Nacht gewesen. Es ging um den Rhythmus von Schlaf und Füttern und sobald ich den raushatte, würde alles in Ordnung sein.

Colorado hob Maddie aus ihrem Bettchen. „Aufwachen, verschlafene kleine Boo", sang er, während er Maddie durch das Zimmer trug, bevor er sich auf die Matratze neben mir setzte. Er hatte sich mit einem fruchtigen Zitronenduschgel gewaschen, trug eine ausgebleichte Jeans und ein T-Shirt mit der Aufschrift *Halt dein Five Hole* mit dem Bild eines, wie ich wusste, Hockey-Typen mit seiner Schutzkleidung und einem Schläger und einem Helm. Damit war mein Wissen über Hockey ausgeschöpft, aber ich hatte die Werbung im Fernsehen gesehen.

„Bist das du?", fragte ich und deutete auf sein T-Shirt.

Er schaute nach unten und lachte leise. „Ziemlich." Dann deutete er auf mein ‚Marvin der Marsianer'-T-Shirt, das ich mir nicht ausgezogen hatte. „Bist das du?"

„Ziemlich", wiederholte ich und räusperte mich. Er

war ein einschüchternder Mann und obwohl er heute Morgen nicht mit einem Satz über Sofas sprang oder mich bedrohte, sah er dennoch so aus, als ob er mit jeder Situation klarkommen könnte. Eines fiel mir aber auf, er sah nicht mehr so wild und erschöpft aus und da war ein Friede in ihm, der deutlich anders war als sein gestriger Zustand.

Er rutschte zur Wand und zog seine Knie an, lehnte Maddie dagegen und zählte ihre winzigen Zehen mit einer kehligen Version von „Zehn kleine Schweinchen". Ich spürte, wie etwas in mir sich veränderte. Ein Ziehen von etwas Seltsamen und ich drückte eine Hand auf meinen Bauch. Es fühlte sich sehr wie Anziehung an oder zumindest Bewunderung eines gut aussehenden Mannes, aber es musste hauptsächlich daran liegen, wie zärtlich und mit wie viel Liebe er seine Tochter hielt.

„War sie brav bei dir?", fragte er schließlich, während ich den Kaffee trank und zuschaute, wie seine starken, fähigen Hände seine Tochter hielten.

„Das war sie, sie war ein braves Mädchen."

„Natürlich ist sie das", murmelte Colorado, knöpfte dann ihren Strampler auf und hob sie hoch, um auf ihren Bauch zu prusten. „Sie ist viel niedlicher als ihr Dad."

Wir saßen eine Weile schweigend da, dann seufzte er und schmiegte Maddie unter sein Kinn. „Ich muss in die Arbeit", verkündete er und in seiner Stimme klang Bedauern. „Ich will nicht, nicht, dass ich meinen Job nicht liebe, ich bin verd – sehr gut darin und die Raptors brauchen mich und ich brauche sie, aber ich möchte meine süße kleine Maus nicht verlassen."

„Sie wird bei mir gut aufgehoben sein. Vielleicht machen wir einen Spaziergang im Garten."

„Du sorgst dafür, dass sie Sonnencreme hat und all das? Lass sie nicht-"

„Es wird alles gut. Ich beherrsche meinen Job." Das mag unhöflich geklungen haben, aber es schien, dass er die Erinnerung brauchte.

Er sah aus, als ob er etwas sagen wollte, dann biss er sich auf seine Lippe und ich wurde davon angezogen, wie er sie hielt und dann losließ und erkannte plötzlich, dass ich seine Lippen als voll und zum Küssen einladend klassifizierte. Außerdem war er mir wirklich nahe und *verdammt nochmal*, er hielt ein Baby. Ich mochte ja alles in meinem Leben auf die Wissenschaft ausrichten, aber Kinder waren das eine Stück nicht-wissenschaftliches Chaos, das ich brauchte.

„Also gut", stimmte er zu, verzog dann das Gesicht. „Hör zu, Simon wollte nicht, dass ich etwas sage, aber er hat mir erzählt, dass du denkst, wir sollten S.W.A.T. auf der Anrufliste haben. Meinst du das ernst, weil ich diesen Polizisten kenne und er ist ein großer Fan, kommt zu allen Spielen und er könnte ihnen eine Nachricht weiterleiten? Ich kenne Leute, die mir Gefallen tun können, wenn ich ihnen zuerst etwas besorgen kann, was sie wollen. Es ist irgendwie cool."

Er klang stolz darauf, aber ich wollte ihn nicht darauf hinweisen, dass er zuerst etwas für sie machte. Es war nicht cool, sondern eher traurig. *Was zur Hölle, woher war dieser Gedanke gekommen?*

„Nein, wir brauchen S.W.A.T. nicht in der Kurzwahl."

„Außerdem habe ich diesen Freund, Stan, ein großer, lauter Russe, spielt für die Railers, und er kennt *wirklich* Leute. Typen, die hier sein könnten, wenn es ein Problem mit … was auch immer gibt."

„Du meinst *Typen*, die mir helfen, Windeln zu wechseln, und die zuschauen, wie ich durch deinen Garten spaziere?"

Er wurde rot und senkte seinen Blick. „Ich möchte nicht, dass ihr irgendetwas zustößt. Ich weiß nicht, wer ihre Mom ist, aber wenn sie zurückkommt, wenn ich sie verlieren würde …"

Ich nickte aufmunternd, um zu zeigen, dass ich es verstand. Für eine Weile, nachdem wir Emma bekommen hatten, hatten Bobbys Eltern ein Mitspracherecht gewollt, wer sie aufzog und wir hatten mit ihnen um das Sorgerecht kämpfen müssen. Sie waren immer noch in unserem Leben, an der Peripherie, warteten darauf, dass wir Mist bauten, darum verstand ich seine Gefühle. Ich streckte meine Hände nach Maddie aus und nach einer kleinen Umarmung reichte er sie mir. „Geh arbeiten. Wir werden hier sein, wenn du zurückkommst."

„Simon bleibt hier. Vlad holt mich ab, er ist der Kapitän. Er hat diesen Fimmel, dass ich zum Training muss." Er verdrehte die Augen, redete aber weiter. „Ich habe Konditionierung, Fitnessstudio, andere … Sachen … Ich bin bis vier zu Hause."

„Und wir werden da sein."

„Dann müssen wir anfangen, für die Reise nach Dallas zu packen."

„Dallas-"

„Wenn du also deine Sachen herrichten und packen könntest, was du für Maddie brauchst."

„Dallas?"

„Wir spielen dort zwei Spiele, du musst auch mitkommen. Das steht im Vertrag."

„Ich hatte nur angenommen, dass die Worte Reisen ein vielleicht implizieren."

Er wirkte verwirrt. „Nein, wir sind in Dallas und du und Maddie, ihr kommt mit."

Also gut. „Ich bereite Maddies Sachen vor."

„Es liegen einhundert dieser winzig kleinen Schlafanzüge in der Kommode neben der Eingangstür. Von den Raptors, wir sollten ein paar mitnehmen."

„Das werde ich machen."

„Und wir müssen-"

„Geh. Wir haben das im Griff."

Er drückte einen Kuss auf Maddies Kopf und ich hatte das irre Bedürfnis, die Haare zurückzustreichen, die sich aus seinem lockeren Pferdeschwanz gelöst hatten. Vielleicht brauchte er jemanden, der sich um ihn kümmerte genauso dringend wie Maddie, aber er war ein erwachsener Mann.

Er stand in der Tür. „Bye."

Und dann, bevor ich antworten konnte, war er weg.

# SIEBEN

## Colorado

---

„Colorado, du lehnst schon wieder auf meinem Arm."
Ich wich zurück und entfernte meinen Ellbogen von
Andres Unterarm, murmelte dabei eine Entschuldigung.
Mein Ersatz-Goalie winkte ab. „Ich bin mir ziemlich
sicher, dass du ihr Flugzeug nicht von diesem Flugzeug
aus sehen wirst."

„Ja, ich weiß. Bist du sicher, dass wir nicht die Plätze
tauschen können?"

Andres graue Augen wurden so groß wie
Untertassen. „Nein, nein, du weißt, dass wir die Plätze
nicht tauschen können. Wir sind immer in Reihe
fünfzehn, was die Goalie-Plätze sind. Ich auf Platz eins
und du auf Platz zwei, weil der fünfzehnte Erste mein
Geburtstag ist und der Grund, warum ich die Nummer
fünfzehn trage. Wenn wir tauschen und du am Fenster
sitzt, dann würde das Pech bringen. Nein, tut mir leid,
nein, wir können nicht tauschen."

„Ja, ich weiß." So besorgt ich auch war, weil Joe,
Simon und Maddie nach Dallas flogen, um uns zu

treffen, die Plätze zu tauschen, könnte die Pech-Trolle hervorlocken. Der Himmel wusste, dass ich mein Glück nicht herausfordern musste. Die Raptors hatten es gerade so geschafft, in die zweite Runde zu kommen, ein irres, abprallendes Tor von Ryker Madsen der einzige Grund, warum wir nach Big D flogen und nicht das Vegas-Team. Ich war die ganze Serie auf der Bank gesessen. Andre hatte einen hervorragenden Job gemacht, aber ich wollte mein Netz zurück.

„Es ist schon Pech genug, dass Tate gegen sein altes Team spielen muss", flüsterte Andre, streichelte das Armband mit den Kugeln, das seine Schwester für ihn gemacht hatte. Es war sein Glücksbringer, aus dem Geweih eines Elchs gemacht, um dem Träger die Stärke und das Durchhaltevermögen eines Elchbullen zu verleihen, oder irgendeine andere kanadische Folklore-Sache mit Armbändern. „Es fühlt sich auf schlimme Weise seltsam an."

„Alles wird gut", sagte ich, aber im tiefsten Inneren war ich mir nicht sicher. Tate, der neben Vlad saß, wirkte angespannt. Wenn er nicht auf Spur war, würde der Rest des Teams diesen Vibe aufnehmen und er würde wie ein schlimmer Fall der Scheißerei durch die Ränge laufen. „Alles wird gut."

Andre schaute wieder hinaus auf die Wolken. Ich versuchte, einen Song für das neue Album zu komponieren, war aber erfolglos. Wie verdammt lang konnte es dauern, von Tucson nach Dallas zu fliegen? Es war Wahnsinn, für … oh, nur eine Stunde war vergangen. Fuck. Wir hatten noch eine Stunde. Ich rutschte und wand mich diese ganze Stunde herum und schubste dann Ryker und Alex zur Seite, um aus dem beschissenen Flugzeug zu kommen und zum Charter-Bus zu sprinten.

Weitere Verzögerungen, aber wenigstens hatte ich jetzt eine stabile Handyverbindung. Joe antwortete mir und informierte mich, dass sie bereits im Hotel waren und Maddie ein Nickerchen hielt. Er hatte ein Foto von ihr gemacht, wie sie in ihrem tragbaren Laufstall schlief.

„Hey, schau dir dieses Gesicht an. Schau dir diese kleinen Lippen an." Ich schob mein Handy Henry vor die Nase, als er an meinem Sitz im Bus vorbeikam. Ich saß wieder neben Andre, der am Fenster war, und Ja, in Reihe fünfzehn.

„Oh ja, sie ist niedlich. Sie sieht aus wie du, wenn du im Flugzeug einschläfst und überall hinsabberst."

Andre schnaubte.

Ich lachte. „Ja, sie hat die Stimmbänder ihres Vaters und seine Speichelproduktion."

Durch den Bus zu gehen und dem Team und Coach das Foto meines schlafenden Kindes zu zeigen dauerte ein wenig. Die verheirateten Spieler mussten mir Fotos ihrer Kinder zeigen, weil es das war, was stolze Papas machten. Als wir vor dem Dallas Embassy Hotel hielten, eilte ich zur Tür, musste dann warten, bis der Bus ganz stand, bevor ich rausgelassen wurde. Dämliche Sicherheitsregeln.

Der Check-in verlief schnell und ich war in kürzester Zeit im fünften Stock des zehnstöckigen Hotels. Ich scannte meine Karte und betrat die blaue und beige Suite, die mit Joes Zimmer verbunden war. Ich warf meine Tasche auf das Bett, trat mir dann meine Sneaker von den Füßen, warf mein Hemd und die Anzughose in die Ecke, zog mir einen roten Bademantel über, der zu meiner alten Levi's passte und klopfte dann sachte an die Tür, die unsere Zimmer trennte. Joe öffnete mit einem Finger an seinen Lippen. Ich schlich in ein Zimmer, das genauso aussah wie meines, mit Ausnahme des Laufstalls.

„War sie im Flugzeug brav?", fragte ich, während ich mich vorbeugte, um ihr beim Atmen zuzuhören.

„Ja, sie war ziemlich brav. Sie ist wirklich ein angenehmes Baby."

Ich grinste ihn an. Er wirkte jetzt lockerer, weniger nervös als am Anfang. „Danke, dass du mitgekommen bist. Ich liebe es zu wissen, dass sie hier ist. Und du kannst vor und während des Spiels mit den WAGs abhängen."

„Ich habe keine Ahnung, wie Hockey funktioniert, aber ich freue mich darauf, ein Spiel zu sehen."

Ich zog eine dünne Decke zu Maddies Kinn und richtete mich dann auf. „Ich gebe dir einen Crash-Kurs. Möchtest du auf dem Balkon chillen und zusehen, wie sich eine Dallas-Nacht auf die Stadt legt?"

„Ich bin mir nicht sicher, ob das angemessen ist."

Er war zugeknöpft. Das machte mich an, da konnte ich nicht lügen. „Joe …"

„Joseph."

„*Joseph*", korrigierte ich. „Es ist in Ordnung. Sie schläft tief und fest keine zwei Meter von dort, wo wir sein werden. Ich verspreche, dass ich dich nicht anmachen werde. Dieses Mal." Ich zwinkerte ihm vielsagend zu, was seine Wangen rosig werden ließ.

Er musterte mich, ging im Geiste etwas durch, bevor er leicht nickte. Ich schnappte mir zwei Diät-Colas aus dem kleinen Kühlschrank, schob die Schiebetür dann auf. All die wunderbare Dallas-Hitze traf mich im Gesicht, als ich auf den winzigen Vorsprung aus Beton trat. Wir setzten uns auf den Balkon, weil es keine Stühle gab, ließen die Tür einen Spalt offen, damit wir Madeline hören konnten, wenn sie aufwachte.

„Also, erzähl mir zuerst davon ein Planetenforscher zu sein, dann erkläre ich dir Hockey", sagte ich, streckte meine Beine aus und überkreuzte sie an den Knöcheln. „Ein Musiker zu sein ist irgendwie selbsterklärend."

„Okay, also, Planetenwissenschaft ist das Studium der Planeten, Monde und Systeme." Er nahm einen Schluck von seiner Cola.

Ich schaute zu, wie seine Kehle sich beim Schlucken bewegte. Er war in den letzten beiden Tagen definitiv deutlich attraktiver geworden. Er war nicht nur Mr Wissenschafts-Nerd sexy, sondern auch wirklich nett und absolut hingebungsvoll mit Madeline. Ihn zu sehen, wenn er sich um meine Tochter kümmerte, war unglaublich sexy.

*Moment, woher ist dieser Gedanke gekommen?* Joseph ist ihr Manny und Maddie ist meine Priorität.

„Ich stehe kurz vor dem Abschluss und ich hoffe, wenn ich noch deutlich über meinen Bachelor hinaus studiert habe, dass ich eines Tages eine Stelle entweder in der Astronomie- oder Physikfakultät an der University of Arizona bekommen werde."

„Direkt in Tucson, nett." Er nickte. „Du wirst meine Großmutter lieben. Sie steht auch auf die Sterne. Sie kann dir dein Sternzeichen sagen, nur indem sie deine Antwort auf ein paar Fragen hört.“

Er schaute mich entsetzt an. „Du weißt, dass Astronomie und Astrologie zwei grundverschiedene Dinge sind?“

„Ja, klar, das habe ich gewusst.“

Er warf mir einen Seitenblick zu, machte dann diese lustige Sache, bei der er seine Unterlippe einzog und darauf kaute. Ich hatte ihn schon mehrmals dabei erwischt, wenn er in Gedanken versunken war und jedes Mal, wenn ich es sah, streckte ich beinahe die Hand aus, um mit dem Daumen über seine Lippe zu streichen und sie zu befreien.

*Oh, Scheiße.*

„Das hat arrogant geklungen. Es tut mir leid. Natalie sagt mir, dass ich oft diesen überlegenen Ton anschlage.“

„Nein, schon gut. Ich bin nicht beleidigt. Ich bin entspannt durchs College gekommen, mit meinem Hockey-Talent als Rückenwind, während ich an einem Abschluss in Musik-Komposition gearbeitet habe.“

„Ah, eine Sportskanone mit Musik im Hauptfach.“

„Ich höre da ein wenig Abfälligkeit. Deine feste Freundin Natalie hat recht.“

Er verschluckte sich an seiner Cola. „Nein, Natalie ist meine Schwester. Hast du nicht die ganze Hintergrund-Überprüfung gelesen, die Simon gemacht hat?“

„Nein, nur, dass du bestanden hast, aber er hat gesagt, dass du mit ihr und ihrer Tochter zusammenwohnst, korrekt?“

„Stimmt. Emma ist meine Nichte. Sie ist fünf.“ Er

lächelte auf liebevolle Weise, die zeigte, wie wichtig seine Familie ihm war.

„Also, erzähl mir vom Weltraum. Ist er *wirklich* die letzte Grenze?"

Sein Lachen überraschte mich. „Du bist die seltsamste Person aller Zeiten."

Ich verneigte mich, beugte mich vor, ließ meine Brauen an meine Kniescheiben stoßen. Als ich mich wieder aufsetzte, waren Joes Augen ziemlich groß.

„Goalies sind gelenkig", informierte ich ihn mit einem anzüglichen Zwinkern, das seine Wangen tiefrosa werden ließ. Etwas, das ihm sehr gut stand.

„Ja, das kann ich sehen. Also, ähm ..."

„Der Weltraum. Wir haben über Himmelskörper gesprochen."

Sein Blick huschte über mich, während er irgendeine langwierige Erklärung über Supernovas abgab und warum sie hier in unserer Milchstraßengalaxie wegen des Weltraumstaubs so schwer zu sehen waren. Ich war es zufrieden, ihn plappern zu lassen, während die Sonne unterging. So seltsam es auch wirken mochte, ich hatte mich nie zufriedener gefühlt als jetzt, während ich auf einem Stück Beton saß, mit einem großen Nerd an meiner Seite und meiner Tochter, die leise gurrende Laute von sich gab, als sie aufwachte. Ich könnte mich daran gewöhnen ...

AM FOLGENDEN MORGEN wachte ich mit einem Lächeln im Gesicht auf, obwohl der Wecker auf meinem Handy um genau sechs Uhr losging. Ich rollte mich auf die Seite, musterte die Tür, die meine Suite von Joes trennte. Die letzte Nacht war etwas Besonderes gewesen. Joe war … nun, er war wahnsinnig zugeknöpft und faktenbasiert, was ich irre niedlich fand, wenn auch ein wenig irritierend. Die meisten Leute, mit denen ich abhing, waren freigeistiger. Meine Sommer mit den Furballs verbrachte ich damit, an der Westküste auf und ab zu reisen, auf der Suche nach, wie Joe es wohl bezeichnen würde, hedonistischen Eroberungen. Meine Winter mit den Raptors, auch wenn sie nicht so übermäßig dekadent waren, beinhalteten ebenfalls eine Menge Sex. Kein Rockstar-Level an Liederlichkeit, aber es gab eine Menge sexuelle Energie. Hockeyspieler gehorchten ihren Bedürfnissen. Sie mochten alle sauber und brav aussehen, aber wenn ein Team in eine Stadt kam und sich eine Bar aussuchte, dann stand Ficken bevor.

Also ja, ich lebte unter den sexuell Befreiten. Ich war so erzogen worden, diese Seite von mir zu genießen. Alchemy fand, dass Sexualität eine gute Sache war, etwas, das gefeiert und genossen werden sollte, wann immer man den Drang verspürte. Ich verspürte diesen Drang sehr oft. Und ich gab ihm in der Regel nach. Es mangelte nie an willigen Partnern. Ich bemühte mich sehr, auf meine Sicherheit zu achten. Ich nahm täglich PrEP und benutzte Kondome. Klar, das kleine Mädchen nebenan könnte ein Hinweis sein, dass ich vielleicht nicht so oft einen Schutz benutzt hatte, wie ich es hätte tun sollen. Wenn man bedachte, wie fehleranfällig meine Kondomnutzung war, war es ein Wunder, dass Maddie Boo das erste Kind war, das auf meiner Türschwelle gelandet war.

Ja, ich weiß. „Aber was ist mit den Krankheiten!" Nun, das stimmt, es gibt da draußen ein paar wirklich schlimme Sachen, aber bis letztes Jahr hatte ich nicht sonderlich darüber nachgedacht. Ich hatte wohl gedacht, dass ich kugelsicher bin. Das ist der Fluch und die Freude der Jugend, richtig?

An sie und Joe zu denken, weckte in mir den Wunsch, sie zu sehen, darum rollte ich aus dem Bett, beugte mich nach unten, um meine Zehen zu berühren, zog mir einen leuchtend gelben Bademantel mit grünen Mango-Scheiben an und schlüpfte in die angrenzende Suite. Ich hielt inne beim Klang von jemandem, der leise sang und dem Geruch von frischer Zitrone in der Luft. Wie ein Narr grinsend schlich ich mich zum Laufstall. Maddie schlief, ihre kleinen Lippen saugten Luft, ihre Wangen waren rund und rosig. Ich beugte mich nach unten, um ihre Haare zu berühren. Sie waren so weich wie Welpenfell. Als Joe eine hohe Note im schlimmsten Cover von „She Blinded Me With Science", das ich je gehört hatte, sang, kicherte ich und ging dann auf Zehenspitzen zur Badtür, wollte sie aufreißen und in den Refrain einstimmen, nur um zu sehen, wie er durchdrehte. Ich sah, dass die Tür einen Spalt offenstand, damit er Madeline hören konnte, wenn sie aufwachte. Und an dieser Stelle fiel mein Plan, mit dem Manny zu jammen, in sich zusammen.

Joe stand hinter einer gläsernen Duschtür, der

Dampf half wenig, seinen nackten Körper vor meinem Blick zu schützen. Sein wirklich grauenvoller Gesang wurde zu weißem Rauschen, wie der Klang des Wassers, das auf seinen schlanken Körper prasselte und das Hämmern meines Herzens in meinen Ohren. Verdammt, der Mann sah gut aus. Schlank, ja, vielleicht sogar eher zu dünn. Ihm fehlten die massigen Oberschenkel und der Knackarsch meiner Hockeykollegen, aber er *war* auch ein Wissenschaftler und keine Sportskanone. Seine Beine waren lang, seine Taille schmal und seine Schultern breit genug, um eine schöne maskuline V-Form zu ergeben. Ich stieß die Tür ein klein wenig weiter auf, um die Dampfwolken abziehen zu lassen, in der Hoffnung, ihn besser sehen zu können. Mein Schwanz erwachte zum Leben und wurde hart, als mein Blick sich auf seinen harten kleinen Hintern heftete. Verdammt, aber ich liebte einen Mann mit etwas Hintern. Er war darin versunken, sich zu shampoonieren, seine Pobacken rutschten über die Duschtür, wischten den Dampf weg und zeigten mir zwei hochstehende Halbkugeln mit Grübchen. Oh fuck, die Dinge, die ich für und mit so einem Hintern anstellen konnte. Ich könnte diese Backen weit aufspreizen und mein Gesicht zwischen ihnen vergraben, das runzlige Loch mit meiner Zunge stimulieren, bis er diese verklemmte Wissenschafts-persönlichkeit ablegte und mich anflehte, ihn zu ficken. Ja, ich wollte wetten, dass dieser Mann, sobald er sich gehen ließ, im Bett ein Wilder war. Beißen und Kratzen, sich in meinem Rücken krallen, während ich Zentimeter für Zentimeter meinen Schwanz in ihn senkte …

Er musste sich umdrehen. Mir seinen Schwanz und seine Eier zeigen und dem Feuer, das bereits in meinen Adern brannte, etwas mehr Nahrung geben.

Ich war so darauf aus, einen Blick auf seinen Schwanz zu erhaschen, dass ich zunächst nicht bemerkte, wie das Wasser nachließ und dann aufhörte. Der Klang der Duschtür, die aufgeschoben wurde, riss mich aus meinem sexuellen Nebel. Ich schoss zurück in mein Zimmer wie ein Kind, das dabei erwischt worden war, wie es die Teenagertochter des Nachbarn beobachtete.

Zurück an der Tür zu meiner Suite, Herz in meinem Brustkorb hämmernd, Schwanz so hart wie ein Schürhaken, kicherte ich nervös, war durchströmt von dem Rausch, beinahe erwischt worden zu sein. Dann stieg das neblige Bild von Joe hinter dem beschlagenen Glas auf. Scheiße, aber er war ein sexy, kompaktes Paket. Kleiner als ich, aber gut gebaut. Ich wusste, dass es absolut falsch war, ließ aber dennoch meine Hand über meinen Brustkorb nach unten wandern. Mein Schwanz zuckte, als ich ihn umfasste. Mit einem leisen Grunzen presste ich meinen Daumennagel in den Schlitz. Ein Liebestropfen erschien. Meine Augen schlossen sich und ich hob diesen winzigen Tropfen an meine Zunge und leckte ihn ab. Wie würde Joe schmecken? Salzig? Bitter? Ich saugte an meinem Daumen, während ich meinen Schwanz pumpte, mein Orgasmus traf mich so schnell, dass ich kaum Zeit hatte, eine Handvoll von meinem Bademantel zu schnappen und in meinen Mund zu stopfen. Ich kam auf meiner Handfläche, heiße dicke Schnüre aus Wichse, die zwischen meinen Fingern hervortraten und dann zu Boden tropften. Meine Lungen machten ernsthaft Überstunden, während ich meine Hand wie ein Irrer fickte, eine heiße, nebelhafte Vision von Joe lag unter mir, während ich ihn in einen elliptischen Orbit fickte oder welchen Scheiß auch immer er gestern Nacht gelabert hatte.

Nachdem mein Schwanz aufhörte zu pulsieren, spuckte ich den Bademantel aus und schaute hinunter auf die Sauerei, die ich gemacht hatte.

„Nun, das ist neu, Penn." Ich seufzte und tappte dann ins Bad, um die Beweise für meine Lust auf meinen Manny abzuwaschen.

---

„... siehst du Mike Millerbeck, wie er über Boston redet?"

„Oh ja, er ist ein Arsch. Wie kann man ein Loch von der Größe von Brady Rowe zustopfen? Wenn du den Kapitän verlierst, verlierst du das Herz und die Seele deines Teams."

Vlad griff sich an seinen Brustkorb. „Ich bin gerührt zu wissen, dass ihr mich alle so sehr liebt."

„Ryker, hast du irgendetwas von deinem Onkel gehört?", fragte Henry.

Zwei Gespräche überschnitten sich. „Ja, wir lieben dich, wie wir Herpes lieben, Vlad", meinte Alex.

„Er ist nicht mein Onkel, Henry, er ist ... nun, vielleicht *ist* er mein Onkel?" Ryker war so verwirrt.

„Er ist der Bruder deines Vaters. Oh, einen

Moment, ich muss diesen Anruf annehmen. Es ist Sebastian." Alex trat zur Seite, um den Anruf anzunehmen, aber Ryker grübelte weiter.

„Tennant ist nicht mein Vater, Alex, er ist mein Stiefvater, darum ist Brady … mein Stief*onkel*? Gibt es so etwas überhaupt? Colorado! Pass auf!"

Ein Fußball traf mich mit genügend Wucht an der Stirn, um das seltsame, kribbelnde Ich-Habe-Einen-Neuen-Schwarm-Gefühl aus meinem Hirn zu schlagen. Die kleine Gruppe Raptors, die sich vor unserer Umkleide versammelt hatte, starrte mich an. Ich schrie auf und machte einen Todesfall, auf den jede Dragqueen stolz wäre. Sie alle fingen an zu lachen.

„Okay, Schluss mit dem Theater. Spielen wir Fußball oder bewerben wir uns für *RuPaul's Drag Race*?", fragte Vlad.

Ich setzte mich auf. Russen waren immer so ernst.

„Ich würde mit RuPaul ausgehen", bemerkte Henry, nachdem er den Ball geholt und damit zurückgekehrt war.

„Ja, wir wissen, dass du Typen mit Glitzer magst", zog Ryker ihn auf, schlug Henry den Ball aus der Hand und kickte ihn zu Alex. Henry errötete, leugnete es aber nicht. Vlad musterte mich, wie ich auf dem Boden saß, meine Beine im Lotussitz. „Ich ziehe Farmjungen vor."

Alle machten Farmtierlaute. Ryker zielte mit dem Ball auf Alex und das Fußballspiel verwandelte sich in eine wilde Partie Brennball. Ich rollte nach links, um nicht noch einmal von dem Ball getroffen zu werden, nachdem ich wie ein Huhn gegluckt hatte. Vlad war Vlad, verdrehte die Augen und ging davon, um Tate zu suchen, der auffällig abwesend war bei unserem kleinen Teambindungsmoment.

Ich kroch auf Händen und Knien den Flur entlang, schlüpfte in eine Toilette, stand auf und drehte mich um, sah, wie zwei Frauen mich anstarrten. Beide waren ungefähr zwanzig, trugen sehr kurze Shorts und bauchfreie Tops in den Farben von Dallas. Eine war blond, die andere rothaarig und beide reagierten auf dieselbe Weise, als sie mich entdeckten. Lange, dichte Wimpern senkten sich und sie seufzten vielsagend.

„Tut mir leid, meine Damen", sagte ich, während ich mich aufrichtete und mir die Haare aus dem Gesicht schob. „Wütender Teamkollege mit einem Fußball des Todes."

Beide Cheerleader kicherten. „Ich hoffe, du wurdest nicht verletzt. Es wäre schade, wenn ein Gesicht wie deines von einem dämlichen Fußball verletzt würde", gurrte Rotschopf mit Großen Möpsen.

„Ja, so ein hübsches Gesicht", flüsterte Blondie mit Großen Möpsen.

Okay, also das war eine angenehme Entwicklung. Zwei Stunden bis zum Spiel, zwei Cheerleader, die eindeutig auf mich standen, eine Toilette. Jep. Eine heiße Nummer auf einer Toilette zu schieben, würde die zwielichtige Anziehung zu meinem Manny vertreiben. Richtig?

„Vielleicht sollten wir uns in dieser Toilette verstecken? Nur für den Fall?", bot ich ganz galant an.

Sie beide nickten. Die Tür flog auf und Ryker platzte in die Damentoilette mit einem blutigen Fußball und einem Brüllen. Die Cheerleader schrien und rannten hinaus. Ich schlüpfte in die Toilette, lachte dabei wie verrückt. Der Ball prallte von der Decke ab in die Toilette, verspritzte überall Wasser.

„Verdammt", hörte ich Madsen murmeln. Ich fischte den Ball heraus, stieß die Tür auf und warf ihn ihm ins Gesicht. Der Aufprall war ziemlich befriedigend, auch wenn ich das sagte.

„Du Arschloch", spuckte Ryker, Toilettenwasser spritzte über sein attraktives Gesicht. Ein kleiner Kampf um den Besitz des schwarzen und weißen Balls brach aus, bis Vlad hereingestürmt kam, uns den Ball entriss, uns unreife irgendetwas Kühe auf Russisch nannte und dann davonmarschierte, um mit Tate mürrisch und stoisch zu sein, wo auch immer der sich versteckte. „Er hat schlechte Laune."

Wir traten zum Waschbecken, um uns das Toilettenwasser von den Händen und seinem Gesicht zu waschen. Als ich versuchte, mit der Seife zu helfen, schlug Ryker meine Hände weg.

„Ja, Tate hat Stress, weil er wieder in Dallas ist, oder etwas in der Art.", sagte ich, während ich eine Handvoll Schaum sammelte und in meine Haare klatschte. „Danke, dass du diese beiden Cheerleader mit deinem irren ‚Braveheart Schrägstrich Wilson der Blutige Ball'-Auftritt verscheucht hast. Arsch."

„Hashtag Sorry, not sorry." Ryker grinste und trocknete dabei seine Hände ab.

„Zwei heiße Hühner in einer Toilette hätten meine Sorgen vertrieben", murmelte ich, während ich meine jetzt seifigen Haare zu einem Mohawk stylte. „Kann ich dich etwas fragen?"

„Ja, der blutige Handabdruck auf dem Ball war echtes Blut. Alex ist gegen eine Tür gerannt."

Ich schnaubte. „Verlierer." Ryker kicherte, warf dann seinen Ball aus nassen Papiertüchern in den Müll. „Nein, ich wollte fragen, als du Jacob kennengelernt hast, wusstest du da von Anfang an, dass er jemand Besonderes war?"

Sein Blick hob sich vom Mülleimer zu mir. „Wir haben uns am Anfang nicht gut verstanden. Aber trotzdem war da diese nicht greifbare Sache zwischen uns. Ich habe ihn immer heiß gefunden, aber es gab einige große Probleme, die wir lösen mussten."

„Also, wenn er, sagen wir, in einer häuslichen Rolle für dich gearbeitet hätte …" Ich konzentrierte ich auf meinen seifigen Mohawk.

„C, bist du in deinen Manny verknallt?", wollte Ryker wissen.

Ich zuckte mit den Schultern. Ryker schnaubte laut. „Definiere ‚verknallt'. Wenn verknallt bedeutet, dass man sich einen runterholt, während man sich fragt, wie seine Wichse schmeckt, dann Ja, ich bin verknallt."

„Kumpel! Nein, ich … hör einfach auf. Das ist *viel* zu viel Information." Ich lachte, dann glättete ich meine Haare, um neu anzufangen. Ryker trat neben mich. Wir hatten eine ähnliche Größe und Gewicht. Er war aber eher der traumhafte junge Fernsehstar. Ich war knallharte Rocker-Goalie-Seltsamkeit. „Steht Joe auf Männer?"

„Keine Ahnung."

„Nun, das solltest du vielleicht herausfinden. Es

könnte einen Unterschied machen, wie die Dinge laufen."

Eine ältere Frau in einem dunklen Sportanzug und mit einem Lanyard platzte auf die Toilette. „Raus jetzt, ihr widerlichen Perversen!", knurrte sie und deutete auf die Tür. Ah, die Cheerleader-Mom oder wie auch immer sie genannt wurde. Die Raptors hatten keine Cheerleader. Sollten wir aber. Jungs und Mädels in engen kurzen Hosen und winzigen Tops, die im Stadion herumsprangen, wären lustig.

Wir schlichen wie zwei geprügelte Hunde um sie herum, unser Grinsen gut verborgen, bis wir die Tür hinter uns hatten. Dann rannten wir zurück zu unserer Umkleide, mein Kopf voll mit Joe-Gedanken, die wirklich durchdacht werden mussten. Aber das würde später kommen müssen. Gerade im Moment wurde ich auf dem Eis erwartet und ich musste zu einhundert Prozent Hockey sein.

# ACHT

# Joseph

Als Colorado mich bat, mich ans Glas zu stellen und seine winzige Tochter hochzuhalten, nur für Glück, gab ich einen spitzen Kommentar zur Physik des Schlittschuhfahrens ab. Aber ich führte besagten Kommentar nicht weiter aus, in dem ich näher auf die unplausible Vorstellung von Glück einging. Tatsächlich war ich stolz auf mein neues Ich, das nicht einmal erwähnte, dass ein kleines Baby kaum irgendwelche Anziehung auf Objekte in der Nähe ausübte, ganz zu schweigen durch was auch immer dieses Glas war. Anscheinend war Maddie Colorados Glücksbringer und er musste eine komplizierte Fäuste-aneinanderschlagen-Drehung-Spagat-Vorbeugen-Sache vor ihr machen, damit dieses Glück funktionierte.

Nachdem er mit der Glückssache fertig war, bekam ich einen guten Blick auf Colorado, den professionellen Goalie. Um ehrlich zu sein, das Einzige, was ich sehen konnte, war sein Kopf, der Rest war mit seinen Polstern und der Uniform bedeckt, einer Kombination aus Rot und Gold, mit einem Vogel an der Vorderseite, von dem ich dachte, dass es ein Raubvogel war.

Welche Art Raubvogel konnte ich nicht sagen, aber es sollte definitiv irgendeine Art Vogel sein, der mit seinen Krallen, was unmöglich war, einen nicht proportional großen Hockeyschläger hielt. Er sah irgendwie wild aus, um ehrlich zu sein, genau wie Colorado. Er war fixiert und fokussiert und sobald er Maddie einen Kuss gegeben hatte, war er weg, fuhr um seine Hälfte des Eises und kam erst wieder zu uns, als sie erschreckt aufwachte, weil ein Puck das Glas direkt bei uns traf und der Knall plötzlich und laut war. Ich hatte nicht gesehen, wer so nahe bei uns getroffen hatte, aber ich sah, wie Colorado über das Eis zu einem anderen Spieler in Gold und Rot raste und sich auf ihn setzte, darum nahm ich an, dass es das war, was Goalie-Dads am besten konnten.

„Wir sollten jetzt gehen", schlug Simon vor und trat zurück, um jeden hinter mir aus dem Weg zu schieben.

Es schien, dass wenn er nicht auf Colorado aufpasste, um ihn davon abzuhalten, Mist zu bauen, er beschlossen hatte, auf mich und Colorados kostbares Baby aufzupassen. Maddie war unruhig und ich hatte das Gefühl, dass sie kurz davorstand die Fassung zu verlieren, darum bedeckte ich ihre Ohren und wiegte sie, während wir den Teamaufzug zur Loge nahmen. Ich hätte ihr ein Schlaflied oder etwas in der Art vorsingen sollen, aber am Ende entschied ich mich zu tun, was ich auch bei Emma immer gemacht hatte. Manchmal war es keine Musik, sondern Physik, mit der richtigen Kadenz in meiner Stimme und gerade im

Moment war es Newtons Drittes Gesetz. „Also, Maddie, wann immer ein Objekt eine Kraft auf ein zweites Objekt ausübt, übt das zweite eine gleiche und entgegensetzte Kraft zum ersten aus. Das erklärt, warum Spieler ihre Schlittschuhe nach hinten schieben, damit das Eis sie nach vorne schiebt."

Simon lachte schnaubend, aber Maddie starrte zu mir auf, oder zumindest zu dem verschwommenen Bereich, aus dem meine Stimme kam und ließ ein gurgelndes Geräusch hören.

„Gefällt dir das? Ignoriere Onkel Simon, er weiß nichts und ich habe noch mehr. Weißt du, dein Daddy steht oder sitzt oder was auch immer im Weg von Pucks, die mit Geschwindigkeiten von über einhundertsechzig Stundenkilometern unterwegs sein können. Warum er das tut, weiß ich nicht, aber es ist interessant. Wusstest du das?"

Sie gurrte erneut und schmatzte mit ihren Lippen, was ich als Ja interpretierte.

„Du bist so ein kluges Baby", erklärte ich ihr und bekam ein Lächeln von dem Wachmann auf dem Flur, der meinen Pass überprüfte, und Simon verdrehte die Augen.

Der Wachmann deutete den Flur entlang. „Geradeaus durch und an der Tür steht Gast-Team." Wir gingen um das breite Oval, kamen an allen möglichen geschlossenen Türen vorbei.

„Was wirst du ihr sonst noch erzählen?"

Ich schaute zu Simon und er biss sich auf die Lippen. Arsch.

„Nun, um einen ordentlichen Slap Shot machen zu

können, was dieser Einhundertsechzig-Stundenkilometer-Schuss ist, geht es ganz um Energie." Ich hatte die letzte Nacht damit verbracht, mir die Dinge von Hockey einzuprägen, die ich lernen konnte, wie Winkel und Geschwindigkeit und die Arten von Energie und die Orbits eines Stücks Gummi, das nie auf einer Bahn blieb. „Der Spieler muss genau genommen das Eis direkt hinter dem Puck erwischen, wusstest du das?" Ich ließ Maddie hüpfen und stoppte vor einer Aussichtsplattform aus Glas. Simon kam neben mich. Von dort konnten wir sehen, wie die Jungs das Eis nach dem Aufwärmen verließen. Irgendeine seltsame Hockeysache passierte zwischen einem von unseren Spielern und einem vom gegnerischen Team. Sie standen in der Mitte und starrten einander an, doch als die Kamera näher heranzoomte, konnte ich sehen, dass sie Schere, Stein, Papier spielten.

Hockeyspieler waren seltsam.

„Wie dem auch sei, der Schläger des Spielers gibt nach und all diese Energie wird in der Wölbung gespeichert. Wenn sie während eines Slap Shots Kontakt mit dem Puck bekommen, verlagern sie ihr Gewicht und drehen ihre Handgelenke, was der Punkt ist, an dem die Rotation dafür sorgt, dass die gespeicherte Energie aus dem Schläger entlassen und auf den Puck transferiert wird. Sobald der Puck getroffen ist, ist die Menge an kinetischer Energie, die auf ihn ausgeübt wurde, gleich der Menge an kinetischer Energie, die im Schläger gespeichert war."

Simon schüttelte seinen Kopf und verdrehte seine

Augen noch einmal dramatisch, aber die süße Maddie hatte den Spaß ihres Lebens.

Es war nie zu früh, ein Kind in die Physik einzuführen.

Simon öffnete die rechte Tür und schob mich hinein. Ich war nicht zu einhundert Prozent überzeugt, dass Maddie und ich bei dem Spiel dabei sein sollten. Dieser solide, mit Glas abgeschirmte Bereich war eine spezielle Loge nur für das Management-Team und die Frauen und festen Freundinnen der Spieler. Ich war nicht wirklich eine WAG oder Management, aber wir waren da und nahmen Sitze weiter vorne, ließen Simon mit einem großen, gut aussehenden Typen diskutieren, der sein Jackett ausgezogen und seine Arme vor seinem Brustkorb verschränkt hatte. Ich nahm an, dass ich irgendwann erfahren würde, wer das war, aber gerade im Moment musste ich Maddie füttern und wir machten es uns auf dem breiten Ledersitz mit dem atemberaubenden Blick über das gesamte Stadion bequem. Das elektrische Gefühl im Stadion war intensiv, Wellen von Leuten standen und saßen, jubelten, gingen mit Bier in den Gängen auf und ab, manche trugen Rot und Braun, aber die meisten Grün, auch wenn ich ein paar andere Uniformen entdeckte. Es gab keine Trennung von Fans, niemand stritt sich, alle schienen aufgeregt zu sein und es gab eine Menge Flaggen und Handtücher.

Handtücher. *Ich habe überhaupt keine Ahnung.*

Als die Spieler für das eigentliche Spiel herauskamen, hatte Maddie beinahe ihre einhundertzwanzig Milliliter getrunken und den

Moment erreicht, in dem sie sich gegen den Schlaf wehrte und gleichzeitig noch trank. Ihr Rosenknospenmund öffnete sich um den Sauger. Sie war absolut wunderschön, erinnerte mich an diese langen Nächte, als Emma noch klein war. Ich hatte alles stehen- und liegenlassen, um Natalie zu helfen, war eingezogen und einfach nicht wieder gegangen. Auf gewisse Weise war Emma ebenso mein, wie sie meiner Schwester gehörte und ich vermisste sie plötzlich.

Ich machte ein ungelenkes Selfie und ein kurzes Video und schickte es Natalie und sie antwortete mit einem Anruf.

„Das ist so cool", sagte sie, aber sie klang seltsam, und ich war ein Experte, was meine Schwester betraf.

„Hast du deinen Zucker gemessen?"

„Hör auf, dir Sorgen zu machen, ich verspreche, es geht mir gut, bin nur ein bisschen high, das ist alles."

„Natalie-"

„Wir essen gerade Pasta, du weißt, wie das ist."

„Okay." Ich wusste, dass ich nicht drängen durfte, aber ich war nicht da und ich machte mir Sorgen um sie und Emma und ich hatte dieses plötzliche Bedürfnis, nach Hause zu müssen, gegen das ich mich wehren musste. Ich verdiente gutes Geld, genug, um Natalie eine ordentliche Summe an Miete zahlen zu können, die sie für alles nutzen konnte, was sie wollte. Wie einen Retinopathie-Check und eine vernünftige Diabetikerbehandlung. Nicht nur das, sondern auch, um die Selbstbeteiligung für ihr Insulin abzudecken. Es schien, als würden Natalie und ich uns von einem

Zahltag zum nächsten hangeln und in dem Durcheinander gingen verschiedenste Dinge unter.

Ich brauchte einen Job mit einer guten Krankenversicherung und nach diesem Jahr würde ich sicherstellen, dass ich eine hatte. Wir beendeten das Gespräch mit *hab dich lieb* und ich versprach, dass ich morgen anrufen und Emma von dem Spiel erzählen würde. Anscheinend las sie gerade ein Buch über Hockey, nur um mehr über das Spiel zu lernen. *Das ist mein Mädchen.*

Das Spiel war intensiv. Alles war so schnell, so laut da unten und ich hatte keine Ahnung, was vor sich ging. In der einen Minuten befanden die Spieler sich an einem Ende und in der nächsten rasten sie ans andere. Ich konnte den Puck die meiste Zeit gar nicht sehen. Mein erster Gedanke war, wie zur Hölle sie die Dauer des Spiels durchhielten, wie lang das auch sein mochte. Dann fiel mir auf, dass sie Leute bei einer Reihe Bänke auswechselten und sogar das war ein sorgsam orchestriertes Ballett an Bewegungen. Nur mit riesigen Typen, die Kufen anstatt Ballettschuhe an den Füßen hatten und die sich gegenseitig ins Glas stießen.

Es war wie der Barnard 33 Nebel, ein Tanz aus Farben und Kollisionen, der zufällig zu sein schien, bis man Muster entdecken konnte. In diesem Spiel bewegten die Spieler sich zu bestimmten Bereichen und mir kam es so vor, dass sogar das Unvorhersehbare als vorhersehbar angesehen werden konnte und nach zehn Minuten war ich tatsächlich in der Lage zu sehen, wo der Puck sich befand.

Es war aufregend, aber aus irgendeinem Grund

wurde ich immer wieder von der Theatralik im Tor angezogen. Nicht, dass ich wusste, was der Goalie des anderen Teams machte, weil ich nicht einmal zu ihm schaute. Ich starrte Colorado an und wie er die Leute herausforderte, diese schwarze Scheibe auf ihn zu schleudern.

Er war Teil des Unvorhersehbaren, wenn er verhöhnte und schubste und glitt und sprang und in den Spagat ging und das alles innerhalb einer Minute. Ein Flackern von Bewunderung entzündete sich in mir, als er einen weiteren heranrasenden Puck aufhielt, der, wenn meine Berechnungen korrekt waren, unter Annahme einer bestimmten Viskosität des Eises, dazu dem Winkel des Schlags, plus dem Gewicht des Spielers und dem Flex des Schlägers, mit über einhundertsechzig Kilometern pro Stunde heranschoss.

Der Lärm, der vom Spiel unten in die Box drang, war minimal, aber es gab Videobildschirme für Nahaufnahmen und jedes Mal, wenn die Raptors etwas Beeindruckendes machten, ertönte lauter Jubel in der Box. Bis jetzt hatte Maddie die ganze Sache verschlafen, aber es war schon eine halbe Stunde vergangen und sie waren noch nicht einmal mit dem ersten Viertel oder Drittel oder wie auch immer sie es nannten, fertig. Es gab Pausen, jedes Mal, wenn der Puck irgendwohin schlitterte, wo er nicht hätte sein sollen und dann Pausen ohne ersichtlichen Grund, aber in jeder Pause stellte ich fest, wie ich zu Colorado schaute und wie er sein Netz umkreiste, während er mit dem Kopf wippte, als ob er eine Melodie in seinem Kopf hätte.

Dann schob er seinen Helm nach oben und die

Menge liebte es, wenn er sich Wasser über sein Gesicht spritzte und dann herunterhängende Strähnen zurückschob. Die Kameracrew zeigte einen dieser Haare-Zurückschieber sogar in Zeitlupe und dieses Stupsen von Interesse wurde zu etwas anderem. Etwas, das nicht vertraut oder angenehm war.

War es möglich, dass ich von der Action auf dem Eis irgendwie heiß wurde oder, wichtiger, von Colorado? Das konnte es nicht sein. Ganz sicher. Ich war hier, um einen Job zu erledigen, und der wurde gut bezahlt und je länger ich diese Rolle behielt, umso besser würde es meiner kleinen Familie gehen und umso besser würden wir uns der Zukunft stellen können. Dreitausend pro Woche waren nicht zu verachten.

Aber da war etwas an Colorado, das meinen Fokus durcheinanderbrachte. Ich *wusste*, dass ich nicht heterosexuell war. Ich hatte in der Vergangenheit viele Nachforschungen betrieben, aber bei diesen Nachforschungen hatte ich nicht Dinge ausprobiert und sie von einer Liste gestrichen. Es kam alles aus Büchern und Studien. Meine Schlussfolgerung war, dass ich ein schwuler Wissenschaftler war, der lieber las und lernte, anstatt versaut und verschwitzt wurde.

In meinem ganzen Leben hatte ich mit zwei Menschen *Beziehungen* gehabt. Einer von ihnen war Owen. Ich war dreizehn, hatte gerade überlegen einen Wissenschaftswettbewerb gewonnen und er war der Schulrebell mit Piercings, Attitüde und einer Kartoffelbatterie, die nicht funktionierte. Was der Bad Boy in dem Wissenschaftsnerd gesehen hatte, würde ich nie erfahren, aber als er mich auf dem Weg nach Hause in die Enge getrieben hatte, hatte ich gedacht, dass er mich verprügeln wollte, nicht küssen. Da war ein Kuss, dazu etwas Fummeln von seiner Seite, während ich wie ein Idiot dagestanden war.

Das mit Owen wurde nie etwas. Er zog kurz danach weg, sein Dad war in einen anderen Staat befördert worden und wir verbrachten die letzten Wochen gemeinsam an derselben Schule mit Versteckspielen. Oder vielleicht machte nur ich das. Ich war entsetzt und voller Angst und verbrachte viel zu viel Zeit auf der Toilette der Nerds im dritten Stock neben dem Wissenschaftslabor. Dieser eine Ort in der gesamten Schule war der einzige Platz, an dem es in Ordnung war, über Wissenschaft zu reden, und dort war ich größtenteils sicher. Natürlich gab es oft Übergriffe von den Sportskanonen, aber eine umsichtige Anwendung von Thiol hielt sie fern, bestärkt von dem Gerücht, dass die Geeks alles mit Gift eingestrichen hatten. Nerds 1, Sportskanonen 0.

Dann war da Devin, meine große, sexy, bi-neugierige High School Nemesis und die einzige Person, die in Bezug auf Noten auch nur annähernd auf meinem Niveau war. Ich hatte es tatsächlich geschafft, nicht in meiner Hose zu kommen und eines schwülen Nachmittags machten wir den nächsten Schritt und ich bekam Oralsex. Weil Devin *sowohl* im Football-Team war als auch ein Wissenschafts-Geek, war er ein Einhorn, das auf beiden Seiten des Klassenzimmerkrieges mit zerstörerischem und faszinierendem Geschick agieren konnte. Wie sich herausstellte, war die Verlockung von Debbie Braziers

Titten größer als mein unerfahrenes Gefummel und wir haben nie wieder darüber gesprochen, was er getan hatte und was ich nicht getan hatte.

Und dann hatte das College angefangen und ich war in ein Universum eingesaugt worden, das meine Seele erreicht hat. Die Weite des Weltraums und jedes Molekül an Wissen, das aufgesammelt werden konnte und mein Sexleben rutschte auf den zweiten Rang. Ich wusste nicht, wo mein Platz im Schwulen-Spektrum war, aber in meinem eigenen Kopf und unter Verwendung eines reinen Science-Fiction-Modells, war ich der stille Held, der sein Hirn nutzen konnte, um alle zu retten. Ich würde nicht derjenige sein, der ganz allein einen gesamten Planeten wieder bevölkerte. Ich hatte noch nie jemanden gefunden, den ich auch nur küssen wollte, ganz zu schweigen auf andere Weise zu berühren als die Hände zu schütteln.

Aber hier war ich und starrte aufs Eis hinunter und hatte Gefühle für *Dinge*.

Wenn jemand mich in diesem Moment gefragt hätte, ob es mir gefiel, dann hätte ich wahrscheinlich etwas Verrücktes gesagt wie, „Ich finde, Goalies sind sexy und ich denke, dass ich Gefühle für Dinge habe", darum hatte ich mir bereits eine Antwort zurechtgelegt, die wenige Worte enthielt. Ja, es machte Spaß, vielen Dank. Die WAGs waren nett und zuvorkommend, hatten mir Knabbereien und kühle Getränke gebracht, Maddie bestaunt, aber ich versuchte gleichzeitig, mich um Maddie zu kümmern und Colorado anzustarren, darum war ich in meiner Gesprächsbereitschaft eingeschränkt.

„Hi, darf ich mich setzen?" Ich schaute auf und sah

Heimdall aus *Thor* neben mir stehen. Für eine Sekunde verlor ich meine Stimme, denn … was zur Hölle? Aber dann, nach dem Schock, konnte ich den Mann genauer betrachten, als er sich setzte und es war nicht Heimdall oder der Schauspieler, der ihn gespielt hatte, Idris Elba, der sich neben mich setzte. Er hielt mir seine Hand hin. „Justin LaFayette, Zweiundsiebzig, aus Vancouver", stellte er sich vor und da er offensichtlich nicht zweiundsiebzig war, nahm ich an, dass dies seine Trikotnummer war, ergo war er ein Spieler der Raptors. Mir war aufgefallen, dass die Spieler ihre Nummern sagten und manchmal Dinge wie Flügel oder Verteidigung hinzufügten oder das Land oder die Provinz, aus der sie kamen, was auch immer für sie Sinn ergab.

„Joseph." Ich schüttelte seine Hand.

„Colorado hat gesagt, dass du hier oben bist, und hat vorgeschlagen, dass ich dir Gesellschaft leiste." Ich bekam ein besseres Gespür für den Idris- Doppelgänger, als er auf dem Stuhl herumrutschte und mit den Händen einen Gips packen musste, um sein Bein nach vorne zu ziehen. Dabei verzog er schmerzlich das Gesicht. „Er hat mir gesagt, dass du wissen wollen wirst, was vor sich geht."

„Schon gut", versicherte ich ihm und deutete auf sein Bein. „Mir scheint, du könntest Ruhe gebrauchen."

„Das?" Er warf einen Blick auf seine Zehen. „LBI, das ist nicht weiter schlimm."

„LBI?"

„Lower body injury, Verletzung der unteren Gliedmaßen, Hockeysprache. Ich werde nicht mit um den Cup spielen, darum habe ich viele Spiele, um dir alles zu erklären." Er warf einen Blick über seine Schulter, senkte dann seine Stimme. „Wenn ich nicht vorher verkauft werde."

„Ist das eine Möglichkeit?" Ich ahmte ihn nach und flüsterte halb, weil das richtig zu sein schien. In meinen Armen bewegte Maddie sich und reflexartig wiegte ich mich ein wenig, hoffte, dass sie nicht aufwachen würde, bis dieses Drittel offiziell zu Ende war. Sie würde eine frische Windel brauchen und es gab dafür einen kleinen Raum, aber ich hatte gerade eine blonde WAG darin verschwinden sehen und keine Ahnung, worüber ich mich mit ihr unterhalten sollte, wenn sie plaudern wollte.

„Kommt drauf an. Coach will die Dinge ändern und ich bin Siebter von Sechs."

„Ist das wie Seven of Nine?" Ich scherzte, aber er verstand es nicht.

„Nein, Sechs." Er sah verwirrt aus. *Also eindeutig kein Trek Fan.* Ich durfte nicht vergessen, dass Sportskanonen Sportskanonen waren und Nerds andere Dinge liebten. Es war mir peinlich und ich wusste nicht warum, denn ich war ein Planetenwissenschaftler, in Gottes Namen und nur, weil ich nichts über Hockey wusste, verringerte das nicht meine Männlichkeit. „Alles in Ordnung?" Justin unterbrach meine Selbstbetrachtung, in der ich zurück in meine High-School-Tage fiel.

„Es tut mir leid, bitte rede weiter."

„Also, es gibt drei Verteidigerpaare und Healthy Scratches."

„Ja", sagte ich, was wahrscheinlich das Beste war,

auch wenn ich in meinem Stuhl unauffällig ein wenig von ihm abrückte, weil Kratzen schlimm klang und ich mich um Maddie kümmerte. Außerdem war Zweiundsiebzig ein großer Mann und so einschüchternd wie Simon.

„Ein Healthy Scratch ist ein Spieler, der eigentlich spielen könnte, aber aus Gründen nicht am Spiel teilnimmt. Dann gibt es mich mit der Verletzung." Er seufzte. „Wie dem auch sei, sag mir, was du über das Spiel weißt." Er lächelte mich an.

Ich schaute auf die winzigen Menschen auf dem Eis. „Nun, die Raptors tragen Rot und Gold und das andere Team Grün. Außerdem gibt es unvorhersehbare Vorhersehbarkeit, wie angewandte Chaostheorie."

„Oh", meinte er und dich hatte den Eindruck, dass er noch mehr sagen wollte.

Ich versuchte, mich an eine andere Tatsache zu erinnern, aber eine Dissertation über die Physik von Gummi auf Eis würde nicht ausreichend sein. Dann kam es mir.

„Colorado ist der Goalie der Raptors und ich nehme an, dass Ryker und Alex auch irgendwo da unten sind", fügte ich hinzu.

Justin grinste mich an, beugte sich dann auf seinem Sitz vor. „Gut, ich weiß, wo ich anfangen muss." Er war nicht genervt, dass ich nichts wusste, tatsächlich freute er sich, von vorne anfangen zu können.

Wer hatte gewusst, dass Hockey in drei Dritteln gespielt wurde und dass sie die Seiten tauschten und dass das, was Colorado gerade machte, als Butterfly bezeichnet wurde? Ich jedenfalls nicht. Justin saß das ganze Spiel neben mir, leistete mir in den Pausen Gesellschaft, half mir mit Maddie, indem er verlangte, sie auch einmal halten zu dürfen, und fand sogar winzige Ohrschützer, die er, wie er gestand, von einer der Ehefrauen gestohlen-Schrägstrich-ausgeliehen hatte. Im letzten Drittel, mit nur noch vier Minuten auf dem großen Jumbotron-Countdown, saß ich am Rand meines Stuhls, genau wie Justin, der sich nicht stillhalten konnte.

„Was zur Hölle?" Ich folgte dem Mann in Grün, der rückwärts zu seiner Sin Bin fuhr, dabei in Richtung von Ryker gestikulierte, der gerade das Eis verließ. Ich konnte nicht anders als mitzufiebern. Das war Ryker da unten und er und Tate hatten in diesem Spiel die zwei Tore gemacht. Das andere Team hatte nichts und wurde mit jedem Moment aggressiver, versuchte alles, um einen Puck an Colorado vorbeizubekommen. Er war wie eine Ziegelwand und ich spürte einen Anflug von Stolz an Maddies Stelle, dass ihr Daddy sich da unten so gut schlug.

Justin wirkte wild, seine Hände hatte er zu Fäusten geballt. Er hatte aufgehört, mir Dinge zu erklären, und sein Blick war fest auf das Eis fixiert. Er stand auf, als die Uhr nur noch zwei Minuten zeigte und Dallas beinahe ein Tor machte. Er lehnte sich schwer gegen das Glas und war so steif wie eine Eisenstange. Das war sein Team, das da auf dem Eis spielte und der arme Kerl wollte wahrscheinlich dort unten sein und machen, was er liebte.

„Fu-" Er unterdrückte den Fluch gerade noch und dann passierte etwas Seltsames. Es war noch eine

Minute zu spielen und der Goalie des grünen Teams verließ das Netz, fuhr zu den Sitzen und das bedeutete, dass …

„Moment", schnappte ich und stand auf, hob Maddie dabei an meine Schulter. „Zu viele Männer!", rief ich.

„Das ist in Ordnung, sie haben den Goalie rausgenommen, um einen Mann mehr aufs Eis zu bekommen", erklärte Justin, ohne zu mir zu schauen.

„Das dürfen sie? Wie ist das fair?"

Er gab mir keine Antwort, hatte seine Hände flach ans Glas gepresst. Alle Action schien sich auf Colorado zu konzentrieren, die Kamera zoomte auf seinen intensiven, fokussierten Ausdruck und dann wieder heraus auf das Chaos vor dem Netz der Raptors. Spieler kämpften und schubsten und es war jeder für sich und mittendrin blieb Colorado ruhig. Es gab einen Schubs, ein Spieler löste sich und es war einer von unseren. Die Kamera folgte dem Ausbruch, der Name Madsen-Rowe auf dem Trikot wich scheinbar jedem grünen Spieler aus.

„Ryker, schieß, komm schon", murmelte Justin. „Schieß."

Einer der grünen Typen riss mit seinem Schläger an Madsen und er fing an zu fallen, aber in einem verzweifelten Schuss über das Eis, ließ er den Puck fliegen und er ging direkt in das gegnerische, leere Netz, wodurch die Lampe dahinter aufleuchtete.

„Fu – Ja!" Justin jubelte laut und mittlerweile stand auch der Rest des Managements am Glas. Alle jubelten, denn anscheinend konnte man eine 3-0

Führung *niemals aufholen,* wenn nur vierzig Sekunden Spielzeit blieben.

Das hieß nicht, dass Colorado mit dem aufhörte, was er machte, er blieb in diesem Netz wie eine Wand, bis der letzte Pfiff ertönte, und dann bildeten die Raptors eine ordentliche Schlange und fuhren zu ihm, um ihre Helme an seinen zu stoßen. Worte blitzten auf dem Jumbotron auf, SHUTOUT, mit Colorados Name und ich war von dem Spiel absolut hingerissen.

Und vielleicht von dem Mann, der gerade das Spiel seines Lebens gehabt hatte. Ich hatte dieses seltsame Gefühl, dass ich jubeln und kreischen und alle umarmen wollte und auf- und abspringen, aber das machte ich nicht, weil ich Maddie hatte, und sie war meine Verantwortung. Die Freude in der Box war ansteckend und ich wusste, dass es nur das erste Spiel von potenziell sieben war, aber Colorado war ein Gott und ich arbeitete für ihn und durch den Prozess der Symbiose hatte ich das Gefühl, als ob dieser Sieg auch meiner wäre.

Simon brachte Maddie und mich zurück ins Hotel. Colorado würde erst sehr viel später zurückkommen und ich nutzte die Zeit, um Maddie Aufmerksamkeit zu schenken, ihr mehr über Physik zu erzählen, ihr zu erklären, dass ihr Daddy atemberaubend war, dass Hockey bemerkenswert war und wie aufgeregt ich von meinem ersten Spiel war. Außerdem brauchte ich Zeit, um über dieses Stupsen von Gefühlen nachzudenken, diesen plötzlichen Wunsch, Colorado umarmen zu wollen und ihm zu sagen, dass ich das Spiel liebte.

Maddie döste endlich ein, müde von meinen

Geschichten, den Bauch voll, die Windel gewechselt und dann musste ich nur auf Colorado warten, weil ich so viele Fragen an ihn hatte.

Das leise Klopfen an der Tür brachte mich dazu, sie so heftig aufzureißen, dass Colorado beinahe hereingefallen wäre. Er trug seinen Anzug und er sah glücklich aus und von innen leuchtend.

„Wie geht es Maddie?", fragte er und nahm den langen Weg um mich herum, um zu ihr zu gelangen, schaute nach seiner Tochter und beugte sich dann vor, um einen Kuss auf ihren Kopf zu drücken.

„Es geht ihr gut", schaffte ich herauszubringen.

Er murmelte ihr unsinnige Worte zu, lächelte sie an, seine langen, von der Dusche feuchten Haare waren ein Vorhang um sein Gesicht und dann richtete er sich auf und kehrte zurück zu seiner Seite der Tür. Wieder mied er es, mich zu berühren und ich wollte ihm alles über mein erstes Spiel erzählen, ihm gratulieren, herausfinden, wie zur Hölle er den Spagat machte und sich Pucks stellte, die mit hundertsechzig Stundenkilometern auf ihn zurasten und ihn fragen, ob es in Ordnung war, wenn ich zu all seinen Spielen kam, für immer.

Aber keines dieser Worte kam in irgendeiner Abfolge aus mir heraus.

„Joe?", fragte er vorsichtig. „Du schaust komisch drein. Hattest du beim Spiel zu viele Hotdogs?"

Ich antwortete nicht, denn wie sollte ich meine Gefühle extrapolieren, wenn ich die Emotionen, die ich empfand, nicht quantifizieren konnte?

„Es geht mir gut", log ich.

„Warum hängen wir nicht ein wenig ab? Ich habe diesen neuen Song in meinem Kopf und wollte hören, was du davon hältst."

„Maddie", sagte ich mit einer Geste auf das schlafende Baby.

Er nahm das Babyfon von der Kommode und drückte es mir in die Hand. „Außerdem lassen wir die Tür offen. Komm, lass mich an deinen Herzsaiten zupfen."

Er hatte keine Ahnung, dass ich mir ziemlich sicher war, dass etwas in der Art bereits stattfand.

# NEUN

# Colorado

---

Joe brauchte *ewig*, um sich in Bewegung zu setzen. Mir kam langsam der Verdacht, dass sein großes Hirn manchmal das Sagen übernahm und sich im Kreis drehte. Wie eine 78er-Schallplatte. Ah, Vinyl.

„Komm schon, Weltraum-Manny." Ich legte meine Finger um sein Handgelenk, riss ihn, aus welchem wirbelnden Orbit auch immer sein Verstand gefangen gewesen war.

Er holte bei meiner Berührung scharf Luft, riss seinen Arm aber nicht los. Ein gutes Zeichen, hoffte ich. Diese ganze Langsamer-Paarungstanz-Sache lag nicht wirklich in meinem Erfahrungsbereich. In der Regel musste ich nur fragen oder manchmal auch nur eine Braue heben und es gab Sex. Joe zu umwerben, war, als würde man versuchen, in einem U-Boot durch den Weltraum zu reisen.

Joe war unglaublich kleinlaut, als wir in meine Suite traten. Ich ließ sein Handgelenk los, tappte dann um das große, harte Bett, um meinen Gitarrenkoffer zu holen.

„Das ist Ramona", erklärte ich, während ich den abgestoßenen Koffer auf das Bett legte und die Verschlüsse öffnete. „Sie ist eine 1960 Gibson Hummingbird, gefertigt im Heritage Cherry Sunburst Design." Ich hob die Schönheit aus dem Koffer. Joes Augen weiteten sich. „Ja? Sie ist mein Baby. Das Top ist aus gelagerter Sitka-Fichte, die Seiten und Rückseite aus Mahagoni, ein Griffbrett aus Rosenholz und mit Perlmutteinlegearbeiten. Sie war eines der ersten Dinge, dich ich mir gekauft habe, als ich bei den Raptors unterschrieben habe. Nun, sie, mein Haus und ein paar Autos und Trucks. Oh! Und eine Hütte draußen in der Wüste."

„Es ist eine wunderschöne Gitarre", sagte Joe. „Wusstest du, dass eine Akustikgitarre Laute rein durch Vibration hervorbringt? Das stimmt. Eine Schallwelle wird von einem vibrierenden Objekt produziert, wie wir alle wissen. Wenn eine Gitarrensaite schwingt, versetzt sie die sie umgebenden Luftmoleküle in etwas, das als Schwingungsbewegung bekannt ist. Wenn du über die Frequenz reden möchtest-"

Ich lachte leise und legte die Gibson dann auf das Bett neben meinen alten Gitarrenkoffer. „Verlässt die Wissenschaft dein Hirn jemals?", fragte ich, während ich die Hand hob, um an meiner Krawatte zu ziehen. Ich hasste es, Anzüge und Krawatten zu tragen, sie waren nichts anderes als seidene Rüstungen, getragen von den staatlichen Unterdrückern, laut meiner Großmutter, die erst noch bei mir zu Hause ankommen musste. Ich musste versuchen, sie zu finden, wenn ich das konnte, um zu sehen, was sie aufhielt. Sie war wahrscheinlich in Michigan über ein Cannabis-Feld gestolpert und hatte sich dort eingerichtet. Ich riss an dem kleinen Knoten, wollte unbedingt das Hemd und die Anzughose loswerden und in meine Jeans schlüpfen und den gelben Kimono mit dem Tigerprint, den ich mitgebracht hatte. „Ich glaube, ich erwürge mich selbst", brachte ich pfeifend hervor.

„Lass mich helfen", bot Joe an, eilte zu mir und schob dann sanft meine Hände von meiner Kehle.

Das war schön. Er war nahe, wirklich nahe. Ich konnte die frischen Stoppeln auf seinem Kiefer sehen und die Flecken dunkleren Blaus in seinen Augen. Meine Arme fielen an meinen Seiten nach unten.

„Also, muss ich dir das Doppelte zahlen, jetzt da du auch als mein Kammerdiener fungierst?"

Er lächelte über den Kommentar. Mein Schwanz fing an, sich ein wenig zu füllen. Dann biss er sich auf die Lippen, während er an dem Knoten arbeitete. Das Aufblitzen seiner rosa Zunge machte meinen Schwanz auf der Stelle steinhart. Die Rückseiten seiner Finger strichen über meinen Adamsapfel.

„Ich habe kein Talent als Kammerdiener, aber ich *habe* Talent, wenn es darum geht, Knoten zu lösen. Meine Nichte kann einen Schnürsenkel schneller als Lichtgeschwindigkeit verknoten."

„Du sagst also, dass du noch nie einem Mann geholfen hast, seine Kleidung auszuziehen?"

Das löste seinen strahlend blauen Blick von meinem Kragen. Er befeuchtete seine Lippen. „Ich, ähm …"

„Stehst du überhaupt auf Männer?", erkundigte ich

mich, während ich eine Hand hob, um die Schönheit seiner Unterlippe nachzufahren.

„Ich, ähm …"

„Wenn nicht, dann sag es jetzt und ich werde nicht zur nächsten Frage weitergehen."

Wieder kam seine Zunge heraus, um seine Lippen zu befeuchten. „Ich habe noch nie einem Mitglied des Adels geholfen, die Abendkleidung auszuziehen."

So ein kluger Verstand. „Gut zu wissen. Ich schlage vor, dass du dich niemals für eine Stelle bewirbst, um dem Earl of Grantham bei seinen Hosenträgern und Gamaschen zu helfen." Ich strich mit dem Daumen über diese niedliche Unterlippe. Seine Pupillen schluckten all das hübsche Blau. Ich stöhnte beim Anblick seines Körpers, der auf das reagierte, was zwischen uns simmerte. „Also ja, Männer?" Er nickte so subtil, dass ich es nicht mitbekommen hätte, wenn ich nicht von seinem anbetungswürdigen Gesicht gefangen gewesen wäre. „Nur Männer oder auch Frauen?"

„Ich … nur Männer." Sein Blick senkte sich zu meinem Mund, dann weiter nach unten, wo der Kragen meines Hemdes jetzt offenstand, die Krawatte baumelte frei um meinen Hals. „Der Knoten ist offen."

„Danke. Darf ich dich küssen?" Sein Blick ruckte zurück zu meinem Gesicht. Wieder befeuchtete er seine Lippen. „Du kannst jederzeit Nein sagen. Bei mir dreht sich alles um Einvernehmlichkeit. Aber ich werde mich auf Süßholzraspeln und Singen verlegen, um dich dazu zu verführen, Ja zu sagen."

„Mir wurde noch nie ein Ständchen gebracht."

„Das solltest du aber bekommen. Täglich. Also, dieser Kuss?"

„Ich bin nicht … Ich habe nicht …" Er stoppte und starrte zu mir auf, und ich konnte nur Verwirrung sehen, darum entschied ich mich, mich zurückzuziehen.

„Es ist in Ordnung-"

„Ja."

Oh Mann, diese raue, atemlose Erlaubnis ließ mich auf eine Art und Weise aufleuchten, wie es mit verschiedenen Partnern herumzurollen nie getan hatte. Warum das so war, wusste ich nicht. Anstatt mir über den kleinen Anflug von Furcht Gedanken zu machen, ließ ich sie los und senkte meinen Kopf, um meine Lippen auf seine zu drücken. Meine Finger strichen über seinen Kiefer, neigten seinen Kopf ganz sanft zur Seite, nur ein wenig. Sein Atem tanzte über meine Wange. Ich dachte darüber nach, in seinen Mundwinkel zu lecken, um Einlass zu bitten, aber er war so steif, seine Lippen so angespannt, darum entschied ich mich, nicht mehr zu fordern, als er willens war zu geben. Stattdessen zog ich mich ein wenig zurück, nur zwei Zentimeter und sah, dass seine Augen geschlossen waren. Darum hauchte ich einen weiteren Kuss auf seine gespitzten Lippen, dann noch einen und dann einen weiteren. Als ich seine langen Wimpern küsste, seufzte er. Ich wollte so viel mehr. Er unter mir auf dem Bett oder ich unter ihm, auf beide Arten. Ich war der König von versatil. Aber ich hob meinen Kopf, anstatt nach mehr zu suchen.

Seine Wimpern flatterten auf. Ich lächelte angesichts des schockierten Ausdrucks auf seinem Gesicht.

„Das hat dir gefallen?", fragte ich mit einem hitzigen Ausatmen, meine Fingerspitzen ruhten auf seinem Kiefer.

„Uh huh", antwortete er, während ein kleiner Schauder über seine Haut tanzte.

„Gut. Mir hat es auch gefallen. Sehr." Ich drückte einen Kuss auf seine Nase und zwang mich dann, einen Schritt zurückzumachen. „Entspann dich eine Sekunde. Ich muss aus diesem dämlichen Anzug raus."

„Ja, ich werde einfach … Ich denke, ich werde mich einfach hinsetzen." Er ließ sich neben der Gitarre aufs Bett fallen, sah aus, als ob er gerade versucht hätte, ein gewaltiges Problem in der Quantenmathematik zu lösen und als ob sein Verstand dabei unwiederbringlich explodiert wäre.

Sein Blick driftete zu mir, als ich mein Hemd und die Krawatte auszog, sie auf einen Sessel warf. Ich machte mir keine Mühe, die Erektion zu verbergen, die gegen meinen Reißverschluss drückte, als ich mich im Zimmer bewegte, die Kleidung dabei loswurde. Joes Keuchen, als ich meine Hose fallenließ und aus ihr heraustrat, nackt wie am Tag meiner Geburt, machte meinen Schwanz sogar noch härter. Ich drehte ihm meinen Rücken zu, ließ ihn den Anblick meines Hinterns genießen, schlüpften dann in eine alte Levi's und zog meinen Reisebademantel aus meinem Koffer. Ich schob meine Arme in die langen, flatternden Ärmel und drehte mich herum. Joe strich mit den Fingern über meine Gitarre, seine Wangen waren leuchtend rot. Fuck, aber der Mann war so anständig. Er musste schmutzig gemacht werden und ich war der richtige Mann für diesen Job.

„Okay, der Song ist diese Power-Ballade, aber ohne Power." Ich lachte über mich selbst, sprang dann aufs Bett, schnappte mir meine Gitarre und legte sie auf meinen Schoß. Joe rutschte ein wenig herum, seine ganze Aufmerksamkeit war auf mich gerichtet. Das gefiel mir. Ich *war* irgendwie eine Rampensau. „Ich höre ihn in meinem Kopf als eine Art Hommage an diese wunderbaren Songs von Cat Stevens, bevor er die Musik verlassen hat, um sein inneres Selbst zu finden."

„Dir gefallen alte Songs, oder?", fragte er, während ich an ein paar Saiten zupfte.

„Mm, ja, das tun sie. Hattest du je das Gefühl, dass du zur falschen Zeit geboren wurdest? Wie …" Ich wedelte mit einer Hand durch die Luft über meinem Kopf. „Wie, ich habe das Gefühl, dass ich hätte geboren werden sollen, als Musik real war, vor diesem Autotune-Mist. Als Bands von der Herrlichkeit des Heavy Metal befeuert waren, sowie von substanziellen Mengen an Stimulanzien und Sex. Meine Seele gehört in die alten Tage des Rock. Weit zurück, in die Siebziger."

„Oh, *so* weit zurück", warf er scherzend ein.

„Absolut. Was ist mit dir?" Ich rutschte rückwärts, bis mein Rücken an dem gepolsterten Kopfteil ruhte. Er hob den Blick und ich ruckte mit dem Kopf, um anzudeuten, dass er sich zu mir gesellen sollte. Das machte er, viel schneller, als ich erwartet hatte. „Hattest du je das Gefühl, dass du in der falschen Generation oder Ära geboren bist?"

„Vielleicht. Ich bin aber eher futuristisch. Durch die Sterne reisen, neues Leben entdecken, andere Zivilisationen und Lebensformen. Zusehen, wie Galaxien geboren werden und sterben. Dort würde ich liebend gerne sein."

„Dann sorg dafür!", sagte ich und Joe lachte, setzte sich dann neben mich, die Beine ausgestreckt. Sein Oberschenkel ruhte neben meinem, meine Hüfte presste gegen seine. „Mir gefällt total, was hier zwischen uns läuft. Stehst du drauf?" Ich fing an, etwas zu spielen, ein kurzes, sanftes Riff, das jetzt schon seit Tagen wie ein Löwenzahnsamen um meinen Kopf schwebte.

„Sehr sogar."

Ich zwinkerte. Er errötete bis in die Haarwurzeln. Das Leben war gut. Verdammt gut.

---

ZWEI TAGE später war das Leben nicht so gut. Tatsächlich hatte das Leben in Spiel zwei einen phänomenalen Kackhaufen auf die Raptors fallenlassen. Nach einer 5-0 Niederlage saßen wir alle in der Umkleide, die Köpfe gesenkt, unfähig zu verstehen, was zur Hölle passiert war. Nicht ein Spieler in Rot und Gold hatte eine Erklärung, wohin unsere Verteidigung verschwunden war, warum unsere jungen Hengste null Schüsse auf das Tor zu verbuchen hatten oder warum der Goalie in den ersten zweiunddreißig Minuten des Spiels vier Pucks an sich vorbeigelassen hatte und dann aus dem Spiel genommen wurde. Ich fühlte mich beschissen. Nein, das war nicht niedrig genug. Scheiße klebte an der Unterseite des Fußes einer Küchenschabe. Nicht, dass ich der Einzige war, der niedergeschlagen war. Das ganze Team war fix und fertig, als wir unsere Interviews nach dem Spiel gaben. Wenn man bedachte, wo wir mental standen, hätte ich gedacht, dass die Presse respektvoll sein würde. Die meisten waren es auch, aber es gab immer einen. Dieses Mal war es ein kleiner Mann mit einem Hamstergesicht und einer Glatze, die er auf schreckliche Weise mit einigen Strähnen zu verstecken versuchte.

„Also, Colorado, denkst du, dass vielleicht der Wahnsinn deines Privatlebens in dein Spiel gesickert ist? Vielleicht sollte den Baby-Daddy zu spielen der Baby-Mommy überlassen werden. Vielleicht sollten deine Musik und deine homosexuellen Ausschweifungen auf den Rücksitz verbannt werden, damit du dich auf Hockey konzentrieren kannst?"

Ich hatte keine Ahnung, wer dieser Vollidiot war, aber er würde sein gottverdammtes Zitat bekommen.

„Ich bin mir nicht einmal sicher, wo ich überhaupt *anfangen* soll, alles, was an dieser Frage falsch ist, auseinanderzunehmen, aber Kumpel, ernsthaft? Du hast hier nicht nur ziemlich sexistischen Mist von dir gegeben, du hast dann noch einen dampfenden Haufen homophober Pferdescheiße draufgegeben. Zunächst einmal, ein Kind zu haben, beeinflusst mein Spiel in keiner Weise. Ich habe jemanden, der sich Vollzeit um mein Kind kümmert. Noch hat die Tatsache, dass ich *pan* bin und nicht schwul, irgendeine verdammte Sache mit meiner Leistung auf dem Eis zu tun. Wer ist dieser Witzbold?"

Vlad erschien aus dem Äther und zog mich auf die andere Seite des Raums, flüsterte mir zu, dass ich mich zusammenreißen sollte, sogar angesichts absoluter Dummheit. Ich warf einen finsteren Blick über meine Schulter auf den selbstzufriedenen kleinen Arsch, der meine Knöpfe gedrückt hatte und stürmte dann zu den Duschen. Zur Hölle mit ihnen und ihren dämlichen Fragen.

Die Fahrt zurück ins Hotel war in Niedergeschlagenheit getränkt. Joe und Maddie waren die einzigen Lichtblicke an diesem Abend und ich entschied mich, mit ihnen nach Hause zu fliegen anstatt dem Team, weil ich in ihrer Nähe sein musste, um mich zu erden. Simon war eine stabile, aber sarkastische Präsenz auf dem Linienflug. Er hielt die Fans auf seine eigene, bissige Art davon ab, mich zu belästigen.

„Es tut mir leid, aber Mr Penn schmollt gerade und würde dabei lieber nicht gestört werden", sagte mein Bodyguard immer und immer wieder. Ich zeigte ihm mental jedes Mal den Mittelfinger. Ich schmollte nicht und versteckte mich auch nicht. Ich leckte meine Wunden und konzentrierte mein Chi auf die angeschlagenen Bereiche meiner Psyche.

Ich war noch nie in meinem Leben glücklicher gewesen, den Flughafen von Tucson zu sehen. Wir hatten morgen frei, dann einen ganzen Tag Training, dann würde das dritte Spiel am darauffolgenden Abend stattfinden.

Wir fuhren zu viert in dem neuen Lexus RX, den

ich an den Flughafen hatte liefern lassen, während ich in Dallas gewesen war, nach Hause. Der Jeep, Dodge-Truck und die Harleys, die ich besaß, waren nicht wirklich sichere Familienkutschen. Auch nicht der Dünen-Buggy, den ich in einer örtlichen Werkstatt nach meinen Wünschen hatte anfertigen lassen.

Joe und Maddie saßen hinten, ganz sicher und geschützt. Simon fuhr. Ich trug meine Kopfhörer und lauschte meinen liebsten Meditations- und Selbstachtungs-Apps, als wir uns vom Flughafen entfernten. Ich konnte Maddie vor Freude kreischen hören über dem sanft sprechenden Mann in meinem Ohr, der mir erklärte, dass es gut war, mich selbst und all meine Fehler zu akzeptieren. Was ich machte, vielen Dank, Kumpel, manchmal war es nur schwieriger. Ich schaute nach hinten. Joe lächelte auf meine Tochter hinunter, kitzelte ihr Kinn mit dem kleinen lila Plüschfrosch, den sie mochte. Sie strampelte freudig mit ihren winzigen Füßen.

Joe mit ihr zu sehen, schenkte mir so viel Frieden. Die beiden waren mir in so kurzer Zeit so wichtig geworden. Es machte mich schwindlig.

Ich döste ein wenig auf der Fahrt, wachte abrupt auf, als Simon an meinem Kopfhörer zog, damit er mit mir reden konnte.

„Ähm, Colorado, ich glaube, wir haben ein Problem."

Ich blinzelte wie wild, versuchte, den Schlaf aus meinem Kopf zu vertreiben, während ich den Eingangsbereich meines Hauses anstarrte. Die Tür stand offen und Rauch strömte heraus. Ich wollte Simon gerade anbellen, die Feuerwehr zu rufen, als ich den alten rosa VW-Van entdeckte, der neben der Wand parkte. Direkt neben dem Haus, auf der Südseite. Sie hatte ein Vogelbad umgefahren, wie es aussah.

„Sie ist da." Ich grinste, löste meinen Gurt und rannte dann zur Villa. Simon und Joe, mit Maddie in seinen Armen, folgten. „Oh, cool, sie räuchert das Haus. Das hat es wahrscheinlich nötig gehabt. Alchemy!"

„Was zur Hölle ist dieser Gestank?", fragte Simon.

Joe hustete leicht, legte dann ein dünnes Tuch über Maddies flaumigen Kopf, um den Rauch aus ihren winzigen Lungen fernzuhalten.

„Salbei. *Alchemy*!", schrie ich, meine Stimme hallte in dem riesigen Haus.

Sie tauchte aus dem nicht-weißen Wohnzimmer auf, eine winzige alte Frau in einem goldenen und lila Kaftan, barfuß, grauer Zopf über ihrer linken Schulter und mit einem fetten Bausch getrocknetem, schwelendem Salbei in der linken Hand. „Da ist er ja!" Sie tippelte zu uns, drückte Simon den Salbei in die Hand und zog mich dann nach unten, um meine Stirn zu küssen. Ich schaute in liebevolle Augen, die so braun waren, dass sie beinahe schwarz erschienen. Sie hatte viele Falten und war ein wenig vornübergebeugt, aber sie strahlte in ihrem Herzen die Kraft von eintausend Sternen aus. „Deine Aura ist gestört", sagte sie mit zusammengekniffenen Augen. „Hast du die Abgänge deines Körpers auf regelmäßige Weise vollzogen? Du hast immer dazu geneigt, schnell zuzumachen. Ich glaube, ich habe etwas gemahlenen Kreuzdorn im Van. Hast du in der Nähe irgendwo Rhabarber gepflanzt?

Ein wenig Rhabarber ist ein guter Stuhl-Weichmacher."

Ich zog sie in eine Umarmung. Vor allem, weil sie für mich eine der wichtigsten Personen auf der Welt war. Aber auch, weil sie, wenn ihr Gesicht gegen meinen Brustkorb gedrückt war, nicht mehr über meine Darmbewegungen reden konnte. Ich küsste sie auf den Kopf, inhalierte den Geruch von Patschuli und Salbei und spürte, wie der letzte Stress meine Seele verließ. Alchemy war hier. Joe war hier. Und, noch dazu, war Maddie hier, nieste unter dem leichten Tuch mit den Entchen darauf.

„Ist das meine Urenkelin, die ich wie eine Katze niesen höre?" Alchemy löste sich von mir und eilte zu Joe. Seine Augen wurden groß. Ihre schmal. Simon stand in der Auffahrt und löschte den Salbei mit dem Gartenschlauch. „Oh, wer ist das? Er hat Sterne in seinen Augen."

„Alchemy, das ist Joseph, meine Manny. Und das", ich hob die Decke von Madelines Kopf, „ist deine Urenkelin, Madeline Celeste Penn."

„Es ist mir eine Freude Sie kennenzulernen, Mrs Penn", meinte Joe höflich.

„So ein höflicher Mann. Das gefällt mir. Er ist niedlich und seine Aura ist auf derselben Wellenlänge wie deine. Wir werden später über die Herausforderungen reden, die ein Löwe und ein Fisch haben werden. Oh, schau dir diesen Engel an! Sie sieht aus wie du, als du frisch auf der Welt warst. Darf ich sie halten?"

„Wir wollen uns zuerst setzen", sagte ich.

Joe nickte. Meine Großmutter war eine eindrucksvolle Frau, aber sie *war* Mitte achtzig und nicht mehr so kräftig wie früher. Dass jemand Maddie fallenließ, war eine meiner größten Ängste. Während Simon Taschen ins Haus schleppte und Essen bestellte, setzten Joe, Maddie und ich uns mit Alchemy hin. Das Band zwischen den beiden Penn-Frauen war intensiv und wahrhaftig. Sobald das Essen ankam, begaben wir uns nach draußen, ignorierten den Van, der auf einem blühenden Busch geparkt war, während ein Verlängerungskabel durch ein Fenster des Vans in ein Fenster des Hauses reichte.

Als der Abend voranschritt, machten wir es uns im Garten neben dem Koi-Teich bequem, Maddie trug einen weichen Schlafanzug mit Hasenohren, war sicher in einem Laufstall untergebracht. Der Rest von uns lag auf Kissen, eine kleine Feuerschale brannte, Alchemy unterhielt Simon und Joe mit Geschichten über ihre wilde Jugend. Ich hatte es aufgegeben, zu versuchen, sie davon abzuhalten und lag stattdessen auf meinem Rücken, zupfte an der Ukulele, die mit dem VW gekommen war und starrte in den Himmel.

„Warum bringst du das Baby nicht ins Bett, Joseph, und kommst dann wieder runter. Ich habe einen Beutel mit dem besten Blue Desert Floral, den ich je angebaut habe. Colorado, hol meine Yoda-Bong aus dem Van. Oh! Und meinen tragbaren CD-Spieler, damit wir diese beiden mit etwas Wiz Khalifa und Zeppelin vertraut machen können."

Joe und Simon husteten und räusperten sich beide.

Ich kicherte. „Tut mir leid, alte Frau, Dope ist auf

dem Grundstück nicht länger gestattet. Ich muss fürs Jugendamt alles sauber halten. Sie kommen ständig vorbei."

Alchemy schnaubte und schnaufte ein wenig, machte sich dann auf, um die Landschaft zu erkunden, nachdem sie sich von mir einen Kuss geholt und Maddie einen Schmatz auf die Wange gegeben hatte.

„Ähm …", meinte Joe, nachdem Alchemy zu ihrem Van und von dort hinauf in die Hügel geschlendert war. „Sollten wir einer älteren Frau gestatten, in die Hügel zu wandern?" In diesem Moment heulte ein Kojote. Joe stand auf und kam zu mir, starrte auf mich und meine Ukulele hinunter. „Sie könnte in diesem Moment gefressen werden."

„Ihr geht es gut, wirklich. Sie wollte nur vor dem Schlafen ein wenig Gras. Hilft ihr gegen die Schmerzen von der Arthritis. Vertrau mir, ich habe gesehen, wie sie sich mit einem rostigen Rechen und einer Steckrübe um einen wildgewordenen Waschbären gekümmert hat, der versucht hat, in das Hühnerhaus der Kommune einzubrechen."

Das Glühen des Feuers in der Feuerschale zeigte seinen erstaunten Gesichtsausdruck. „Du hattest eine absolut einmalige Kindheit, oder?"

Das brachte mich zum Lächeln. Breit. „Ich erzähle dir irgendwann davon." Ich klopfte auf das Gras neben mir. „Komm, setz dich zu mir. Lass uns noch ein wenig länger entspannen und dann vielleicht noch einen Kuss teilen?"

„Und das ist mein Stichwort zu gehen", grunze Simon, hievte seinen massigen Körper aus dem feuchten

Gras. „Ich suche Alchemy." Ich formte mit meinem Daumen und Zeigefinger einen Kreis und tat so, als würde ich einen Joint rauchen. „Arschloch", murmelte er und machte sich dann auf die Suche nach meiner Großmutter.

Ich lag auf meinem Rücken, Maddie in Reichweite, zupfte einen Song von Fleetwood Mac auf meiner Gitarre. Sie war, genau wie Maddie Boo, nie weit von mit entfernt.

„Nimmst du Drogen?", fragte Joe, rollte sich auf die Seite und stützte seinen Kopf auf seine Hand.

„Nein, nicht wirklich. Ich habe früher ziemlich viel geraucht, aber dann ist mir klar geworden, dass ich in Liberty-Territorium abgleite und habe aufgehört. Die Raptors testen mich wöchentlich, weil ich glaube, sie denken, dass ich Heroin nehme oder so, weil ich Metal-Musiker bin."

„Was ist Liberty-Territorium?"

Ich spielte ein paar der neuen Akkorde für die Ballade, die sich weigerte, wegzugehen. Maddie schlief friedlich unter den Sternen, ein dünnes Moskitonetz war über ihren Laufstall gespannt. Joe dachte wirklich an alles.

„Liberty Penn. Du weißt schon."

Als er nicht antwortete, hörte ich auf zu spielen und drehte meinen Kopf in seine Richtung. „Es tut mir leid, ich stehe nicht wirklich auf Metal. Ist das eine Band?"

Ich legte die Gibson weg und drehte mich auf meine Seite, ahmte seine Position nach. „Du bist unglaublich niedlich. Du weißt wirklich nicht, wer Liberty Penn ist?"

„Nein, tut mir leid."

„Schon gut. Nun, er ist mein Vater. Er war dieser massive Superstar im Country und Western, vor ungefähr dreißig Jahren. Du musst ein paar seiner Songs schon gehört haben. Sie waren überall. Bei Footballspielen, in Werbefilmen." Er schüttelte seinen Kopf. „Verdammt, du verbringst *wirklich* eine Menge Zeit mit deinem Kopf in den Sternen." Ich schnickte spielerisch seine Nasenspitze, was ihn dazu brachte, sie krauszuziehen, was ihn *noch* niedlicher aussehen ließ. „Nun, er ist nach seiner letzten Welttournee in diese gewaltige Abwärtsspirale geraten. Hat sich so betrunken, dass er dachte, er könnte fliegen. Ist von einem Dach gesprungen, hat sich eine Million Knochen gebrochen. Hat sich davon erholt, ist in Reha gegangen, zu den Anonymen Alkoholikern, hat ein weiteres Album herausgebracht, noch mehr Ruhm und hat ein Jahr später versucht, sich in Alchemys alter Schwitzhütte zu erhängen. Ich war drei. Wir sind da reingekommen und haben gesehen, wie er die Schlinge um seinen Hals zugezogen hat. Es war … Ich erinnere mich an Teile. Wie … Ich kann ihn auf dem Stuhl sehen und das Seil, aber ich hatte keine Ahnung, was er da macht. Ich glaube, ich dachte, es wäre ein Spiel, wie eine Schaukel oder so."

„Gütiger Gott", flüsterte Joe. „Ich bin nur … ich habe nicht einmal Worte dafür und ich habe in der Regel viele Worte."

„Schon gut. Wirklich, ich habe mich mit all dem auseinandergesetzt. Seine Lust auf Zerstörung, der Überdosis-Tod meiner Mutter, als ich vier Monate alt war, all dieser Scheiß wurde jahrelang therapiert und diskutiert. Ich habe sogar so ziemlich die Tatsache überwunden, dass er mit irgendeiner Schnecke namens Helen nach Bolivien gezogen ist und eine zweite Familie hat. Sechs oder sieben Kinder, die ich nie kennengelernt habe. Er hat mir eine Weile Geburtstagskarten geschickt, aber das hat aufgehört, als ich zehn wurde. Ja, nun. Wie dem auch sei, meine Großmutter hat mich behalten. Sie ist cool. Neigt dazu, etwas mehr zu kiffen, als sie sollte, aber sie hat Arthritis und irgendeinen Scheiß mit den Nerven in ihrer rechten Hand, und das Dope lindert die Schmerzen."

Joe lag da und starrte mich an. „Das habe ich noch nie gemacht."

„Im Gras liegen und einem verdammt sexy Rocker-Goalie zuhören, wie er seine Familien-Skelette ans Licht zerrt?"

„Nun, das auch." Er schniefte ein wenig, ein lustiger Laut, der mich zum Lachen brachte. „Das. Ich bin damit nicht vertraut. Den Gefühlen, die ich habe, wenn du redest. Sie sind …" Er schloss seine Augen und atmete aus. Als er sie öffnete, rollte ich mich weiter und drückte meine Lippen an seine.

Er schmolz in die Berührung unserer Lippen, aber ich konnte sein Unwohlsein spüren. Die Unsicherheit hielt mich auf Abstand. Wenn er irgendein anderer Typ gewesen wäre, würden wir jetzt schon im Bett liegen, aber Joe war … nun, er war Joe. Er wurde mir wichtig. Mehr als nur als Angestellter. Auf einhundert, nein, eintausend verschiedene Arten.

„Ich mache das nicht", murmelte Joseph in den Kuss. „Du bist mein Boss, ich habe Lebensziele. Ich arbeite hart. Ich weiß nicht einmal wie ich das verarbeiten soll …" Er deutete zwischen uns und nach einem Moment seufzte er. Was er in meinem Gesichtsausdruck sah, wusste ich nicht, aber er stand auf und marschierte ins Haus, nahm das Babyfon mit und murmelte Worte, die ich nicht hören konnte.

## ZEHN

# Joseph

NUN, DAS IST JA HERVORRAGEND GELAUFEN.

Ich schaute nach Maddie, verlor mich für eine Weile im sanften Heben und Senken ihres Brustkorbs, verbrachte dann Zeit damit, die Entstehung der Ringe des Saturns zu überdenken, was meine Anlaufgeschichte war, wenn ich gestresst war. Als sogar das nicht half, setzte ich mich auf den Rand meines Bettes und rief Natalie an.

„Was ist passiert?", fragte sie verschlafen.

Das brachte mich dazu, auf die Uhr zu schauen, und ich erkannte, dass es schon nach Mitternacht war. „Es tut mir leid, dass ich so spät anrufe."

„Schon gut. Einen Moment." Ich hörte Rascheln und Fluchen und einen Knall und dann war sie wieder da. „Ich bin froh, dass du angerufen hast. Ich habe mit Mick Schluss gemacht. Wie sich herausstellte, ist er nur ein ganz gewöhnliches Arschloch."

„Tut mir leid, Schwester." Ich wollte nicht hinzufügen, dass ich froh war, dass es vorbei war, weil Mick nicht gut genug für sie war. „Geht es dir gut?"

„Immer. Also, was ist los, Flash?"

Die Tatsache, dass sie meinen Spitznamen aus Kindertagen benutzte, war liebenswert und emotional und alles, was ich ihr zu erzählen hatte, kam in einem Sturzbach heraus.

„Colorado hat mich geküsst und ich habe Gefühle.“

„Er hat was? Und du hast was?“

„Bevor du sagst, dass ich sein Manny bin, ich weiß das. Und bevor du sagst, dass Gefühle gesund sind, ich habe sie, aber ich weiß nicht, was ich mit ihnen anfangen soll und sogar wenn ich seinen Kuss erwidern würde, würde ich es nicht richtig machen, weil ich ich bin. Und lass uns ehrlich sein, ich bin nicht für Sex gebaut, ganz zu schweigen für beiläufigen Sex mit einem Mann, auf dessen Baby ich aufpasse.“

„Moment, du denkst an Sex, du hast noch nie … Was geht vor sich?“

„Sag du mir, was zur Hölle ich da mache, weil ich versucht habe, eine Formel zu finden und keine von ihnen passt.“

„Anziehung ist keine Formel“, meinte sie schließlich nach einer kurzen Pause.

„Das weiß ich“, log ich. „Ich habe keine *echte* Formel gemeint.“

„Doch, hast du.“

Verdammt, sie hatte recht. Ich hatte eine echte Formel gemeint. Wie Mann plus Mann plus Hormone ergibt Sex plus Durcheinander plus peinliche Gespräche. Dazu eine gesunde Dosis deterministisches Chaos und ich musste objektiv annehmen, dass Anziehung nicht so zufällig war, wie sie scheinen mochte und dass alles Systeme und

Muster hatte. Wie dem auch sei, ich konnte das Muster nicht *sehen* und das gefiel mir überhaupt nicht.

„Okay", gab ich zu, seufzte dann dramatisch.

„Zurück zu diesen Gefühlen, die du hast. Macht er dir Druck? Er hat dich geküsst, oder? Ich meine, was soll das? Er ist ein reicher Mann, ich habe mich über ihn erkundigt. Wusstest du, dass sie ihm drei Millionen pro Jahr zahlen? In einem Jahr! Wenn er dich unter Druck setzt, dann steige ich auf der Stelle in ein Taxi und komme, um dich abzuholen."

„Nein, es geht hier nicht um ihn, es liegt an mir. Ich weiß nicht, was ich tun soll. Er hat mich sogar gefragt, ob es in Ordnung ist, wenn er mich küsst-"

„Und was solltest du sagen? Nein? Er ist dein Boss. Okay, frag ihn, ob ich euch besuchen kann, ich bringe Emma mit, nehme einen Bus und dann können wir reden. Wenn er sagt, dass wir nicht kommen können und er dir gleichzeitig Druck macht, mit dir zu schlafen, dann nehme ich stattdessen das Taxi und hole dich da raus."

Meine Schwester hatte die kreativen Gene, was, wie sie immer scherzte, die ganzen wissenschaftlichen Gene mir gelassen hat, aber das hier war schnell außer Kontrolle geraten. Sie war diejenige, die Geschichten erfand und eine gesunde und lebhafte Vorstellungskraft besaß, die nicht von Fakten behindert wurde, aber sie klang wirklich besorgt.

„Ich werde ihn fragen-"

„Geh und frag ihn jetzt, dann ruf mich zurück."

„Jetzt?"

„Jetzt, sonst rufe ich die Polizei. Ich lege jetzt auf, ruf mich zurück, du hast zehn Minuten."

Sie legte auf und ich starrte mein Handy an. Was im Namen der Hölle war hier passiert? Ich hatte angerufen, um über Gefühle zu reden, und plötzlich hatte sie ein Szenario vor Augen, bei dem ich gegen meinen Willen festgehalten wurde und mir sexuelle Avancen gemacht wurden? Sie musste sich keine Sorgen machen, denn ich fühlte mich nicht im Geringsten bedroht, aber ich war so schlecht darin, mich selbst zu kennen, dass ich nicht derjenige war, der die Kontrolle hatte? Ich hatte Colorado nicht überprüft, aber er war ein sexuelles Wesen, eine Sportskanone und mein Boss. Ich erinnerte mich an das, was ich an meinem ersten Tag hier erlebt hatte und wie er in weicher Seide durch das Haus gestapft war und später, wie er mich geküsst hatte.

*Er hat mich gefragt. Ich hätte Nein sagen können.*

Ich klopfte an die Tür zu seinem Schlafzimmer und rief seinen Namen, doch als er antwortete, passierte das von hinter mir und nicht aus seinem Zimmer heraus. Mit einem iPad unter einem Arm und einem Hockeyschläger unter dem anderen, nahm er in hoher Geschwindigkeit die restlichen Stufen zu seinem Zimmer und kam rutschend neben mir zum Stehen.

„Geht es Maddie gut?"

„Ja, sie schläft."

Er starrte mich an und ich schrumpfte unter dem Gewicht seines Blicks ein wenig. „Geht es dir gut?"

„Ich würde gerne meine Schwester auf einen Besuch einladen, mit meiner Nichte."

„Hierher?"

Ich straffte meine Schultern. „Ja."

„Klar", sagte er lächelnd. „Wir können ein Auto schicken, um sie abzuholen. Barbecue! Ich liebe Barbecue, obwohl ich es nicht essen werde, weißt du, ich muss mehr Kohlehydrate konsumieren, aber … ja … das können wir machen. Ich lade die Band ein oder vielleicht nicht, sie können manchmal ein wenig zu viel sein, aber du weißt, dass sie gute Jungs sind. Ich würde deine Schwester gerne kennenlernen und vielleicht kann deine Nichte mit Maddie spielen."

„Sie ist fünf-"

„Cool." Er tippte sanft mit dem Schläger gegen mein Schienbein. „Ich muss arbeiten, dann haben wir den Tag darauf das Spiel, lass es uns also morgen machen, Spätnachmittag. Aufregend."

„Okay."

„War es das?", hakte er nach einer Pause nach und ich nickte. „Gute Nacht."

Und mit einem Zwinkern war er in einem Wirbel aus Seide und Duft verschwunden und ich stand wie ein Idiot am Treppenabsatz, bis mir kam, dass Natalie vielleicht die Polizei rufen würde, darum rannte ich zurück in mein Zimmer, um sie zu beruhigen. Sie schnaubte ein wenig, machte einen Kommentar über mein empfindliches Herz, sagte, sie würde noch weitere Nachforschungen betreiben und dann machten wir eine Zeit aus und sie sagte Gute Nacht. Ich konnte nur daran denken, dass Colorado morgen einem Verhör ausgesetzt sein würde und dass, wenn sie mit ihm fertig war, sie mit mir anfangen würde.

IRGENDWIE WURDE ENTSCHIEDEN, dass Simon einen Van besorgen und dann mich und Maddie mitnehmen würde, um meine Schwester und Emma abzuholen und dann beim Trainingsstadion vorbeifahren würde, um Colorado aufzusammeln, bevor er uns alle nach Hause brachte. Mit militärischer Präzision fanden wir uns um Punkt drei Uhr bei meiner Schwester ein und Natalie erschien in der Tür, winkte mir und hob sich dann eine Tasche mit Sachen, von denen ich wusste, dass sie für Emma waren, auf die Schulter.

„Das ist deine Schwester?", fragte Simon.

„Ja."

„Diese Frau dort?"

Ich konnte keine andere Frau in der Nähe sehen, darum war die Antwort einfach. „Ja. Das ist Natalie. Und Emma, ihre Tochter, meine Nichte."

Er setzte sich ein wenig aufrechter in seinen Sitz und presste eine Hand auf seine bereits glatten Haare. „Also gut", murmelte er und sprang in einer geschmeidigen Bewegung aus dem Auto, ging darum herum und öffnete Natalie die Tür. „Simon", stellte er sich vor.

„Natalie."

„Hier hinauf, Ma'am." Er half ihr auf die erhöhten hinteren Sitze der drei Reihen, assistierte mit Emmas Sitzerhöhung und erst als er sicher war, dass alle im Auto saßen, kehrte er auf den Fahrersitz zurück. Ich warf ihm einen Blick zu, als er Probleme hatte, rückwärts aus der kleinen Auffahrt zu kommen, aber er zeigte mir einen typischen Simon-Seitenblick, darum fragte ich nicht. Als wir uns dem Stadion näherten, wartete Colorado bereits draußen, winkte uns, anzuhalten, und kletterte in die mittlere Reihe zu Maddie. Er schnallte sich an, bevor er sich umdrehte, um mit meiner Schwester zu reden. All das konnte ich im Frisierspiegel sehen.

„Josephs Schwester!", verkündete er und griff nach ihrer Hand.

„Josephs *Boss*", erwiderte sie frostig, obwohl sie seine Hand schüttelte.

Das bekam er eindeutig nicht mit, weil er sofort anfing, mit Emma über Emus zu plaudern. Er stoppte erst, als Maddie quengelig wurde und dann beugte er sich über sie und ließ sie mit seinen Haaren spielen, die ihm lose ums Gesicht fielen. Mit seinem wachsenden Bart, der anscheinend sein Glücksbringer war oder etwas Seltsames in der Art, sah er wie ein Gestrandeter auf einer Insel aus.

Ein sexy Gestrandeter.

„Du hast den Van ohne Probleme bekommen?", fragte Colorado.

„Offensichtlich, weil wir drinsitzen", gab Simon zurück, so trocken wie die Wüste Arizonas.

„Wie auch immer", meinte er und drehte sich dann wieder zu meiner Schwester. „Du kannst ihn haben, wenn du möchtest."

Stille.

„Colorado-", fing Simon an.

„Moment-", sagte ich gleichzeitig.

„Wir brauchen keinen Van", erklärte Natalie laut und Ja, es hingen Eiszapfen an jeder Silbe.

„Na gut, kein Problem." Colorado drehte sich wieder nach vorne, blieb unberührt von dem Chaos, das er verursacht hatte und spielte wieder mit Maddie.

Als wir die Villa erreichten, war ich überzeugt, dass der dritte Weltkrieg gleich ausbrechen würde. Doch als Simon mich aus dem Weg schubste, um Natalie aus dem Auto zu helfen, und meine unabhängige Schwester ihm leise dankte und errötete, war ich mir nicht mehr sicher, ob Krieg oder Flirten gewinnen würden. Colorado nahm Maddie und half Emma heraus, dann gingen wir alle ins Haus. Es gab keine Spur von Alchemy, aber das war wahrscheinlich besser so, weil sie intensiv war und immer wieder Kommentare über meine Aura abgab, als wäre diese eine reale Sache.

„Meine Großmutter ist auch hier, aber sie macht einen Fasten- und Meditationstag im Poolhaus, darum werden wir sie wahrscheinlich vor heute Abend nicht sehen", erklärte Colorado, als wir in den breiten Flur traten und Simon die Tür hinter uns schloss. Er ging vor Emma in die Hocke, schob sich die Haare aus seinem Gesicht, balancierte Maddie und ich konnte den Blick nicht von seinen starken Beinmuskeln wenden oder wie seine Jogginghose sich an seinen Hintern schmiegte.

Okay, das war neu.

Ich schüttelte das ab, als Colorado mit Emma plauderte, die sich hinter meiner Schwester versteckt hatte.

„Willst du schwimmen gehen, Emma? Hast du einen Badeanzug dabei?"

„Ich weiß nich'", murmelte Emma und ich fühlte mit ihr. Ich wusste, wie ich mich gefühlt hatte, als ich in diesem riesigen Haus angekommen war und Colorado kennengelernt hatte. Überwältigt, unsicher und –

„Also gut", verkündete sie und löste sich von Natalie, schockierte mich zutiefst. „Aber ich muss zuerst überall auf meine Haut Sonnenzeug geben. Mom, kannst du das machen?"

Colorado richtete sich auf und redete dann mit Simon. „Hat der Typ gesagt, dass er herkommen -?"

„Er kommt in zehn Minuten."

„Und die Spielsachen?"

„Bringt er mit."

„Hervorragend." Er wandte sich an Natalie. „Ich wusste nicht, was Emma mag, darum habe ich ihnen einfach gesagt, dass sie fünf ist und dass ich eine Tochter habe, die eines Tages fünf sein wird und dass sie mir einfach etwas schicken sollen, du kannst mir sagen, wenn etwas davon falsch ist. Jedenfalls gibt es Luftmatratzen für den Pool." Er zauste Emmas Haare. „Yay!"

„Yay!", stimmte Emma zu.

„Also kommt, Leute. Ich zeige euch, wo ihr euch umziehen könnt, und dann können wir schwimmen."

„Das Baby kann nicht in den Pool", schnappte sie und deutete mit einem anklagenden Finger auf Colorado und dann Maddie.

„Natürlich kann Maddie nicht, noch nicht." Colorado hob Maddie hoch und schob ihr T-Shirt dann mit der Nase aus dem Weg, um auf ihren Bauch zu prusten, grinste, als sie sich in seinem Griff wand. „Aber bald." Er ließ seine Tochter hüpfen und plauderte über dies und das, bis wir die Küche erreichten, mit der

Aussicht auf das Grundstück und darüber hinaus und ich konnte nur hinterhertappen. „Das ist die Küche. Fred und Anna kommen, um das Barbecue zu machen, und ich möchte, dass ihr alle wirklich Spaß habt."

„Joseph hat mir erzählt, dass du ihn gebeten hast, dich zu küssen."

„Nats, er hat nicht-"

„Das ist in Ordnung, Joe", sagte Colorado und hob seine Hand, um mich vom Reden abzuhalten, bevor er sich meiner Schwester stellte.

„Sein *Name* ist Joseph", schnappte Natalie.

„Tut mir leid." Colorado sah reumütig aus, was ein Gesichtsausdruck war, den ich noch nie an ihm gesehen hatte. Ich war mir aber nicht sicher, ob er bei Natalie funktionierte, weil sie nicht weicher wurde. Ich konnte meinen Job, das Geld und, am schlimmsten, meine Zuneigung für Maddie und ihren Vater, vor meinen Augen verschwinden sehen. „Ich habe Joseph um einen Kuss gebeten, aber ich habe gefragt, *ob er das möchte*. Mir ist Einvernehmlichkeit sehr wichtig."

Punkt an Colorado.

Aber Natalie ließ nicht locker. „Und was, wenn *mein kleiner Bruder* Nein gesagt hätte? Huh? Hättest du ihn dann gefeuert und rausgeworfen?"

Natalie verschränkte die Arme vor der Brust und ich stöhnte. Wegen ihr würde ich diesen Job verlieren und das Letzte, was ich wollte, war die Chance zu verlieren, Geld zu verdienen. Und schlimmer, von Maddie oder Colorado getrennt zu sein.

„Er ist das Allerbeste für meine Tochter im Moment, also Nein, wenn wir unserer gegenseitigen Anziehung nachgegeben hätten und er dann aber einen Schritt zurückmachen wollte, dann hätte ich seine Entscheidung akzeptiert, weil ich ein Mann bin, der andere Männer respektiert. Er ist ein wundervoller Manny und Maddie liebt ihn und warum sollte ich jemanden, der so perfekt ist, aus ihrem Leben entfernen oder auch meinem?"

Wow, das war mal eine Ansprache und ich wechselte meinen Blick zu Natalie. Sie ging nicht sofort auf ihn los, das war also gut und dann löste sie ihre Arme.

„Okay", sagte sie, bewegte dann zwei Finger auf ihre Augen und richtete sie anschließend auf ihn. „Aber ich werde die Dinge im Auge behalten."

„Natürlich, das ist absolut verständlich", erwiderte Colorado.

Dann kam Simon in Bewegung, bot Natalie seinen Arm, ganz der Gentleman und sie nahm an, warf Colorado noch einen Blick zu, der geringere Männer hätte erstarren lassen.

„Ich möchte mich entschuldigen", fing ich an.

Er legte seine Hand auf meine Schulter. „Entschuldige dich nie für Familie, die dich liebt. Jetzt lass uns schwimmen."

Plötzlich war ich der Einzige in der Küche und ich konnte sehen, wie meine Schwester Emma mit Creme einschmierte, während diese auf und ab hüpfte. Simon war neben ihnen in der Hocke, ganz hilfsbereit und Colorado zog einen Laufstall in den Schatten, bevor er Maddie sanft hineinsetzte, nachdem er ihr einen Kuss auf den Kopf gegeben hatte. Ich hätte da rausgehen und mitmachen sollen, aber ich fühlte mich in meiner

Haut falsch. Ich liebte es, dass ich Natalie wichtig genug
war, dass sie sich Sorgen machte und dass Simon sie
anscheinend mochte. Ich fand es wunderbar, wie
Colorado mit Maddie umging und die Fürsorge in
seinem Gesichtsausdruck, als er erklärt hatte, dass alles
meine Entscheidung war.

Ich hatte noch nie zuvor eine Wahl gehabt, ob ich
einen Mann küsste und wenn mir keine Formel einfiel,
die mich in die richtige Richtung führen würde, war ich
mir nicht sicher, was ich mit dem Konzept des
Entscheidens anfangen würde. Eine Variable war, dass
Colorado zu küssen der Hammer war. Eine weitere war
meine eingebaute Furcht, dass ich alles verbocken
würde. Schließlich war Anziehung eine Sache, aber
Geld für meine Familie zu verdienen, indem ich hier
arbeitete, war mir wichtig. Wie konnte ich diese beiden
Dinge in Einklang bringen?

Ich konnte nicht weiter wie ein Idiot in der Küche
herumstehen, darum marschierte ich auf mein Zimmer,
zog meine Badehose und ein T-Shirt an und ging nach
draußen.

Ich wusste nicht, wohin die Zeit gegangen war, aber
ich wusste, dass es Lachen gegeben hatte und Musik und
Umarmungen und Emma-Zeit und als Natalie und
Emma bereit waren zu gehen, war Simon offensichtlich
hingerissen von meiner Schwester. Ich sah, wie sie ihre
Nummern austauschten und die Art wie er sich ihr
gegenüber benahm, als wäre sie etwas Fragiles, das im
nächsten Moment zerbrechen könnte, fand ich niedlich.
Sie sahen gut zusammen aus. Und da wurde mir
bewusst, dass ich Simon nie nach seiner Familie gefragt

hatte und dass ich angenommen hatte, dass er eine hatte, darum war es vielleicht ausnahmsweise einmal an mir, Fragen zu stellen. Meine erste würde sein, ob er verheiratet war und dass er vierzig sein musste und meine Schwester war neunundzwanzig. Vielleicht hatte ich laut gesprochen, weil Colorado mich mit dem Ellbogen anstieß und seine Stimme senkte.

„Simon *war* verheiratet, aber seine Frau und sein ungeborenes Kind sind vor acht Jahren gestorben, als sie in den Wehen lag. Er hat mir das beim Bewerbungsgespräch erzählt, als ich seine Familie eingeladen habe, ebenfalls einzuziehen."

„Gott, das ist schrecklich." Ich konnte mir nicht vorstellen, Natalie zu verlieren, während sie Emma auf diese Welt brachte. Dann traf mich, was er gesagt hatte. „Du hast Simon gebeten, seine Familie herzubringen."

Colorado seufzte, veränderte dann seinen Griff um eine schlafende Maddie und griff nach meiner Hand.

„Es ist ein großes, leeres Haus, das mit Familie gefüllt werden muss und vielleicht habe ich gedacht, dass wenn Simon seine Familie herbringt, dieser Ort sich dann weniger einsam anfühlt oder dass ich mich nicht so einsam fühlen würde."

Ich drückte seine Hand. Dieser professionelle Hockeyspieler und Rock-Gott war einsam? Wie unglaublich traurig war das?

„Du hast mich", murmelte ich. Obwohl ich mir nicht sicher war, ob das je genug für ihn sein würde, zumindest nicht, wenn ich jederzeit gehen konnte.

„Ich werde dich niemals gehen lassen", verkündete er und wackelte mit seinen Brauen, bevor er einen Kuss auf meine Stirn drückte. „Bwahahaha", fügte er theatralisch hinzu.

„Wer hat gesagt, dass ich irgendwohin gehen möchte", murmelte ich und küsste ihn direkt auf die Lippen, ein keuscher Kuss, obwohl ich mehr wollte, aber jetzt war nicht der Zeitpunkt dafür. Ich dachte, dass ich vielleicht anfangen würde, das oft zu machen, bis es mir vertraut war und dann würde ich vielleicht eine Gleichung in meinem Kopf formulieren können, die Sinn ergab.

Ich konnte nur hoffen.

# ELF

# Colorado

---

Zwei Tage später war ich im Pool, drehte nach meinem Nickerchen nach dem Morgentraining meine Runden. Alchemy kam aus dem Haus, trug einen lila und goldenen Sari. Ihre Haare waren offen, wehten im heißen Wind und an den Füßen trug sie Sandalen.

„Hey, alte Frau, bist du in diesem Sari auf dem Weg nach Katmandu?"

„Katmandu ist in Nepal, nicht Indien. Ich war da einmal, damals, Ende der Sechziger. Ich bin diesem Propheten namens Samuel Sky um die Welt gefolgt. Er war ein beschissener Prophet, hat immer über Elefanten und Dung geredet. Er hatte aber einen riesigen Schwanz, darum konnte er zumindest damit punkten."

Ich lachte laut, kam dann zum Rand des Pools. „Flittchen", sagte ich, während ich mich aus dem Wasser hievte und mich dann wie ein Hund schüttelte.

„Als ob du reden könntest." Sie warf mir ein Handtuch zu. „Bedeck deinen Hintern. Ich muss mit dir reden." Ich schlang das Handtuch um meine Taille, marschierte dann zu einer kleinen Liege mit Tisch, die im Schatten der Villa stand. „Ich möchte eine Schwitzhütte bauen. Ich denke, dein Freund Joe hat Toxine, die er wegdampfen muss. Außerdem ist mein Chi aus den Fugen, seit ich hergekommen bin."

„Joes Toxine sind wahrscheinlich in Ordnung."

Sie schob eine Strähne grauen Haars aus ihrem Gesicht. „Nein, er hat Toxine. Seine Aura hat jede Menge Rot, viel Wut und Hunger quellen aus seinem inneren Brunnen. Dampf wird das lösen und ihm eine schöne Haut und glückliche Poren bescheren."

„Er hat bereits schöne Haut." Ich ließ mich neben ihr auf die Liege fallen, Wasser formte Tropfen auf meinem Brustkorb und meinen Armen und trocknete dann. „Ich glaube, dass er nur versucht, sich über seinen Scheiß klar zu werden. Er ist wirklich schüchtern bei Männern, unsicher, beinahe, als ob er Sex nicht mögen würde. Vielleicht ist er asexuell?"

Sie zog ihre Haare über ihre Schulter und fing an, sie zu flechten. „Nein, das sehe ich nicht in seiner Aura. Er hat Leidenschaft. Sie summt unter der Oberfläche."

Ich atmete seufzend aus. „Nun, dann ist er vielleicht demi oder etwas in der Art." Ich spreizte meine Beine und ließ den Wüstenwind meine Eier trocknen. „Vielleicht will er auch einfach nicht mit seinem Boss schlafen." Mein Kopf fiel zurück auf das Kissen der Liege und ich schloss meine Augen. Das war nicht der Scheiß, den ich im Moment in meinem Kopf brauchte. Wir hatten heute Abend ein Spiel.

„Respektierst du seine Grenzen?"

Meine Augen öffneten sich ruckartig. „Ja! Ernsthaft,

ich bin nicht irgendein Stalker. Ich habe noch nie jemanden gezwungen, mit mir zu schlafen. Das habe ich nicht nötig."

„Achte auf dein Ego. Sonst passt dein vornehmer Eulen-Helm nicht mehr auf deinen Kopf."

„Raubvogel. Es ist ein Raubvogel. Was denkst du, soll ich tun?"

„Nichts. Es wird sein, was es sein wird. Also, die Schwitzhütte? Ich habe in der Wüste zwei Männer kennengelernt, die gesagt haben, dass sie mir helfen, sie zu bauen."

„Alchemy, du kannst nicht einfach mit zwei Wüsten-Typen etwas anfangen."

„Pfft, als ob ich nicht wüsste, wie ich mich schützen kann. Du musst aufhören, dir Sorgen über mein Sexleben zu machen und anfangen, deines in Ordnung zu bringen. Du und Joe, ihr habt zusammenpassende Auren. Außerdem seht ihr zusammen niedlich aus." Der Laut eines krähenden Hahns zerriss die Luft. „Das sind Coyote und Myron. Meine neuen Freunde. Wir werden die Umrisse der Schwitzhütte abstecken. Kannst du mir ein paar Dollar leihen, damit wir Material kaufen können?"

„Klar, ja, frag Simon nach Bargeld. Aber Coyote und Myron dürfen nicht in die Nähe des Hauses, bevor Simon sie nicht überprüft hat." Sie erhob sich und tätschelte meine Wange, bevor sie ihren Sari über ihre geschwollenen Knie zog und in Richtung Poolhaus losging. „Hey, alte Frau, mach ja nichts Versautes auf dem Grundstück! Das Jugendamt schaut hier ständig vorbei!" Sie hob ihre Hände in die Luft und verschwand dann um die Seite des Poolhauses. „Sie wird auf alle Fälle versauten Scheiß mit wandernden Wüsten-Typen hinter meinem Poolhaus machen."

„Hey." Joes Stimme erschreckte mich.

„Kumpel, pfeif oder so was in der Art."

„Ich wollte dein Gespräch mit deiner Großmutter nicht unterbrechen."

Ich klopfte auf die Liege. Er blinzelte in die Sonne, setzte sich dann, sein Hintern landete auf dem Rand des feuchten gelben Kissens. „Sie ist losgezogen, um mit ein paar Typen, die sie kennengelernt hat, als sie oben in den Berge gekifft hat, eine Schwitzhütte zu bauen." Seine Augen flammten auf. „Wenn du also zwei Typen siehst, die mit Tierhäuten und langen Balken durch die Gegend wandern, flipp nicht aus. Das sind dann nur Coyote und Myron, Alchemys neue Liebhaber."

Seine Augen wurden noch runder. „Dein Leben ist in so vielerlei Hinsicht anders als meines."

„Stimmt. Schläft Maddie?" Ich rutschte näher zu ihm, hoffte, dass er unter meinen Arm schlüpfen oder auf meinen Schoß krabbeln würde. Er tat nichts davon, saß nur aufrecht am Rand des Kissens, seine Wangen sahen ein wenig röter aus als normal. „Geht es dir gut? Stimmt mit Maddie etwas nicht?"

„Nein, ihr geht es gut. Ihr Bauch ist voll und ich habe ihr diese Geschichte über den Schildkrötenjungen vorgelesen, der Pailletten und hübsche Sachen auf seinem Panzer tragen möchte, wenn er zur Schule geht."

„*Timmy Turtles Unglaublich Wunderbarer Panzer*. Ich liebe dieses Buch."

„Es ist eine schöne Geschichte darüber, transgender und nicht-binäre Kinder zu akzeptieren. Noch ein wenig oberhalb ihres Leseverständnisses, aber ein großartiges Buch."

Ich grinste und er wurde noch röter. „Es ist nie zu früh, ihnen Liebe und Akzeptanz beizubringen."

„Ja, da stimme ich zu." Sein Blick huschte herum, während er mit dem Saum seiner kurzen Hose spielte. Ich mochte ihn in kurzer Hose und einem Tanktop, das zeigte seine Arme und Waden. Ich wollte mehr von ihm sehen. War sein Brustkorb mit Haaren bedeckt, wie seine Unterarme und Beine? Das hoffte ich. „Also, es läuft gut mit uns, oder?"

Ich blinzelte, um die lustvollen Gedanken aus meinem Kopf zu verbannen. „Ähm, ja, klar. Nehme ich an. Meinst du, es läuft gut mit der Manny-Arbeit, denn du bist definitiv der einzige Mann, den ich als Aufpasser für meine Tochter möchte."

Er strahlte. „Vielen Dank. Ich mag sie sehr."

„Und mich? Magst du mich auch, Joseph?" Meine Stimme wurde leiser und sein Adamsapfel hüpfte. Ja, er mochte mich. Mein Schwanz fing an, sich unter meinem Handtuch zu heben. Ich drückte ihn, in dem Versuch, es zu verbergen, aber das war irgendwie schwierig. Sein Blick fiel auf meinen Schwanz, dann kletterte eine rosige Röte seinen Hals hinauf bis zu seinen Ohren. „Tut mir leid?"

Er befeuchtete seine Lippen. Ich wartete. Ich hatte ein paar Stunden Zeit, bis ich im Stadion sein musste. „Es ist so." Er räusperte sich. Ich wartete. „Ja, nun, es ist nur so, dass ich mich in einer ziemlich verwirrenden

Situation befinde, weil ich nicht … das ist noch nie …
nicht noch nie, aber selten. Ich fühle mich sonst nicht
sexuell zu Menschen hingezogen. Männern, meine ich.
Ich kenne dich erst seit kurzer Zeit, nur ein paar
Wochen, aber wir sind uns in dieser Zeit
nahegekommen. Ich habe angefangen, in dir mehr als
einen wilden Rockstar zu sehen. Ich habe gesehen, wie
sehr du Maddie liebst und wie wichtig dir deine
Großmutter ist. Ich habe erkannt, dass du eine
freundliche, aber freie Seele bist. Und du lächelst, sehr
viel. Obwohl du einige wirklich schreckliche Dinge
durchgemacht hast, lächelst du und singst. Ich denke,
dass ich dich vielleicht ein klein wenig mag."

Mein Herz veranstaltete diesen wilden Stepptanz
der Freude in meinem Brustkorb. „Ich mag dich auch,
mehr als ein wenig. Ich würde dich gerne wieder küssen.
Darf ich?"

Er nickte, kletterte dann über mich wie ein
Kapuzineräffchen. Es war unerwartet und gleichzeitig
herrlich. Sein Mund legte sich heftig auf meinen, seine
Finger schoben sich in meine feuchten Haare und er
küsste mich so hart, dass unsere Zähne klackten. Ich
schaffte es, eine Hand auf seine Hüfte zu bekommen,
bevor er sich von mir löste und auf die Füße taumelte.
Seine Wangen brannten, seine Pupillen waren riesig und
seine kurze Hose war vorne ausgebeult. Der Mann war
atemlos und reif. Meine Finger sehnten sich, nach
seinem Reißverschluss zu greifen, aber ich ließ sie, wo
sie waren.

„Ich wollte das einfach machen. War das in
Ordnung?"

„Oh ja, es war *absolut* in Ordnung."

Er lächelte, ein schüchternes, peinliches Lächeln, das meine Eier schwer werden ließ. „Gut. Ich … nun, gut." Er strich mit einer Hand durch seine Haare, wodurch sie wild abstanden. „Wir sind ziemlich weit gekommen, nicht wahr?"

„Das sind wir."

Seine Uhr piepte. „Oh, das ist der Alarm für mein Experiment. Danke für den Kuss. Er hat mir gefallen. Sehr!" Und weg war er, um sich um sein Experiment zu kümmern, was immer es war. Wahrscheinlich versuchte er, ein schwarzes Loch in meinem Musikzimmer zu öffnen. Würde mich nicht überraschen. Es würde gut zu der Schwitzhütte hinter dem Poolhaus passen. An diesen rauen, unkoordinierten Kuss zu denken, ließ mich den ganzen Weg zum Stadion grinsen.

---

ZEHN TAGE später grinste ich immer noch. Nicht wegen des Kusses, obwohl der ein Wendepunkt für Joe und mich gewesen war, sondern wegen der Tatsache, dass wir Dallas das Yee-Haw herausgeprügelt hatten und jetzt in den Western Conference Finals gegen Winnipeg antreten würden. Wir hatten die Buchmacher in Vegas überrumpelt, indem wir uns so weit vorgekämpft hatten und wir waren absolut bereit, an einem wirklich harten Team vorbeizukommen, um das Cup-Finale zu erreichen.

Heute Nacht aber feierten wir unseren Sieg bei mir zu Hause, weil ich der König für alle Partys bei den

Raptors war. Als ich durch meine Gästeschar ging, musste ich sagen, dass es verglichen zu den meisten meiner anderen Feiern eine zahme Veranstaltung war. Kein Alk, kein Dope, keine halb nackten Groupies, keine Emus oder anderen Wildtiere. Langweilig, aber wahnsinnig erwachsen.

Ich nickte Coyote zu, der ein Drittel der neuen Poly-Beziehung meiner Großmutter war, während ich um den Pool schlenderte. Der ältere Mexikaner winkte zurück. Alchemy und Myron, ein Afroamerikaner, der neunzig war, aber immer noch einhundert Hampelmänner machen konnte, mussten irgendwo sein und etwas Versautes machen. Ich hatte noch nie drei Menschen gesehen, die so perfekt zusammenpassten. Und Simon hatte gesagt, dass sie gute Männer waren, beide Vietnam-Veteranen, die sich zur Ruhe gesetzt und direkt nach dem Krieg in eine kleine Hütte gezogen waren, die ungefähr zwei Kilometer von meinem Grundstück entfernt stand. Also ja, sie hatten sich sofort verstanden. Wie Joe und ich, aber unser Verstehen war anders. Unseres war immer noch irgendwie platonisch, abgesehen von den Küssen, die er jetzt von sich aus initiierte – jedes Mal, wenn wir uns nahe waren. Ich liebte es, dass er jetzt auf mich zukam. Und ja, ich wollte mehr, aber es war für mich in Ordnung, auf ihn zu warten. Ich hatte eine Hand und ich wusste sie zu nutzen.

„Können wir dich etwas fragen?", fing Ryker an, zog seinen Verlobten hinter sich her.

Ich nickte und drehte mich zu ihnen. Wenn es je ein Paar gegeben hatte, mit dem ich gerne einen Dreier gehabt hätte, dann waren es diese beiden, aber sie waren einander vollkommen ergeben und ich hatte diesen wilden, errötenden Weltraummann, der mein Herz langsam füllte, aber Mann, wir wären ein heißer Dreier gewesen.

„Schieß los", sagte ich, verschränkte meine Arme über meinem neuen, fließenden, lila und goldenen Kimono. Ich hatte dazu schwarze Jeans angezogen und meine Haare lila gefärbt.

„Musik für die Hochzeit. Würdest du uns eine Playlist zusammenstellen?", platzte Ryker heraus.

„Meine Jungs, das wäre mir eine Ehre." Ich winkte mit meinen Armen zu den süßen Klängen von Aerosmith, die aus dem Haus drangen. „Ich werde euch eine Playlist basteln, die auf den Ambossen der mächtigen Götter des Metals geschmiedet ist!"

„Ähm, können wir auch etwas von Blake Shelton haben?", fragte Jacob. Ich starrte ihn an. „Er ist ein Countrysänger."

„Oh! Country und Western. Klar, rechtschaffen. Ich werde sicherstellen, ein paar von diesen Songs mit aufzunehmen."

Jacob grinste, Ryker schlug mir auf die Schulter und sie verschmolzen wieder mit dem Rest des Teams, das herumstand. Es waren keine Kinder hier, nur Erwachsene. Nicht, dass ich keine Kinder mochte, weil ich meine Maddie Boo liebte, aber die Lebenspartner wollten eine Nacht mit ihren Angetrauten ohne den Nachwuchs. Und da ich ein großzügiger Mann war, hatte ich zugestimmt. Außerdem war es der perfekte Zeitpunkt, um meine beiden Familien zu verbinden. Ich sah Buick zuerst, dann Tee Bone und dann Dominic, die um das Haus herumkamen.

Ich rannte zu meinen Brüdern im Rock und wir umarmten uns fest. Tee Bone, aka Billie Lark, war ein schlaksiger Bassspieler aus South Side Chicago, lange dunkle Haare, irgendwie ein nichtssagender Rocker-Typ in den Augen vieler, aber Mann, konnte er spielen. Dominic Varelli war unser Lead-Gitarrist und spielte immer volle Kraft, während er gleichzeitig auch heftig gut singen konnte.

„Colorado, mein Mann, wann ist dieser Hockey-Gig vorbei?", fragte Dom, nachdem wir uns unter die Raptors gemischt hatten.

Die Blicke, die wir von Vlad bekamen, als wir uns unterhielten, waren absolut lustig. Immer so besorgt, unser Kapitän. Den Jungs war schon vor Wochen erklärt worden, dass der Rock and Roll Lifestyle in der Casa Penn jetzt vorbei war. Ich hatte einen kleinen Menschen, der sich darauf verließ, dass ich ihr alles war. Ich musste ihr zeigen, was richtig und was falsch war und immer bei ihr sein. Sozusagen das Gegenteil von Liberty, der auf verschiedene Arten versucht hatte, mich loszuwerden. Als sich ins Grab zu trinken nicht funktioniert hatte, hatte er es mit einem Seil versucht. Als das nicht funktioniert hatte, hatte er einfach das Land verlassen und ein sehr verwirrtes kleines Kind zurückgelassen. Aber zur Hölle mit diesem Unsinn. Ich war jetzt ein erwachsener Mann, der dieses Verlassenwerden überwunden hatte. Mein Kind würde diese Art Schmerz nie kennenlernen. Nicht, solange ich Luft einsaugte.

„Ich weiß, Mann, es zieht sich, aber wir spielen wirklich gut", sagte ich, führte sie dabei ins Musikzimmer, damit wir reden konnten, nur wir Furballs. Sie fläzten sich auf die Sofas, ganz lange Haare, Jeans, schwarzes Leder und Tattoos. Meine Brüder im Metal. Ich liebte sie alle. Und ich liebte meine Brüder im Eis, die draußen in der warmen Arizona-Nacht feierten. „Wir sind vier Spiele vom Finale entfernt. Das ist episch groß für das Franchise."

„Ja, das wissen wir, Bruder, aber wir müssen ein Album aufnehmen und wir können das nicht ohne unseren Leadsänger", warf Tee ein. Ich nickte. Das war mir bewusst. „Die Plattenfirma wird bald anfangen zu nerven, wenn wir nicht ins Aufnahmestudio gehen."

„Ich weiß, ich weiß und es tut mir leid. Hört zu, warum konzentrieren wir uns nicht einfach weiter auf die Songs? Je mehr wir schreiben, umso schneller werden die Aufnahmen fertig sein. Hey! Hört euch das an." Ich setzte mich ans Klavier und spielte ein paar Akkorde. „Das ist etwas, an dem ich gerade arbeite."

„Kumpel, das klingt ziemlich zahm für einen Furball-Song", meinte Dom, sobald ich anfing, die Melodie zu spielen.

„Es ist eine Ballade", sagte ich, meine Finger bewegten sich über die Tasten und die Noten drifteten durch die offenen Fenster nach draußen. „Bevor ihr auf die Barrikaden geht, hört mich an. Alle großen Bands machen Balladen. Die Mädels lieben sie. Aerosmith hat eine ganze Wagenladung, genau wie Guns & Roses, Metallica, Anthrax, Pantera, sogar Ozzy hat ein paar gemacht."

„Ja, aber C-Man, es ist eine verdammte *Ballade*. Wir sind nicht die gottverdammten Carpenters. Wir sind eine Metal-Band." Ich seufzte, hob meine Finger von den Tasten. Ich hatte gewusst, dass sie sich gegen diesen Song wehren würden und ich hatte gewusst, dass Dom am heftigsten rebellieren würde. Er hasste Balladen. Bezeichnete sie als eierlose, kommerzielle Ramschverkäufe. „Ich weiß nicht. Ich weiß nicht. Es gefällt mir nicht, aber wir können darüber nachdenken."

Ich drehte mich vom Klavier weg und nickte. Sie würden darüber nachdenken und mit einem dicken fetten Nein zurückkommen, da war ich mir sicher. Was mich gleichzeitig wütend und traurig machte. Wie dem auch sei. Ich begleitete sie wieder nach draußen. Die Stimmung war angespannt. Sie aßen eine Tonne Zeug vom Buffet und gingen dann. Die Party war nicht chaotisch genug für sie. Ich fühlte mich seltsam fehl am Platz und einsam auf meiner eigenen Party, schlenderte durch die Räume meines Heims, ging dann die Treppe hinauf, um etwas Zeit mit Maddie zu verbringen. Sie war meine Freude in einer Flasche. Ich wusste, dass die Band es nicht verstand oder sich weigerte, aber ich war nicht mehr derselbe Colorado Penn. Madeline hatte mich verändert.

Als ich die Tür erreichte, kam Joe gerade heraus. Ich trat zurück und er keuchte.

„Tut mir leid", flüsterte ich, als er die Tür hinter sich schloss.

„Kumpel, pfeif das nächste Mal", zog er mich auf.

Der Flur war dunkel, nur erhellt von einem kleinen Nachtlicht, das seltsame Lichtformen in den Flur warf.

„Lustiger Manny. Habe ich die Buch- und Küsszeit verpasst?" Ich strich mit meinen Fingern über den Türrahmen des Zimmers meiner Tochter.

„Ja, es tut mir leid. Sie war wirklich schlecht gelaunt, nachdem sie alle Raptors getroffen hat, darum haben wir ein frühes Fläschchen und ein Buch genommen." Er lehnte sich an Maddies Tür und schaute mich an. „Du siehst … seltsam aus. Ist alles in Ordnung?"

„Ja, ja, alles ist gut." Ich ging davon, betrat mein Zimmer und ließ meinen Kimono von meinen Armen auf den Boden gleiten. Die Stimmen meiner Teamkollegen drangen zu mir herauf.

Ich hörte, wie er neben mich kam. „Bist du sicher, dass es dir gut geht?" Der Mond war ein fetter Ball aus Weiß am dunklen Nachthimmel.

„Es wird dämlich klingen und ich klaue *nicht* von Eric Clapton, aber bist du je glücklich den Weg des Lebens entlanggeschlendert und hast dann vor dir eine Kreuzung gesehen und nicht gewusst, welche Straße du nehmen sollst?"

„Hmm, nun, ich war immer ziemlich festgelegt, was meine Karriere betrifft. Geht es hier darum, dass die Band das Team getroffen hat?"

„Ja, irgendwie. Nein, nicht wirklich." Ich atmete lang aus und schob meine Finger durch meine Haare. „Ich sehe nur einige Probleme auf mich zukommen. Wie kann ich der Vater sein, den Madeline braucht, und gleichzeitig das ganze Jahr unterwegs sein? Die Reisen für Hockey werden mich von Oktober bis mindestens

Ende April von ihr fernhalten. Dann mache ich weiter und toure mit der Band? Ich weiß nicht." Ich packte meine Haare, beide Hände fest in die lila Strähnen vergraben. Meine Augen fingen an zu tränen. „Ich weigere mich, diese Art Vater zu sein. Ich *weigere* mich, Liberty zu sein. Aber ich liebe beide Dinge so sehr, wie kann ich da wählen?"

Er drehte sich zu mir, hob die Hand, um meine Finger aus meinen Haaren zu lösen. Dann, mit einer Aktion, die mich von den Socken haute, küsste er jede Fingerspitze. Das Pressen seiner weichen Lippen auf meine Finger löste die Angst und Wut, die in mir aufwallten. Wir bewegten uns gleichzeitig aufeinander zu, meine Arme legten sich um ihn, seine Hände wanderten nervös über meinen nackten Brustkorb. Seine Atmung war hektisch und schnell, wie ein wilder Baby-Hase, der von einer Hauskatze in die Enge getrieben worden war. Ich knabberte an seiner Unterlippe, während er mit meinen Nippeln spielte. Zupfen, Reiben, Drehen, was mich zum Schnauben brachte und dazu, mich an ihm zu reiben. Er war auch hart, der steife Umriss seines Schwanzes presste gegen meinen. Wir beide atmeten bei dem Kontakt heftig ein, seine Handflächen bewegten sich jetzt hinauf zu meinen Schultern. Ich stupste ihn sanft mit der Hüfte an, benutzte meine Größe, um ihn von der offenen Tür wegzubekommen. Wir tanzten ungeschickt durch den Raum, meine Hände auf seinem Hintern. Wir fielen auf das Bett, unsere Beine verschlungen, unsere Münder suchten, unsere Hände zerrten verzweifelt an Reißverschlüssen und Gürteln, bis unsere beiden

Schwänze frei waren. Er lag unter mir, sein T-Shirt war um seine drahtige Gestalt geschlungen.

„Oh … oh Gott", wimmerte er, als ich uns in die Hand nahm. Sein fetter Schwanz ruhte auf meinem. Liebestropfen quollen aus mir heraus. Ich war immer feucht und tropfte, wenn ich geil war. Ich nahm die Flüssigkeit mit dem Daumen auf und rieb sie dann über seine Eichel. „Mm, oh Scheiße, ich …"

Ich küsste seinen Mund, lang und hart, bewegte meine Hüften vor und zurück. Er klammerte sich an meine Arme, seine Nägel bissen in mein Fleisch.

„Ich kann aufhören. Möchtest du, dass ich aufhöre? Ist das zu viel, zu schnell?", fragte ich, meine Stimme war so rau wie Sandpapier. *Bitte sag, dass ich weitermachen soll.*

Seine Hüften jagten meinen hinterher, als ich Anstalten machte, ihm Raum zu geben. „Nein, hör nicht auf. Das ist perfekt. Perfekt." Er wölbte sich in meine Hand, packte meine Haare und zog meinen Mund zurück auf seinen. Wir pumpten wie wild, seine Zunge glitt über meine, begierig darauf, die Erlösung zu fühlen, die wie eine durchgehende Herde über uns kam. Meine Eier wurden hart. Ich biss in seine Unterlippe, stieß dann nach oben, benutzte meine Beine, um meinen Schwanz gegen seinen zu rammen.

„Gott, oh Gott … Ich bin … Scheiße, ja!" Da kam er, bedeckte meine Hand, seine Küsse waren schlampig und fordernd. Warme Wichse bedeckte unsere Schwänze. Ich hielt ihn mit einer Hand bei mir, spürte, wie er schauderte, während er wiederholt kam. Weißes Licht entzündete sich an der Basis meines Rückgrats.

Ich pumpte hart, einmal, dann noch einmal, das Gleiten und Glitschen unserer Schäfte, die von seiner Wichse feucht waren, warf mich über den Rand. Er schob eine Hand zwischen uns, seine Handfläche streichelte meine Eichel. Ich schrie auf und spritzte auf seine Finger. Seine Hand legte sich um meine, drückte und zwickte, molk uns beide trocken.

„Heilige Scheiße", keuchte ich, seine Nase an meinem Hals, meine trockenen Lippen neben seinem Ohr und unsere Schwänze, weich und klebrig, lagen in unseren Händen.

„Das war … absolut himmlisch!"

„Ja, ja, das war es", antwortete ich, fing dann seine weichen, süßen Lippen für einen Kuss, der dauerte und dauerte und dauerte, bevor ich mich herunterrollte, um flach auf dem Rücken zu liegen. „Das war mal ein Flug zum Mond."

„Du hast mich in den Orbit geschickt."

Wir beide kicherten wie Narren. „Wäre es zu früh zu erwähnen, dass ich den Uranus erkunden möchte?"

Das brachte ihn zum Schnauben, was mich zum Lachen brachte, was ihn dazu brachte, mich mit der Intensität einer Sonne, die zur Supernova wurde, zu küssen. Wissenschaft war sexy. Wer hätte das gedacht?! Wir lagen da, rissen lahme Weltraumwitze, bis sein Handy klingelte. Er wischte sich seine Hand an seinem T-Shirt ab, während ich zurückstopfte und Reißverschlüsse schloss.

„Meine Hand ist angesaut", beschwerte er sich, während er sein Handy aus seiner Gesäßtasche zog.

„Ich kann sie sauberlecken." Er lachte leicht und

hielt sich dann sein Handy an sein Ohr. „Ich habe das ernst gemeint."

Er hielt mir seine rechte Hand hin. Ich nahm sie und fing an, die kühlende Wichse wegzulecken. Wir schmeckten fantastisch zusammen.

„Was? Nein, was?! Oh mein Gott, geht es dir und Emma gut?!" Ich setzte mich auf, Sorge überkam mich angesichts des panischen Tons in seiner Stimme. Alles Lecken hörte sofort auf. „Oh, Gott sei Dank! Ich bin gleich da. Es ist gut, alles wird gut. Ich komme jetzt."

Ich stand auf, als Joe aus meinem Bett sprang. „Was ist passiert?"

Joe drehte seinen Kopf zu mir, seine Augen waren weit aufgerissen. „Ich muss los. Es ist Natalie. Unser Haus ist gerade abgebrannt."

# ZWÖLF

# Joseph

Ich erinnere mich, dass Simon allen auf der Party sagte, dass sie gehen sollten. Dann verfrachtete er mich, Colorado und Maddie ins Auto und fuhr zu meiner Schwester und Emma. Ich erinnere mich an die Sirenen und daran, zu spät am Haus anzukommen. Ich wusste, dass sie uns gesagt haben, dass meine Schwester und Emma im Krankenhaus waren. Sie mussten es uns gesagt haben, auch wenn ich es nicht gehört habe, weil Simon mich zurückkriss, bevor ich die rauchenden Ruinen meines Heims laufen konnte und mich wieder ins Auto brachte. Wir rasten in Richtung Krankenhaus, aber warum hatten wir eine Polizeieskorte? War sie da, um mir Zeit zu geben, mich zu verabschieden? War meine Schwester tot? Oder Emma?

„Es ist in Ordnung, es ist in Ordnung", sagte Colorado immer wieder, aber das wusste er nicht, er konnte es nicht wissen.

Als wir vor der Notaufnahme mit quietschenden Reifen zum Stehen kamen, riss ich meine Tür auf, wand mich in meinem Gurt, kämpfte gegen den Widerstand, bis ich schließlich aus dem Auto fiel und auf den Knien auf dem heißen Asphalt landete. Simon half mir auf.

Ich riss mich los, rannte um das Auto herum, prallte gegen Colorado.

„Es ist in Ordnung", sagte er erneut.

Ich schubste ihn und rannte zu den Türen, prallte beinahe dagegen, als sie sich öffneten. Ich landete in einer sterilen, weißen Umgebung, Blicke wurden auf mich gerichtet und ich verspürte eine Furcht, die so real war, dass ich sie schmecken konnte. „Meine Familie", sagte ich, wollte, dass mir jemand sagte, was passiert war.

„Onkel Joseph!"

Emma wand sich so heftig im Griff einer Krankenschwester, dass sie sie loslassen musste und dann traf ich sie in der Mitte und fiel auf die Knie, um sie zu umarmen. Es ging ihr gut, sie war am Leben und ich drückte sie so eng an mich, dass ich nicht wusste, wo ihr Weinen anfing und meines endete.

„Meine Schwester?", fragte ich über Emmas Kopf, so leise, wie ich konnte, denn was, wenn sie tot war? Was, wenn ich sie verloren hatte? Was, wenn Emmas Mom tot war? Ich würde für Emma da sein, sie wie mein eigenes Kind aufziehen, weil sie mir alles bedeutete. Ich stoppte mein Weinen und errichte eine hohe Mauer, damit ich mit was immer sie mir erzählten, fertig werden konnte.

„Onkel Joseph, Momma ist verbrannt."

Oh mein Gott, nein. Ich konnte mir nicht vorstellen, was ich sehen würde, oder wie stark die Schmerzen meiner Schwester sein würden. Ich konnte nichts anderes als kalte, eisige Furcht spüren.

„Hier entlang, Sir", sagte jemand und ich stand mit Hilfe auf, taumelte hinter der Person her, bis eine Tür sich hinter mir und Emma schloss und ich plötzlich allein mit zwei Menschen war, eine Frau in einem Anzug und der Krankenschwester die Emma gehalten hatte. „Ihre Schwester hat oberflächliche Verbrennungen an ihren Händen und ihrem linken Arm, ein gebrochenes Bein und es besteht der Verdacht auf Rauchvergiftung, dazu die offensichtlichen Kontraindikationen wegen ihres Diabetes. Sie ist in guten Händen und sobald wir Sie zu ihr bringen können, werden wir das tun."

„E-es geht ihr gut?" Ich sank auf den nächstgelegenen Stuhl, hielt eine schluchzende Emma auf meinem Schoß und starrte in das freundliche Gesicht der Krankenschwester.

„Ich will meine Momma!", schrie Emma, vergrub ihr Gesicht dann tiefer in meiner Jacke. Der Geruch nach Rauch hing in ihren weichen Locken. Was, wenn ich sie beide verloren hätte? Was war der Sinn eines Universums voller Möglichkeiten, wenn ich nicht meine Schwester und Nichte in meinem Leben hatte?

Die Krankenschwester presste eine Hand auf Emmas Kopf. „Deiner Momma geht es gut, Liebes, dein Onkel ist jetzt hier und er wird sich um dich kümmern." Ich erwartete, dass sie gehen würde, aber das tat sie nicht und es schien, als wäre jetzt die Frau im Anzug an der Reihe, etwas zu sagen.

„Mein Name ist Hillary Bright und ich bin eine

Anwältin des Krankenhauses." Sie hielt mir ihre Hand
hin, ließ sie aber wieder sinken, als ihr klar wurde, dass
ich Emma auf gar keinen Fall loslassen würde. „Schon
gut", murmelte sie und setzte sich neben mich. „Ich
erwarte nicht, dass Sie alle Antworten haben, aber
Natalies Unterlagen besagen, dass Sie ihr nächster
Verwandter sind und Emmas Erziehungsberechtigter,
sollte ihr etwas zustoßen."

Ich nickte. Ich erinnerte mich an den Tag, an dem
sie die Dokumente unterzeichnet hatte, kurz nachdem
Emma geboren war und am ersten Jahrestag von
Bobbys Tod. Wir waren nüchtern und nachdenklich
gewesen und ich hatte ihr versprochen, dass ich sie
niemals enttäuschen würde. Sie hatte geweint, gesagt,
dass es nicht fair war, dass nichts fair war, aber wir
hatten uns umarmt, bis wir uns besser fühlten.

„Haben Sie einen Ort, an den Sie mit Ihrer Familie
gehen können? Können wir Ihnen helfen -?"

„Ich gehe nicht", platzte ich heraus. Auf gar keinen
Fall würden sie mich hier herausziehen, bevor Nats mit
mir kommen konnte und wenn ich für Emma ein Zelt in
dem Zimmer aufbauen musste, dann würde ich das tun.

„Momma", schluchzte Emma erneut.

„Nein, nicht jetzt." Hillary sah entsetzt aus. „Ich
meinte danach. Ich weiß, dass Sie bei Mrs Owens und
Emma wohnen und es gibt kein Haus, in das Sie
zurückkehren können. Sollen wir -?"

„Ich wohne jetzt woanders", log ich und platzte mit
Colorados Adresse heraus. „Wir werden dorthin gehen."
Ich würde ihnen nicht gestatten, mir zu sagen, dass ich
Emma nicht mitnehmen konnte. Hillary zögerte nicht,

als sie die Adresse aufschrieb und dann ihre Akte schloss. Es schien, als ob ich in diesem Familienzimmer einen Schatten hätte und ich rutschte einen Stuhl weiter, um uns mehr Abstand zu verschaffen, gab dann mein Bestes, um Emma zu beruhigen.

„Ich bin hier, Em", murmelte ich in ihre Haare. „Momma geht es gut, alles wird gut, es geht uns gut …" Ich wiederholte es immer wieder, bis sie etwas Unverständliches murmelte und dann endlich nach einer Weile still wurde und an meinem Hals eindöste. Es ertönte ein sanftes Klopfen an der Tür und Hillary ging, um aufzumachen. Für einen Moment dachte ich, dass es vielleicht Colorado wäre, und ich wollte das, aber was, wenn er Hillary sagte, dass ich wegen der Adresse gelogen hatte? Warum hatte ich nicht einfach gesagt, dass wir uns ein Hotel nehmen würden? Ich hatte das Geld für ein paar Nächte und wir könnten lang genug in einem billigen Hotel wohnen, bis die Versicherung zahlte. Er war es nicht, aber Hillary schaute zu mir und öffnete die Tür dann einem weiteren Fremden, der hereinkam, dieses Mal ein junger Feuerwehrmann, immer noch in Uniform, der eine Plastiktüte in der Hand hatte.

„Das war Ihrer Schwester wichtig", murmelte er und stellte die Tüte neben mir ab. „Der Captain hat gesagt, dass ich warten sollte, aber sie wollte diese Fotos und ich habe sie nicht aus den Augen gelassen, nachdem wir sie herausgeholt hatten."

Sie hatte versucht, Fotos für Emma zu retten? War sie wieder hineingegangen? Warum sollte sie das tun?

„Was ist passiert?" Emma regte sich beim Klang

meiner Stimme in meinen Armen und ich wollte, dass sie weiterschlief, damit sie sicher vor all dem war, darum senkte ich meine Stimme. „Ich habe mit Natalie gesprochen, sie hat mich angerufen und mir von dem Feuer erzählt. Sie war aus dem Haus heraus und es ging ihr gut."

Der Feuerwehrmann schaute von mir zu der Anwältin, die ihr Bestes gab, nicht zu lauschen und setzte sich dann auf den Rand eines Stuhls in der Nähe der Tür.

„Komplett inoffiziell, es ist noch nicht klar, was das Feuer ausgelöst hat, wahrscheinlich ein Problem mit der Elektrik, aber Ihre Familie war draußen und das Feuer größtenteils unter Kontrolle. Dann ist Ihre Schwester direkt durch die Stelle gelaufen, wo das vordere Fenster gewesen ist und in das Zimmer selbst, das vom Feuer bisher verschont war. Sie hat angefangen, Dinge einzupacken. Alles ist hier drin." Er deutet auf die Tüte. „Als wir sie erreicht haben und ich schwöre, es waren nur ein paar Sekunden, ist der erste Stock unter seinem eigenen Gewicht zusammengebrochen und sie wurde von den brennenden Teilen erwischt."

Ich wimmerte leise. Warum hatte sie das gemacht? Dann kam mir das Schlimmste. „Hat Emma gesehen, was sie getan hat?"

„Nein, ich verspreche Ihnen, sie hatte keine klare Sicht, aber ..." Er seufzte und schloss seine Augen, Erschöpfung stand ihm ins Gesicht geschrieben. „Sie hat die Panik mitbekommen und wusste, was passierte."

Ich biss mir auf die Lippe, mein Magen drehte sich

um und ich zwang meine Tränen zurück. Weinen würde gar nichts helfen.

„Es tut mir leid, dass das Haus verloren ist-"

„Das ist nichts. Nur Holz und Ziegel und das hier ist das Wichtige", murmelte ich und drückte mein Gesicht in Emmas Haare. „Emma und Natalie werden wieder gesund werden. Sie werden wieder. Danke."

Ich wusste, dass ich das immer wieder wiederholte, die Litanei war eher ein Gebet an eine höhere Macht da draußen in den Sternen, die vielleicht in der Lage war, das, was ich sagte, wahrwerden zu lassen. Gott war für mich unverständlich, ich war nicht gläubig, aber ich fand kleine Momente des Friedens, indem ich mit meiner Nichte kuschelte und die Wahrheit wiederholte, die ich glauben wollte.

Die Tür öffnete sich und es entstand ein Aufruhr, der Feuerwehrmann ging hinaus, die Anwältin fauchte wie eine Katze, die mit heißem Wasser übergossen worden war und dann stand Colorado mit Maddie in seinen Armen in der Tür, Simon war eine gewaltige, besorgte Gestalt hinter ihm.

„Ich bin sein fester Freund", hörte ich Colorado sagen. „Und es ist mir egal, was Sie sagen. Ich komme hier rein, um ihm beizustehen, und ich bringe meine Tochter und meinen Bodyguard mit."

Es gab ein Handgemenge, aber auf gar keinen Fall konnte die starke, selbstbewusste Hillary einem entschlossenen, aufgebrachten Colorado oder seiner Verstärkung, Simon, etwas entgegensetzen. In Sekunden waren die beiden Männer im Raum und ich hatte nicht die Energie, mit Hillary darüber zu streiten, warum ich sie hier bei mir brauchte. Nach einem kurzen Starren entschied Hillary, dass es in Ordnung war, mich mit meinem *festen Freund* hierzulassen. Ich konnte nicht sagen, ob sie genervt oder erleichtert war, aber sie reichte mir eine Karte mit ihrer Nummer und informierte mich, dass ich jetzt Unterstützung hatte.

Colorado setzte sich neben mich und ich lehnte mich an ihn, weigerte mich immer noch zu weinen. Simon stand an der Tür, sein Gesichtsausdruck war ernst.

„Geht es ihr gut?", fragte Simon. „Was kann ich tun, um zu helfen?"

„Nichts. Sie ist ..." Am besten Ort? Wie viele Male hatte ich das im Fernsehen gehört, in Sendungen, die Natalie liebte. Der beste Ort für jemanden, der verletzt war, war das Krankenhaus – das musste stimmen. „Colorado, ich habe gelogen", murmelte ich, hoffte halb, dass er mich nicht hörte. Er bewegte sich von mir weg und für eine Sekunde dachte ich, dass ich alles verbockt hatte, obwohl ich nicht wusste, wie diese wenigen Worte unsere fragile, erblühende Beziehung brechen konnten. Dann verlagerte er Maddie auf seinen rechten Arm und benutzte seinen rechten, um mich an sich zu ziehen.

„Worüber hast du gelogen? Hast du das Gesetz gebrochen? Muss ich einen Anwalt besorgen? Ich kann jetzt gleich einen Anwalt besorgen. Simon, ruf einen Anwalt an. Was es auch ist, ich werde es in Ordnung bringen."

„Colorado", warnte Simon von der Tür.

„Shh, Simon, das ist wichtig. Ich möchte nur, dass er weiß-"

Simon fiel ihm ins Wort. „Du kannst nicht einfach Hilfe anbieten, wenn du nicht-"

„Ich tue, was immer ich will."

„Colorado-"

„Simon-"

„Hört auf, alle beide", flüsterte ich mit genügend Nachdruck, um sie zu stoppen. „Ich habe gelogen, als sie mich gefragt haben, ob ich, Natalie und Emma einen Ort zum Wohnen haben. Ich habe ihnen deine Adresse gesagt."

Simon seufzte erleichtert.

„Wie es richtig ist", murmelte Colorado und zog mich enger an sich. Für eine Sekunde fühlte es sich an, als ob wir vier – er, ich, Emma und Maddie – dieser geschlossene Familienkreis wären und dann wollte ich, dass Natalie da wäre und ich wollte weinen beim Gedanken daran, meine Schwester zu verlieren. „Das ist keine Lüge", sagte Colorado trotzig.

Ich schloss meine Augen und saugte seine Wärme auf und die Fürsorge und Sicherheit, die ich spürte, weil Colorado und Simon im Raum waren und die Tatsache, dass Emma in meinen Armen schlief.

„Ich habe ihnen gesagt, dass … Es tut mir leid … und ich hätte es nicht gemacht, wenn es nicht notwendig gewesen wäre. Sie wollten mir eine Bleibe suchen, nicht nur mir, sondern auch Emma und Natalie und ich habe gesagt, dass wir bei dir einziehen würden."

Colorado drückte mir einen schnellen Kuss auf den Kopf und summte irgendetwas. „Ich denke, Natalie gefällt das blaue Zimmer vielleicht am besten, es hat den besten Blick auf den Garten und ein eigenes Bad und ein angrenzendes Zimmer für eine Krankenschwester, wenn sie eine braucht oder vielleicht für Emma, obwohl ich denke, dass Emma vielleicht das rosa Zimmer auf der anderen Seite des Flurs mag, es sei denn, du denkst, sie hat Angst allein?"

Ich öffnete meine Augen und schaute zu ihm auf, aber er scherzte nicht, er redete, als ob er schon seit einer Weile darüber nachdachte.

„Was?" Meine Gedankengänge waren zerfasert und wild, aber es klang, als würde er meiner gesamten Familie einen Platz zum Bleiben anbieten.

„Und Simon hat bereits arrangiert, dass jemand bei den Überresten deines – *Scheiße* – bei deinem Haus als Security ist und alles einsammelt, was gerettet werden kann. Es ist nicht viel. Es tut mir leid."

Ich konnte nicht sprechen. Die Emotionen in mir, die Panik und Furcht, die mich bis hierher gebracht hatten, kamen in wütenden, niedergeschlagenen Tränen heraus und Colorado hielt mich. „Ich hätte alles verlieren können", sagte ich zwischen Schluchzern und war absolut geschockt, als Simon sich auf meine andere Seite setzte und mein Knie tätschelte.

„Alles wird gut, Junge. Du hast jetzt uns. Versprochen."

---

BIS VIER UHR morgens kamen keine Ärzte oder Krankenschwestern zu mir und dann war es Natalies

Chirurgin, die mir sagte, dass die Operation ihres Beins erfolgreich verlaufen war und dass sie friedlich schlief.

Doktor Ellis, eine große, schlanke Frau mit kurzen, abstehenden, rosa Haaren, brachte mir die Nachricht, die ich hören musste und ich bin mir sicher, dass sie es so einfach erklärte, wie sie konnte. Die Verletzungen waren nichts als Worte – Kompartmentsyndrom, Rauchvergiftung, Blutverlust – eine Liste, die endlos schien. Am Ende konnte ich nur denken, dass ich Natalie sehen wollte.

„Ich bin Colorado Penn, Goalie für die Raptors", verkündete Colorado großartig in die plötzliche Stille, als sie geendet hatte, winkte dabei mit seinem Arm und warf seine langen Haare zurück. „Geld ist kein Problem und ich kann die besten Chirurgen hierherbringen, vom Team. Simon, ruf das Team an und hol das Management her."

Sie war schockiert, das konnte ich sehen und ich wusste, dass Colorado sich nur um mich sorgte, aber sie hatte meine Schwester gerade in Ordnung gebracht, darum konnte es in meinen Augen keine bessere Chirurgin geben.

„Ich kann Ihnen versichern, Mr Penn, dass Mrs Owens in ihrem Privatzimmer liegt, mit der zusätzlichen Krankenschwester, die sie angefordert haben und dass die Operation gut verlaufen ist. Dieses Krankenhaus hat einen guten Ruf, wenn es um-"

„Was ist mit einer zweiten Meinung?", beharrte Colorado.

Ich war immer noch mit der Tatsache beschäftigt, dass mein Boss ein Privatzimmer und eine zusätzliche

Krankenschwester organisiert hatte, wie zur Hölle sollte ich ihm das zurückzahlen? Ich würde umsonst auf Maddie aufpassen, bis sie achtzehn wurde.

Die Chirurgin neigte ihren Kopf. „Sie haben natürlich das Recht auf eine Zweitmeinung-"

„Nein." Ich presste eine Hand auf Colorados Brustkorb, direkt neben Maddies Kopf. „Danke, Doktor Ellis, ich weiß nicht, wie ich Ihnen je genug danken kann. Wann kann ich meine Schwester sehen?"

„Wenn Sie möchten, kann ich Sie jetzt mit nach oben nehmen."

Ich stand so schnell auf, dass mir das Blut in den Kopf schoss und ich wankte. Colorado hielt mich, Simon stand sofort auf, aber ich trat von ihnen weg.

„Möchtest du Emma bei uns lassen?", fragte Colorado.

„Nein. Tut mir leid, aber wenn Emma aufwacht, möchte ich, dass sie mich sieht", murmelte ich und hob zärtlich meine kostbare Fracht hoch, damit sie mehr auf meiner Hüfte saß. „Ich komme klar. Geht nach Hause." Die Chirurgin führte mich aus dem Raum und als die Tür sich schloss, dachte ich daran, noch etwas zu sagen. „Colorado, wir können morgen darüber reden, was ich dir schulde und wie mein Job-"

Die Tür schloss sich zwischen uns und ich kam nie dazu, den Satz zu beenden, aber es war nicht wichtig. Colorado wusste, dass ich ihm alles zurückzahlen würde und dass ich solange für ihn arbeiten würde, wie er mich brauchte und dass welche Anziehung auch immer zwischen uns geblubbert hatte, nichts weiter als erzwungene Nähe gewesen war. Ich konnte alles übergehen, sogar mein dämliches Herz, um mich darauf zu konzentrieren, für Emma und Natalie alles wieder in Ordnung zu bringen. Vielleicht würde ich mir einen Vollzeitjob im Regale einräumen suchen, mich zum Manager hocharbeiten, im Verkaufssektor konnte man gut verdienen. Dann, wenn ich genug verdiente und mit dem Geld aus der Versicherung, könnten wir vielleicht aus der Stadt ziehen. Ich blieb vor ihrem Zimmer wie angewurzelt stehen. Meine Füße weigerten sich, sich zu bewegen, mein Brustkorb zog sich zusammen und hinter mir legte die Chirurgin ihre Hand auf meinen unteren Rücken.

„Es ist in Ordnung, Sie können reingehen", ermutigte sie mich.

Aber es war *nicht* in Ordnung, dass Natalie alles verloren hatte oder dass sie zurück in das Haus geeilt war, um Fotos von dem Mann zu retten, den sie geliebt und verloren hatte. Es war nicht in Ordnung, dass sie jetzt bewusstlos im Bett lag oder Erinnerungsstücke wichtiger fand als ihr Leben. Wut kochte in mir hoch, dicht gefolgt von Trauer und dann wurden diese beiden Empfindungen von einem seltsamen Gefühl des Friedens übertüncht. Ich musste hier derjenige ohne Emotionen sein, die Person, die sich um alles kümmerte. Ich musste meine Familie in meinen Orbit ziehen und sie dort festhalten, durch die Anziehungskraft meiner eigenen Kompetenz.

Ich musste jetzt im Moment für sie stark sein und später würde ich jede Menge Zeit für einen Zusammenbruch haben.

Ich betrat den Raum, ignorierte die Kabel und

Verbände und konzentrierte mich auf meine Schwester, die regungslos in der Mitte des Betts lag, sah die Krankenschwester, die aufschaute und mich tröstend anlächelte.

Doktor Ellis tippte auf die Akte. „Haben Sie Fragen -?"

„Die Verbrennungen, das Bein."

„Es werden keine Narben bleiben, wenn alles normal verläuft, und mit Physiotherapie sollte es keine Langzeitprobleme durch die Beinverletzung geben. Wir behalten ihre Zuckerwerte im Moment im Auge und ich werde in ein paar Stunden wieder vorbeischauen. Wenn alles gut läuft, kann ich mir vorstellen, dass wir sie in ein paar Tagen entlassen können."

„Wie viel sind ‚ein paar'?" Ich musste wissen, ob es zwei Tage oder eine Woche oder ein Monat sein würden. Ich musste das schwarz auf weiß haben, mehr, als ich meinen nächsten Atemzug brauchte.

„Drei Tage, im schlimmsten Fall eine Woche, wenn es Komplikationen mit ihrem Zucker gibt oder Anzeichen, dass sie nicht heilt."

„Danke."

Sie nickte und ging und ich war allein mit Krankenschwester Irgendwie, die freundlich losplauderte und unglaublich effizient aussah.

„Sie schläft bequem", sagte die Krankenschwester und als ich näherkam, konnte ich ihr Namensschild lesen, Bridget Lowell. „Wir haben ein Klappbett für Sie vorbereitet und ein kleineres für Ihre Nichte."

„Ich kann hierbleiben?"

„Solange es nötig ist." Sie tätschelte meinen Arm.

Das hatten die Leute die ganze Nacht oder den Tag gemacht. *Wie viel Uhr ist es überhaupt?* Das Licht, das durch das breite Fenster kam, war gedämpft und grau, aber das bedeutete mir im Moment gar nichts. Natalie lag blass und regungslos in dem Bett und in meinen Armen wachte Emma auf. Sie murmelte verschlafen, wand sich in meinen Armen, schaute mit einem kleinen Lächeln zu mir auf und dann, als sie sich abrupt an das Entsetzen erinnerte, war sie hellwach und aufrecht in meinen Armen.

„Momma."

Ich drehte mich, damit sie Natalie sehen konnte, war mir bewusst, dass die Krankenschwester sich in eine Ecke des Zimmers verzogen hatte, sich mit irgendetwas beschäftigte, um uns Raum zu geben.

„Momma schläft nur", sagte ich mit einem Lächeln und zog einen Stuhl näher, damit wir nahe genug saßen, um sie zu berühren.

Emma streckte sofort die Hand nach Natalie aus, streichelte ihren Arm und hielt dann ihre Hand. „Sie schläft nur", sagte sie leise.

Wir saßen so da, bis Emma mit ihrem Kopf auf das Bett sank, die Augen geschlossen und die Atmung gleichmäßig. Ich legte sie auf das Klappbett, schüttelte die Kissen auf und überzeugte mich, dass sie sicher war, kehrte dann zu meiner Wache am Bett meiner Schwester zurück. Mittlerweile drang Tageslicht in das Zimmer und einmal dachte ich, sie würde aufwachen, als sie sich ein wenig bewegte und dann wieder ruhig wurde. Ruhelos ging ich zu dem Fenster, starrte auf Tucson, bevor ich die Blende weit genug nach unten zog, um zu verhindern, dass die grelle Sommersonne den Raum zu hell machte. Da sah ich durch das gefrostete Glas der Tür eine Bewegung draußen, als jemand vorbeiging. Jemand, der Colorado sehr ähnlich sah, war draußen.

*Ich habe ihn nach Hause geschickt.*

„Ich bilde mir das ein", murmelte ich in das stille Zimmer, aber dann bewegte die Gestalt sich erneut und ich wusste sicher, dass er es war. Vorsichtig öffnete ich die Tür in den Flur und ich entdeckte ihn auf einer Reihe von Sitzen. Vor ihm befand sich ein Laufstall, mit Decken und Spielzeug, einer Windeltasche, die ich im Haus neben der Tür stehen hatte, voller Windeln, Feuchttücher und Milchpulver. In der Mitte dieses Nests befand sich eine winkende Maddie, die von dem Mobile fasziniert war, das über ihr hing und direkt vor ihnen stand ein leidgeprüfter Simon, der aufschaute, als ich herauskam, mit den Schultern zuckte und dann nachdrücklich Colorado anstarrte.

„Was geht hier vor sich?"

„Wir chillen", gab Colorado zurück. Ich blinzelte dämlich. „Wie geht es deiner Schwester?"

„Ähm, gut. Ich … warum bist du hier?"

„Wo sollte ich sonst sein?", fragte er.

Simon nickte, tiefe Falten der Sorge und Erschöpfung waren in sein Gesicht gegraben.

„Zu Hause? Beim Hockeyspielen?" Ich überwand die Distanz zwischen uns, damit wir uns leise unterhalten konnten. Colorado klopfte auf den Platz neben sich. Ich ließ mich vollkommen erschöpft darauf fallen.

„Nichts ist wichtiger als die Familie, keine Spiele oder Musik oder welchen anderen erfundenen Mist die Leute sich einfallen lassen."

„Aber ich habe dich nach Hause geschickt."

Er schenkte mir dieses sündige schräge Lächeln. „Ja und wir sind zurückgekommen. Joe, Mann, ich weiß, wie es ist, in einem Krankenhaus zu sitzen und nicht zu wissen, ob ein geliebter Mensch leben oder-" Simon räusperte sich laut. Colorado verzog das Gesicht. „Tut mir leid, ob ein geliebter Mensch wieder gesund werden wird. Wir sind für dich da. Wir sind jetzt eine Familie. Eine etwas verrückte Familie, aber Familie."

Ich schaute zu Simon, der nickte. Dann schaute ich zu Madeline, die eingeschlafen war. Und dann begegnete mein Blick dem von Colorado und was ich an Kraft noch in mir hatte, verließ mich.

„Ich mag dich *wirklich*", flüsterte ich, während ich zur Seite sank.

Sein Arm legte sich um meinen Hals. „Ich mag dich auch *wirklich*."

# DREIZEHN

# Colorado

Vier Tage später war ich in Winnipeg und schaute in eine geladene Waffe in der Gestalt von Austin Greeley. Austin war einer der beiden Ersatz-Kapitäne der Winnipeg Waves und der Center im ersten Block. Austin war ein gottverdammter Blitz aus Blau und Weiß. Er hatte mich in diesem Eröffnungsspiel schon zwei Mal besiegt, der Mistkerl. Als ich ihn auf mich zukommen sah, die Schultern gerade, den Puck auf seinem Schläger, wusste ich, dass dies ein Schlüsselmoment wäre, wenn ich ihn halten konnte. Ich zog mich ein wenig in Richtung Netz zurück, als Austin näherkam. Scheinbar aus dem Nichts versuchte Henry, Austin den Puck mit einem Poke Check abzunehmen. Ich schaute zu, wie der Puck vor Greeley davonwackelte. Austin ließ sich nicht abhalten und tauchte dem fliehenden Puck nach. Ich ging nach unten, um mein Five Hole zu schließen, aber nicht schnell genug. Der Puck schlitterte zwischen meinen Beinen durch und dann folgten die gesamten einhundertfünf Kilo von Austin Greely dem Puck ins Netz.

Ich fiel auf meinen Hintern, als Greeley und ich aufeinanderprallten. Er sagte etwas. Ich war mir nicht sicher, was. Was es auch war, es war frech, darum schlug ich ihm gegen den Kopf, während wir die Kamera im Netz küssten. Er schlug zurück. Vlad kam an und zog Greeley an einem Bein aus dem Netz und schlug ihm dann mit einer massigen Faust ins Gesicht. Dann fing die Kacke auf verschiedene Arten zu dampfen an. Ich schaffte es, auf die Kufen zu kommen und den Schiedsrichter zu finden, der zwischen Alex und einem Winnipeg-Flügelmann eingeklemmt war, die sich gegenseitig die Helme herunterzogen.

„Er hat mich von den Kufen gestoßen! Das ist Störung!", schrie ich jeden in Schwarz und Weiß an. Keiner hörte mir zu. Alle vier Schiedsrichter waren zu sehr damit beschäftigt, die gewaltige Schlägerei zu beenden, die in meinem Netzbereich stattfand. „Hey! Dieser scheißgesichtige Arsch hat mein Netz umgerannt. Er hat absolut meine Chance behindert, diesen Puck zu halten, indem er seine hässliche Gestalt in mein Netz befördert hat. Auf gar keinen Fall war das ein legitimes Tor!"

„Penn, geh endlich weg!", bellte Mike Gallo, einer der Linienrichter und fiel dann auf seinen Hintern, als Ryker versuchte, einem großen Verteidiger von Winnipeg das Grinsen aus dem Gesicht zu schlagen.

„Aber das ist Mist! Das war Beeinträchtigung! Was schaust du so dämlich, Cookie?" Ich schaute den Kapitän von Winnipeg, Brandon Cooke, finster an.

„Einen lahmarschigen Michael Bublé an", gab er zurück.

Ich warf meinen Helm auf ihn und es ging los. Winnipeg hatte mich seit dem ersten Puck-Drop angepisst und dieser Bublé-Scherz war unter der verdammten Gürtellinie. Es war eigentlich ganz lustig, auf Cookes Rücken einzuschlagen. Dann warf er mich auf Eis und traf mich ein paar dutzend Mal im Gesicht. Da wurde alles verschwommen und weniger spaßig, aber jemand zog ihn von mir herunter. Ich war nicht sicher, wer. Ich rollte mich zur Seite, um einer weiteren Faust zu entgehen, und erhaschte einen Blick auf unseren Head Coach und den Head Coach der Waves, die sich gegenseitig mit Gatorade-Flaschen bewarfen.

Als der Staub sich legte, waren die Penalty-Boxen voll und beide Head Coaches waren vom Spiel verbannt worden. Was dazu führte, dass eine sehr unglückliche Coach Anderson die Blöcke organisierte und sie war nicht nett. Ich war in die Umkleide geschickt worden, um von einem Arzt untersucht zu werden, und bekam gerade meine Wange verpflastert, als die letzten Minuten des ersten Drittels verrannen. Als es vorbei war, lagen wir 3-0 zurück, was absolut beschissen war. Winnipeg war kein Team, bei dem man zurückfallen durfte, aber so war es. Ich hörte, wie die Jungs am Büro des Trainers vorbeidonnerten. Mein Gesicht tat wirklich weh und die Beule an meinem Hinterkopf hämmerte einen gleichmäßigen Metal-Beat.

„… aus den Ärschen und konzentriert euch darauf, warum wir hier sind!" bellte Coach Anderson, als die

Jungs in die Umkleide kamen. Sie streckte ihren Kopf um die Tür, um mich finster anzustarren. „Kann er spielen?"

„Er hat das Concussion-Protokoll nicht bestanden, also nein", antwortete Craig vollkommen ruhig.

„Ich kann spielen! Es war nur eine dämliche Frage!", sagte ich um den Trainer herum, der mich anfauchte, mich stillzuhalten.

„Ich habe dich gefragt, wie du heißt und du hast Joe Perry gesagt. Jetzt halt still. Ich glaube wirklich, dass du genäht werden musst."

„Okay, danke, Craig." Und Coach Anderson war weg.

„Warte! Ich kann spielen! Ich kann! Ich weiß, wer ich bin, ich war nur ein wenig benebelt, aber es geht mir gut. Fuck. Fuck. *Fuck*!"

Der Rest des Spiels verwandelte sich in ein Desaster höchsten Kalibers. Wir bekamen den Hintern so richtig von den Waves versohlt, das Endergebnis lautete 7-1. Es war demütigend. Ich schlurfte zu meinem Hotelzimmer, fühlte mich so niedergeschlagen, wie ein Mann sich nur fühlen konnte, und rief zu Hause an. Sie waren ein paar Stunden hinter uns, darum würden alle noch wach sein. Ich musste Maddie Boo sehen und mich ein wenig mit Joe unterhalten. Als er annahm, bat er um einen Videoanruf. Sein Keuchen, als er mich sah, ließ mich das Gesicht verziehen, was mich dann zu einem geschmerzten Knurren zwang.

„Profi-Tipp für dich, kämpf nie gegen einen Typen, der gleich viele Penalty-Minuten wie Rick Tocchet hat", stöhnte ich, während ich über mein Bett kroch und mich dann sachte auf die Matratze sinken ließ.

„Ich weiß nicht, wer das ist oder wovon du sprichst, aber dein Gesicht sieht aus, als wärst du gegen eine Wand gelaufen."

„Das bin ich irgendwie. Wie geht es allen? Fühlt Nat sich besser? Gewöhnen sie und Emma sich ein?"

„Es geht ihr gut. Ihr Blutzucker ist stabil. Sie ist nur so traurig. Ich … ich kann nicht aufhören, dein Gesicht anzustarren."

„Ich wette, das sagst du zu allen Jungs." Ich lächelte. Autsch. Himmel, mir tat alles weh. Alles. Würde ich Joe küssen können, wenn wir nach Hause kamen?

„Bist du sicher, dass es für dich in Ordnung ist, dass sie hier sind?" Er bewegte sich nach rechts, um etwas zu machen, und dann hatte er meinen Grund zum Leben in seinen Armen. Maddie war verschlafen, ihr kleiner Rosenmund gespitzt, als ob sie saugen würde, aber da war keine Flasche. Meine Arme fühlten sich leer an, genau wie mein Herz. Ich hatte innerlich und äußerlich Schmerzen. Ich wollte so gehalten werden wie sie und von derselben Person.

„Ja, ich will sie hier. Mann, für so einen klugen Kerl bist du grauenvoll schwer von Begriff."

Seine Lippen wurden flach. „Ich lasse das durchgehen, weil du offensichtlich große Schmerzen hast."

„Ja, Winnipeg ist bestialisch."

Das war keine Lüge. Die Waves erteilten uns eine Lektion und die bestand aus nichts außer Erniedrigung, gekrönt von einem cremigen Batzen körperlicher Bestrafung. Sie wischten in vier Spielen den Boden mit uns auf. Ich wollte in meinem Leben nie wieder einen Besen sehen. Winnipeg-Fans warfen kleine Plüschbesen am Abend unserer letzten Niederlage auf uns. Wie sie die ins Stadion geschmuggelt hatten, wer wusste das schon? So, wie sie auch Oktopusse und Katzenfische einschmuggeln, vermutete ich. Wir machten drei Tore. Drei Tore in zweihundertvierzig Minuten Play-off-Hockey. Die Tore gegen mich und Andre waren Übelkeit erregend, auf demoralisierende Art und Weise widerlich.

Als ich nach dem vierten Spiel nach Hause kam, immer noch mit den Prellungen vom ersten Spiel, versteckte ich mich einen ganzen Tag mit Maddie im Musikzimmer. Wir kamen nicht heraus. Sie und ich schliefen und aßen und schissen uns ein. Nicht wirklich. Ich ging auf die Toilette. Als der zweite Tag anbrach, kam Joe herein. Der freche Manny klopfte nicht einmal, er kam einfach herein, als ob ihm alles gehören würde.

Ich und Maddie lagen auf dem Boden, hatten dicke Decken unter uns, machten Musik. Nun, sie grunzte und füllte ihre Windel und ich zupfte auf einer Ukulele und ließ mir hawaiianische Lyrics für einen neuen Song namens „Fuck Me With a Coconut" einfallen, aber da ich kein Hawaiianisch konnte, ging es mit den Lyrics nicht so recht voran.

„Sie braucht ein Bad. *Du* brauchst ein Bad. Dein Handy summt nonstop. Deine Großmutter feuert die Schwitzhütte an und hat mir gesagt, dass ich mich mit ihr hineinsetzen muss, nackt, um meine Aura zu reinigen, damit meine leidenschaftliche Seele hervorbrechen kann. Ich möchte nicht nackt mit deiner Großmutter in einem Zelt aus Rehhäuten sitzen. Wer wird die Sauerei aufräumen, nachdem ich aufgebrochen bin?"

Seine Worte gingen ihm aus, als er sich nach unten beugte und Maddie sanft von ihrer gelben Entendecke hob. Er war niedlich, wenn er sich Sorgen machte. Seine Brauen zogen sich zusammen und seine Unterlippe kam irgendwie nach innen.

„Sie macht sich Sorgen um deine Poren", gab ich zurück und spielte einen kleinen Refrain von „Tiny Bubbles", legte die Ukulele dann weg. „Vielleicht sollte ich dampfen."

„Du solltest duschen und an dein Handy gehen", rief er über seine Schulter, während er mit meiner Tochter verschwand.

Ich rollte mich auf die Seite, um lustlos auf die Doppeltür zu starren, die nach draußen führte. Es war ein klarer Tag, atemberaubend, wie es aussah. Die Sonne stand hoch am indigoblauen Himmel. Ich musste aufstehen, da hatte Joe recht. Ich brauchte eine Dusche, Rasieren war optional.

Ich musste mich den enttäuschten Fans und dem Rest des Teams stellen. Der Abschlusstag war in zwei Tagen und ich wollte nicht zurück. Ugh. Wir hatten so schlimm versagt. Ich wollte das nur alles für ein paar Tage hinter mir lassen. Ich atmete den Geruch von Blumen ein, die mit einem heißen Wind hereinkamen. Ich musste in meine kleine Wüsten-Hütte. Ja. Ja. Es war perfekt! Ich würde mich dort selbst finden, diesen erstickenden Fall von künstlerischem Loch Schrägstrich sportlichem Blues abschütteln und vielleicht sogar an den Lyrics für meine Ballade arbeiten.

„Hi." Ich drehte meinen Kopf herum und sah Emma, die auf dem Patio stand. Sie hatte Schlammkuchen gemacht. Ihre Mutter würde begeistert sein.

„Hey, Hübsche Miss Emma."

„Das ist für dich." Sie tappte barfuß in das Musikzimmer, ihr neues rosa Kleid war mit Schlamm und Sand verschmiert. Ihr Gesicht und ihre Haare waren voller zähem nassem Dreck und ihre winzigen Zehen waren komplett davon bedeckt. „Ich hab ein Loch gegraben bei einem lila Busch und Pancakes gemacht. Du kannst den hier haben. Er hat extra Sand und zwei Astkerzen, weil", sie machte eine Pause, um zu atmen, „du ein Spiel verloren hast und traurig warst, wie ich traurig war, als unser Haus verbrannt ist."

„Vielen Dank." Ich streckte meine Hände aus und sie ließ den Schlammkuchen auf meine Handflächen fallen. „Das sieht wunderbar aus. Mir gefällt der tote Grashüpfer. Das rundet es ab."

„Ja, den habe ich unter dem großen Fenster beim Pool gefunden. Bist du immer noch traurig?" Sie setzte sich neben mich und nahm sich dann die Zeit, mit ihren schlammigen Händen ihren Rock auszubreiten und die Falten zu glätten. Das brachte mich zum Lächeln.

„Ein wenig."

Sie nickte weise. „Onkel Joe sagt, dass es in Ordnung ist, traurig zu sein, wenn traurige Dinge passieren.

Meine Mommy bringt mich zum Lachen. Vielleicht kann deine Mommy herkommen und dich zum Lachen bringen, und dann fühlst du dich nicht mehr so traurig."

„Meine Mommy kann das nicht tun, sie ist im Himmel." Ich stand auf, meine Schlafshorts waren um mich verdreht und ich legte den Pancake auf eine leere Pizzaschachtel, die auf der glänzenden Oberfläche des Steinway lag. „Ich werde den als Nachspeise nach dem Frühstück essen."

„Es tut mir leid, dass deine Mommy im Himmel ist. Ich kann meine teilen."

Ich spürte Tränen aufsteigen. „Danke. Das ist super-großzügig."

„Ich weiß. Ich muss noch mehr Pancakes machen. Bitte benutze eine Serviette!" Sie sauste davon, ihre schlammigen Füße hinterließen kleine Abdrücke auf dem Holzboden. Der Putzdienst würde begeistert sein. Die Spuren brachten mich aber zum Lächeln.

„Hey, bist du bereit, dich der Welt zu stellen?", hörte ich Simon hinter mir fragen.

„Noch nicht ganz. Ich glaube, wir müssen hier raus. Vielleicht können wir in den Streichelzoo gehen oder-"

„Meine Jungs haben Maddies Mutter gefunden."

Ich drehte mich von den offenen Türen weg, um Simon anzustarren. „Wie?"

„Jede Menge Laufarbeit. Wir haben mit der kurzen Aufnahme der Sicherheitskamera der Nachbarn angefangen, als sie Maddie abgegeben hat. Sie hatte einen Hoodie auf, als sie aus dem Auto gestiegen ist, aber die Kapuze war unten, als sie durch das Sicherheitstor gefahren ist. Es war ein verschwommenes

Bild, aber wir hatten eine grobe Beschreibung und auch das Automodell. Haben das Auto zu einem Verleih in Tempe zurückverfolgt. Dann haben wir die harte Arbeit gemacht. Haben uns verteilt, das Auto auf einem kleinen Parkplatz in Mesilla, New Mexico gefunden. Sie hatte sich eine Kreditkarte besorgt, um für das Leihauto zu zahlen, und da hatten wir sie. Sie wohnt mit zwei anderen Frauen in einem Apartment und arbeitet nachts als Kellnerin in einem Strip-Club."

„Wow", flüsterte ich, ließ mich schwer auf den Klavierhocker fallen. Ich starrte meine nackten Füße an und den leuchtend rosa Nagellack, mit dem Emma vor ein paar Tagen meine Nägel bemalt hatte. „Wie heißt sie?"

„Megan Wells, neunzehn, brünett, haselnussbraune Augen, hat kaum die High School geschafft, großer Furball-Fan. Ihre Sozialen Medien sind voll mit deinem Gesicht und deinen Lyrics."

„Ich erinnere mich wirklich nicht an sie." Himmel, ich war wirklich eine männliche Hure gewesen.

„Kein Kommentar. Hat ihr Zuhause mit sechzehn verlassen, Grund unbekannt, aber ihr Vater, bei dem sie gewohnt hat, ist als Drogennutzer bekannt. Die Mutter hat neu geheiratet und wohnt in Encino. Keine Geschwister."

„Ähm, okay, hast du dem Jugendamt diese Informationen gegeben?"

„Ja, sie haben sie kontaktiert, um die Mutterschaft zu bestätigen, und haben sie angezeigt, weil sie Maddie ausgesetzt hat. Bluttests bestätigen, dass sie Maddies Mutter ist. Sie hat alle Rechte auf das Baby abgetreten und sitzt im Gefängnis und wartet, wie hoch ihre Kaution ist, die sie nicht zahlen können wird, weil sie Kellnerin in einem Strip-Club ist."

Ich hob den Blick. Er sah elend aus, so wie ich mich fühlte. Das arme Mädchen hatte nicht wirklich andere Optionen gehabt, als Maddie zu mir zu bringen. Zumindest hatte sie sie ihrem Vater gegeben und nicht in einen Müllcontainer geworfen. Sie hatte getan, was sie für richtig hielt.

„Scheiße. Okay, sobald sie ihre Kaution hat, zahlst du sie. Besorg ihr einen Anwalt. Einen guten. Geld spielt keine Rolle. Hat sie Träume? Irgendetwas? Braucht sie ein Auto?"

„Ich habe sie nicht interviewt, Colorado, meine Männer haben sie nur ausfindig gemacht und alles dem Jugendamt übergeben. Woher soll ich wissen, ob sie Träume hat?" Er verschränkte seine Arme vor seinem breiten Brustkorb.

„Nun, finde es heraus. Wenn sie aufs College gehen möchte, lass es mich wissen und ich werde meinen Buchhalter bitten, etwas einzurichten. Ich möchte sehen, dass sie weiterkommt im Leben." Er stand da und starrte mich an. „Was?"

„Du bist definitiv nicht der Mann, für den ich dich gehalten habe, als wir uns kennengelernt haben."

Ich spürte, wie etwas Hitze an meinem Hals nach oben kroch. „Ich bin ziemlich fantastisch, da stimme ich zu. Also, mach schon."

Und er ging, um es geschehen zu lassen. Immer noch erschüttert von dieser Nachricht, die eine Dosis großartiger Nachrichten mit einem Klecks trauriger

Nachrichten war, ging ich unter die Dusche, schrubbte meinen Hintern und sammelte dann meine Familie ein und fuhr mit ihnen zum Happy Critter Petting Zoo draußen an der Route 10 in der Nähe von Cortaro. *Meine Familie.* Sie alle, sogar Alchemy und ihre beiden Männer. Simon, Natalie, Emma und natürlich Joe und Maddie Boo. Wir alle brauchten einen Tag draußen.

Es herrschte eine Affenhitze, aber wir hatten jede Menge Spaß. Wir streichelten Hängebauchschweine, Schafe, Ziegen, fütterten Hühner, bewunderten ein Lama, das Simon anspuckte. Dann nahm ich Emma bei der Hand und führte sie und die anderen zum Gehege der Emus. Maddie schlief in ihrem Kinderwagen, darum lernte sie ihn nicht kennen, aber es würde weitere Ausflüge geben. Mit Joe. Das musste so sein …

„Also gut, siehst du diesen großen Vogel da drüben?", fragte ich Emma, hob sie vom Boden hoch, damit sie auf meiner Hüfte sitzen konnte. „Das ist ein Freund von mir. Sein Name ist Kricker und er ist der Lord und Oberkommandeur der Fluglosen Vögel. Das ist sein offizieller Titel."

„Ist das derselbe Vogel mit dem Hut, der auf deiner Brust ist?"

Ich schaute nach unten und sah den berühmten Bowler aus meinem weißen *Ich Spiele für Jedes Team*-Tanktop herauslugen. „Jep, das ist er. Er ist für eine Weile mit mir und der Band auf Tour gewesen, dann hat er bei mir gewohnt, aber er war nicht glücklich in der Villa und darum wohnt er jetzt hier. Und jetzt ist er richtig glücklich! Er hat eine Emu-Dame, mit der er abhängen kann. Ihr Name ist Penelope."

„Können wir ihn füttern?"

„Klar. Lass mich etwas kaufen." Nach einem schnellen Abstecher zum Snackshop für eine Tasse voller Kricker-Futter, standen wir wieder am Zaun. Sobald Kricker die große weiße Tasse sah, kam er zu uns.

„Kumpel und Oberkommandeur der Fluglosen Legionen, wir sind wahrlich von deiner Anwesenheit geehrt." Ich packte die Ränder meines seidigen Paisely-Mantels und verneigte mich.

Emma kicherte und machte einen Knicks. Kricker gab diesen wilden, summenden, trommelartigen Laut von sich, den Emus machen. Emma hatte Angst, ihn aus der Hand zu füttern, was berechtigt war, weil er ein verdammt großes Pick-Werkzeug hatte. Aber ich hatte keine Angst. Wir gaben ihm eine Tasse voll Futter, streichelten seinen flaumigen Kopf und erzählten ihm, wer Emma war. Dann wanderte er davon, wie Emus das so machen.

„Vermisst du Mr Kricker Kommandeur?", fragte Emma, als wir noch beim Gehege der Emus standen, zuschauten, wie der Wind in den Bäumen raschelte, die darin wuchsen.

„Ja, er war ein cooles Haustier, aber er war nicht dafür gemacht, in einem Haus zu leben."

„Wenn ich ein Vogel wäre, wäre ich ein Emu. Hast du seine Füße gesehen?"

„Ja, oder? Es war *so* schwierig, Schuhe zu finden, die ihm passen!"

Sie lachte und lachte. Joe schaute auf, Maddie lag jetzt an seiner Schulter und er lächelte mich an.

Alchemy grinste. Nat und Simon plauderten, während sie einander tief in die Augen schauten. Ich wusste in diesem Moment, dass mein Leben genau hier war. Nicht direkt neben dem Emu-Gehege, aber hier, mit diesen Menschen und dem Mann, der meine Tochter hielt. Ich würde dafür sorgen, irgendwie, auf irgendeine Weise.

# VIERZEHN

# Joseph

Obwohl der Ausflug gut gewesen war, hatte die Dynamik im Haus sich seit dem Feuer und der Angelegenheit mit Maddies Mom, die sich noch dazu ereignet hatte, dramatisch verändert. Dazu kam noch, dass die Raptors ihre Spiele verloren hatten und aus dem Rennen um den Cup geworfen waren und mir kam es so vor, als ob alle gestresst oder niedergeschlagen waren. Natalie hatte mehrere schlechte Tage gehabt und verbrachte all ihre Zeit in ihrem Zimmer. Maddie war meine Priorität, aber das war auch Natalie, die sich weigerte, über das Feuer zu reden und Emma, die wegen des Feuers nicht traurig zu sein schien, wahrscheinlich, weil sie nicht wusste, wie sie alles verarbeiten sollte. Ich musste neue Kleidung für meine Schwester und meine Nichte bestellen und auch nur eine von ihnen für irgendetwas festzunageln war, als würde ich glitschige Fische mit meinen Händen fangen. Emma wollte weiter die Prinzessinnenkleider aus der Verkleidungskiste tragen, Natalie sagte, die Raptors-

Jogginghosen und -T-Shirts würden ihr reichen. Es war, als ob Emma diese Erfahrung mit ahnungsloser Akzeptanz angehen würde und Natalie wehrte sich gegen alles. Beides musste angesprochen werden.

Dann war da noch Colorado, der geschmollt und dann Trübsal geblasen und sich dann um Maddies Mutter gekümmert hatte. Anscheinend hatte er einen Fonds für sie eingerichtet, damit sie aufs College gehen konnte, was passiert war, bevor Simon meinte, dass es vielleicht so aussah, als würde er Maddie von ihr kaufen. Das war ungefähr so gut angekommen wie eine Gaswolke, die in Richtung eines supermassiven schwarzen Lochs unterwegs war, daher das Trübsal blasen.

Ich wusste wirklich nicht, um wen ich mir zuerst Sorgen machen sollte, aber der einzig Ruhige im Haus war Simon und ich wollte wie er sein, darum unterdrückte ich meine Sorgen und versuchte weiterzumachen. Letzte Nacht hatte ich eine Liste meiner Sorgen gemacht und heute war ich entschlossen, mich durch alle Punkte zu arbeiten.

Die Liste war lang. Emma brauchte wahrscheinlich Therapie, oder Unterstützung, wahrscheinlich durch Kunsttherapie oder etwas in der Art. Natalie würde ebenfalls Therapie brauchen und einen Plan, wie das Haus wiederaufgebaut werden konnte und einen Fokus für ihre Zukunft. Jedes Mal, wenn ich Natalie gegenüber die Zukunft erwähnte, fing sie an zu weinen, dann wurde Emma still und ich wusste nicht, wie ich meine Liebe für meine beiden Mädchen zeigen sollte. Dann war da meine Anziehung zu Colorado und das

Mitgefühl, das er Maddies Mom, Megan, gezeigt hatte und natürlich war da noch Maddie selbst. Das war meine Liste und ich ging diesen Tag mit wissenschaftlicher Präzision an.

Ganz oben auf meiner Liste stand Emma, und ich fand sie an der Stelle, die sie für sich beansprucht hatte, dasselbe Zimmer, von dem ich dachte, dass es ein gutes Arbeitszimmer sein könnte. Simon war da, befestigte eine Regenbogendecke an Haken in der Wand.

„Morgen", sagte er, während er die letzte Ecke festmachte und sich dann umschaute.

„Simon hat mir ein Zelt gemacht. Du kannst reinkommen", verkündete Emma und dann kroch sie unter einen Tisch, der mit Decken verhangen war. Ich lächelte Simon an, der seinen Kopf neigte und dann davonschlenderte. Er kam gut mit Emma klar. Genaugenommen kam er auch gut mit Natalie klar. Er war geduldig und fürsorglich. Ich sah weniger vom wütenden Simon und fragte mich, ob das etwas mit meiner Schwester und Nichte zu tun hatte oder damit, dass Colorado die Dinge nicht ganz so verbockte, wie Simon das erwartet hatte.

Ich kroch in das Zelt, hielt Maddie an mich gedrückt und war überwältigt. Alles, was eine fünfjährige angehende Prinzessin sich wünschen konnte, befand sich hier, inklusive Verkleidung, Plüschtiere, Bücher, Spiele … es war endlos. Das hier war weniger ein Zelt und mehr eine kleine Höhle und wenn ich an die Haken in der Wand dachte, war es wohl eine dauerhafte Sache, über die Maddie sich eines Tages freuen würde.

„Klopf, klopf", rief ich, während ich zusätzlich zu

Maddie einen Teller mit Toast und Marmelade balancierte. „Frühstücklieferung für Prinzessin Emma!"

„Hier drin, Onkel Joseph!" rief sie und streckte ihren Kopf aus einem zweiten Abteil, das mit einem fließenden Schleierstoff abgetrennt war.

„Komm und iss und wir machen eine Party", verkündete ich und setzte Maddie zwischen die Teddybären, stellte sicher, dass sie nicht wegrollen konnte. Natürlich konnte sie noch nicht sitzen, das würde noch eine ganze Weile nicht passieren, aber sie gurrte und schlug nach dem nächsten Plüschtier, einem Teddy, der ein Raptors-Oberteil mit Colorados Nummer trug. Ich ließ die Tasche von meiner Schulter gleiten, holte Getränke heraus und setzte mich im Schneidersitz auf den dicken Teppich, der den Holzboden bedeckte.

Emma setzte sich an den kleinen Tisch auf einen der Stühle und ich zuckte innerlich zusammen, weil sie bereits so früh am Tag mit Farbe bedeckt war. Sie hatte angefangen, Schlammkuchen zu machen, Schlammtöpfe, Schlammtassen und sie alle mussten angemalt werden.

„Wie fühlst du dich heute Morgen?", fragte ich fröhlich, während sie in ihr erstes Toast-Dreieck biss.

Sie nickte und tat dann so, als würde sie dem lila Drachen auf dem anderen Stuhl den Toast anbieten. „Wann steht Momma auf, um mit mir zu spielen?"

Das war mein Mädchen, sie kam gleich zur Sache. Sie war eine bekannte Größe in meiner Familien-Gleichung, weil sie wahrscheinlich die Einzige war, die Natalie trotz allem zum Lächeln bringen konnte.

„Sie wird heute runterkommen und ich weiß, dass sie schwimmen gehen möchte", log ich.

Colorado hatte die Entscheidung getroffen, den gesamten Pool zu umzäunen, damit keine kleinen Kinder aus Versehen hineinfallen konnten, hatte es vorangetrieben, weil Emma hier wohnte und hatte jede Minute geliebt, als er die Tierformen ausgesucht hatte, die einen Teil des Zauns bildeten. Natürlich war das *vor* der Sache mit Megan gewesen und damals war er auf einem High gewesen, weil er einen Bereich für seine neue Familie, wie er sie nannte, schuf.

Mein Brustkorb zog sich zusammen bei dem Gedanken, dass wir zusammen mit Colorado irgendeine Art Familie sein konnten. Wie sollte das je funktionieren? Ich war ein Wissenschaftler und Sex war eine unbekannte Größe, die ich erst noch erlernen musste, aber Colorado war dieser Freigeist, der Sex mit Atmen gleichsetzte. Wir waren uns so unähnlich, dass es wehtat. Wie dem auch sei, ich hatte ein Leben, zu dem ich zurückkehren musste, einen Abschluss zu machen, Versicherungsgeld, das ich beanspruchen musste, ich musste einen Ort zum Wohnen finden und vor allem hatte ich meine eigene kleine Familie, um die ich mich kümmern musste. Ich saß eine Weile da, kümmerte mich um Maddie, bis sie ihre Augen schloss und aß meinen eigenen Toast und trank einen Erwachsenen-Kaffee aus dem Becher, den ich mitgebracht hatte.

„Wann gehen wir nach Hause?", fragte Emma., nachdem ihr letztes Stück Toast weg war.

„Wir können nicht zurück in dasselbe Haus, das weißt du, oder?"

„M-hm." Sie nickte wild. „Weil es ganz verbrannt ist, sogar die Fotos, die wir gemacht haben."

„Das ist es."

„Das mag ich nicht." Das war nicht das erste Mal, dass sie erwähnte, nach Hause zu gehen, aber es war das erste Mal, dass sie über ihre Spielsachen kletterte, um sich auf meinen Schoß zu setzen und sich an mich zu klammern. Vielleicht war das der Moment, in dem sie weinte, oder Unterstützung brauchte, anstatt die Vorsicht und dann die Aufregung zu zeigen, weil sie jetzt in diesem riesigen Haus wohnte. Ich umarmte sie fest und wartete darauf, dass sie das Gespräch begann.

„Was, wenn wir nicht nach Hause gehen?", murmelte sie an meinem Hals. „Was, wenn wir hierbleiben? Ich könnte in diesem Zelt wohnen und ich verspreche, ich wäre wirklich leise und brav."

Mein Herz schmerzte, weil sie überhaupt dachte, sie könnte irgendetwas tun, das Colorado wütend machen könnte. „Ich glaube nicht, dass wir hierbleiben können, Liebling. Willst du kein neues Haus mit deiner Momma und mir?"

„Vielleicht, aber da wäre dann kein Coddlerdardo und er ist lustig."

„Wir werden sehen", murmelte ich und hasste, dass ich das überhaupt gesagt hatte. Es war die Notlüge, die Erwachsene ständig gegenüber Kindern benutzten, aber was sonst konnte ich sagen?

Das Gespräch mit Emma erzeugte ein beklemmendes Gefühl in meinem Brustkorb und ich machte mir eine mentale Notiz, eine Therapeutin zu kontaktieren, denn obwohl es ihr gut zu gehen schien, bezweifelte ich, dass sie all das problemlos überstanden hatte. Was ihren Wunsch betraf, hierzubleiben, wir konnten nicht für immer hier wohnen, weil Colorado ein Leben hatte und er es führen würde. Ich trug diese Sorge mit mir, als wir Emma ihrer Tee-Party überließen und Maddie und ich nach oben gingen, um Natalie zu besuchen.

Sie war seit ein paar Tagen eingeigelt, aber das Weinen hatte nicht aufgehört und sie war noch eine Sache, um die ich mir Sorgen machen musste. Sie war der zweite Teil meiner Gleichung und Therapiestunden zusammen mit Emma konnten nur gut sein – wenn ich sie dazu bringen konnte, zuzustimmen. Ich klopfte an die Tür, wartete darauf, dass sie mir sagte, dass ich hereinkommen konnte, doch als ich nichts hörte, machte ich einfach auf. Das Zimmer war düster, die Vorhänge zugezogen und Natalie war nichts weiter als eine Erhebung auf dem Bett. Ich legte eine Hand auf ihre Stirn, aber sie war nicht feucht und sie war wach und schaute mich an.

„Natalie, hast du deinen Zucker überprüft?"

Sie seufzte, als ob ich sie gebeten hätte, einen Welpen zu ermorden. „Hör auf damit, es geht mir gut. Ich habe gefrühstückt. Simon hat es mir gebracht."

Ich konnte die Funken zwischen ihnen sehen. „Er ist ein netter Mann", meinte ich.

„Aber er hat mich gesehen, als ich nicht einmal geduscht hatte, und ich habe ihn angeschrien." Sie setzte sich auf, zog den Quilt mit sich und rutschte auf dem Bett nach hinten. Ich saß am Rand. Maddie schlief in meinen Armen und ich wusste nicht, wo ich anfangen sollte.

„Ich bin mir sicher, dass er das versteht."

Sie zuckte mit den Schultern, als ob es ihr egal wäre, aber ich konnte die Traurigkeit in ihren Augen sehen und ich wollte die Dinge für sie besser machen. Ich wusste im Moment nur nicht wie, ich wusste nur, dass wir uns unterhalten und einige Dinge klären mussten.

„Wir müssen reden", platzte sie heraus.

*Moment, das war mein Satz.* „Okay."

„Ich habe einen Fehler gemacht, Joseph, und ich habe alles ruiniert."

„Simon wird es dir nicht ankreiden, dass du noch deinen Pyjama getragen hast-"

„Das hat nichts mit Simon zu tun." Ihr Gesicht verzog sich. „Ich bin zurück ins Haus, um Gottes willen und wofür, Fotos? Ich hätte sterben können und dann hättest du …" Die Tränen kamen erneut, gewaltige, erschütternde Schluchzer und ich legte Maddie sachte in ein Nest auf einem Quilt und zog meine Schwester in eine Umarmung.

„Alles wird gut, ich werde alles in Ordnung bringen."

Das kam nicht gut an, wenn überhaupt schluchzte sie noch heftiger und der Gedanke, auch für sie eine Therapeutin zu finden, wurde konkreter. Irgendwie würden wir das Geld auftreiben und dafür sorgen, dass es funktionierte.

„Du kannst nicht … Ich habe nicht … Joseph …"

„Es ist gut, alles wird gut."

„Ist es nicht ... wird es nie sein ... ich habe alles verloren."

„Du bist am Leben, Emma ist unten und du bist bei *mir*. Du hast nichts verloren, das wirklich wichtig ist."

„Das Haus, Bobbys Haus, es ist weg und es war nicht ..." Sie schluchzte lauter. „Oh Gott, Joseph, es war nicht ..."

„Es war nicht was? Nats, rede mit mir."

Sie bekam Schluckauf vom Schluchzen, packte meine Arme so fest, dass ich blaue Flecken bekommen würde. „Ich musste für so viele Dinge zahlen, Nebenkosten, Instandhaltungskosten, den neuen Kühlschrank, nachdem der alte den Geist aufgegeben hatte, Grundstückssteuer und ich habe nur nach Möglichkeiten gesucht, mir mein Insulin leisten zu können. Ich habe mir gesagt, dass es in Ordnung ist, keine Hausratversicherung zu haben. Ich meine, uns gehört das Haus, darum gab es keine Bank, die uns das vorschreiben konnte ... Wie hoch standen die Chancen, dass unserem Haus etwas Schlimmes passieren könnte?" Die Enge in meinem Brustkorb wurde schmerzhaft, als ich anfing, zwei und zwei zusammenzuzählen. „Ich habe keine Versicherung, Joseph. Ich habe alles verloren."

Oh Scheiße. Fuck. *Fuck*.

„Das ist kein Problem, das nicht gelöst werden kann", log ich. Wie es schien, log ich heute Morgen eine Menge, zuerst Emma gegenüber, jetzt bei Natalie und ich wollte wetten, dass ich später auch Colorado belügen würde. Wer wollte die Wahrheit hören, wenn sie so schmerzhaft war? Meine Schwester und Nichte waren obdachlos, zur Hölle, *ich* war obdachlos, aber ich würde dafür sorgen, dass alles besser wurde. Das würde ich. Ich wusste nur nicht, wo ich anfangen sollte oder wie wir uns erholen würden, aber auf gar keinen Fall würde ich zulassen, dass Natalie sich darüber Sorgen machte.

Sie umfasste mein Gesicht. „Joseph, du musst wissen, dass Colorado dich mag. Ich kann das sehen. Du könntest bei ihm einziehen und wir suchen uns etwas anderes-"

„Ich bleibe nicht hier und lasse euch-"

„Du hast alles vor dir, eine Zukunft, du bist so klug-"

„Du bist meine Familie." Ich stand kurz davor zu schreien. „Wenn du denkst, dass ich dich ohne Zuhause dastehen lasse, dann kennst du mich überhaupt nicht."

„Du könntest die Welt verändern und wenn du bleibst-"

„Hör auf zu reden!", schnappte ich und zuckte zusammen, als Maddie aufschreckte.

Natalies Gesichtsausdruck verzog sich. „Was soll ich machen?" Sie klang gebrochen. „Wenn Bobbys Eltern herausfinden, dass wir keine Bleibe haben und sie verlangen, dass ich ihnen Emma gebe-"

Emma, die zu ihren Großeltern kam, denen sie vollkommen egal war? Nicht, solange ich da war.

„Emma geht nirgendwohin. Du gehst nirgendwohin. Und ich lasse mir eine Lösung einfallen. Du musst mich das einfach nur machen lassen, okay?"

Als ich sie verließ, war ich absolut überzeugt, dass ich alles in Ordnung bringen würde, weil das die Person war, die ich für sie sein musste. Erst als ich ihr Zimmer verließ, gestattete ich, dass der Schock mich übermannte. Maddie und ich versteckten uns im Kinderzimmer und ich sank auf die Matratze neben ihrem Bettchen und scrollte durch mein Handy, versuchte, über alles nachzudenken. Das Haus hatte Natalie komplett gehört, keine Hypothek, weil Bobby eine Erbschaft gehabt hatte, die die Kosten für das winzige Haus abgedeckt hatte. Das bedeutete, dass es keine gesetzliche Verpflichtung gab, sich zu versichern. Die Bank hatte kein Mitspracherecht und das Grundstück, auf dem es stand, gehörte Natalie, darum konnte sie das vielleicht verkaufen? Mit dem Geld für das Grundstück und wenn ich nicht wieder aufs College ging, wenn ich das Geld von meiner Arbeit für Colorado nahm, konnte ich das in Ordnung bringen. Wir könnten an einen Ort ziehen, der nicht so teuer war oder abgelegener. Vom Land leben?

Zur Hölle mit meinem Leben. Ich war kein knallharter Überlebenskünstler, der ein Selbstversorgerleben führen konnte. Mein Hirn war in den Sternen, nicht auf der Erde.

„Wie baut man überhaupt Karotten an?", murmelte ich in das leere Zimmer.

„Karotten wachsen fast überall", sagte Colorado an der Tür. Ich hatte nicht einmal mitbekommen, dass er da war oder wie lang er mich schon beobachtete. Ich konnte nicht einmal aufstehen, meine Gliedmaßen fühlten sich wie Gelee an, mein Kopf schmerzte und mein Brustkorb war verengt. „Hey, meine wunderschöne Maddie Boo", flüsterte er und drückte einen Kuss auf den Kopf seiner Tochter, bevor er sich neben mich setzte, mit dem Rücken zur Wand. Ich rutschte weg, um ihm Raum zu lassen, aber er drückte eine Hand auf meinen Oberschenkel, um mich aufzuhalten. „Warum willst du Karotten anbauen?"

Jetzt war ich an der Reihe, mit den Schultern zu zucken, als würde meine gesamte Welt nicht um mich herum implodieren. Wo sollte ich überhaupt anfangen zu erklären, dass Natalies Geld für Medizin verwendet worden war, anstatt die Raten für die Hausratversicherung zu zahlen?

Colorado redete weiter. „Zuerst kommen Kartoffeln, weil sie den Boden aufbrechen, für die Karotten, die später kommen. Wenn du einen Rat brauchst, Alchemy kann dir Anweisungen geben, wie man Karotten und Cannabis anbaut ... deine Entscheidung." Er nahm meine Hand und schloss seine Finger um meine, verflocht sie und zog mich an sich, bis ich meinen Kopf an seiner Schulter hatte. „Ich habe die Schreie gehört", murmelte er. „Ich wollte nicht lauschen, aber ich war in meinem Zimmer und du warst wütend."

Ich schaute zu ihm und er starrte mich mit so viel Mitgefühl an, dass ich weinen wollte. Es war ein Blick, der in mir den Wunsch weckte, ihm alles zu erzählen, aber welches Recht hatte ich, die Geheimnisse meiner Schwester zu teilen?

„Ich war nicht wütend", murmelte ich. „Ich war leidenschaftlich, weil meine Schwester versucht hat, mich von sich zu stoßen." Ich legte meine freie Hand auf meinen Mund. Woher war das gekommen? „Nein, das stimmt nicht, sie hat sich nur Sorgen um mich gemacht, hat mich ermutigt, so gut zu sein, wie ich kann, aber ich will das nicht auf Kosten meiner Familie. Die Theorie ist vernünftig, dass ich da rausgehe, alles lerne, was ich kann und dann eine Karriere habe, die ich liebe und die mir gutes Geld bringt, mit Krankenversicherung und dann komme ich nach Hause. Aber sie braucht mich jetzt. Emma braucht mich jetzt. Sie sind mein ein und alles."

Colorado seufzte leise und ließ seinen Hals knacken. „Vor einem Monat hätte ich den Standpunkt deiner Schwester verstanden. Welchen Sinn hat es, an einem Ort zu bleiben, wenn es da draußen so viel Leben gibt, das erobert werden muss? Nicht nur Hockey oder Musik, sondern Kunst, die man sehen, Berge, auf die man klettern kann, Leute, die man kennenlernt. Und dann ist Maddie gekommen und dieses unersättliche Bedürfnis nach allem, das mir wichtig vorgekommen ist, wie neue Orte zu sehen und Fremde zu treffen und so viel Sex zu haben, wie ich konnte, das alles hat im Vergleich zu ihr nichts bedeutet."

„Genau. Die Familie kommt zuerst."

Er summte ein wenig und drückte dann meine Hand. „Vielleicht stößt sie dich nicht wirklich von sich, sondern will dir nur den Raum geben, Entscheidungen zu treffen."

„Es gibt keine Entscheidung zu treffen", sagte ich mit wilder Entschlossenheit.

„Vielleicht denkt sie, dass du dich von ihnen eingesperrt fühlst-"

Ich riss meine Hand aus seiner. „Ich bin nicht

eingesperrt. Das ist meine Familie, meine Schwester und Nichte und ich liebe sie mehr als das Leben selbst und ich würde alles tun, damit sie sicher sind, weil sie mir alles bedeuten." Die Wut starb so schnell, wie sie aufgekommen war, als mir klar wurde, was ich getan hatte. Er hatte mich dazu gebracht, die Worte laut auszusprechen, die ich zu Natalie hätte sagen sollen. Sie dachte wahrscheinlich, dass ich aus einer Verpflichtung heraus blieb, aber das war es überhaupt nicht. Es war meine Liebe und Familie, die mich antrieben. Ich sank gegen die Wand und er nahm erneut meine Hand.

„Du solltest ihr das sagen", murmelte er.

„Das werde ich."

„Das ist also ein schlechter Zeitpunkt, um eine Lösung für diese Probleme anzubieten?", fragte Colorado leise, verflocht unsere Finger wieder und hielt mich fest. „Sie könnten dauerhaft hier einziehen. Ich könnte das Poolhaus für sie umbauen, wenn sie es wollen, es hat nur zwei Schlafzimmer, kann aber ganz leicht erweitert werden. Oder ich könnte dafür zahlen, dass das Haus wieder aufgebaut wird, oder vielleicht eines kaufen und euch allen schenken, näher hier, damit du studieren und auch bei mir bleiben kannst?"

Mein Herz vergrößerte sich ein wenig. Bat er mich, bei ihm zu bleiben?

„Bei dir bleiben?"

„Zwei Fliegen mit einer Klappe schlagen. Du wärst hier für Maddie und hättest einen Platz zum Wohnen."

Der Hoffnung- und Träume-Teil des Gesprächs platzte ab und das Bedürfnis, mich selbst, Natalie und Emma zu beschützen, überwog die Zuneigung, die ich für Colorado und seine verrückte, psychedelische Welt empfand. „Nein, danke.“

„Nein zu was?“

„Alles davon. Wir brauchen keine Wohltätigkeit und Nähe und Geld sind nicht die Lösung für all unsere Probleme.“

„Mir kommt es so vor, als ob es im Moment so wäre. Geld könnte sehr viel helfen, alles einfacher zu machen und ich habe jede Menge davon, außerdem verstehen wir uns hervorragend, oder? Wir haben etwas, das viel mehr sein könnte, du hättest Raum zum Studieren und du wärst gut für Maddie, wenn du in ihrem Leben bist.“

Mein Herz wurde schwer. *Gut für Maddie?* Was war damit, dass ich gut für Colorado war?

„Du wirfst mit deinem Geld um dich, als wäre es Wasser-“

„Das ist nicht fair“, sagte er müde. „Ich werfe nicht mit Geld um mich, ich versuche nur gerne, den Menschen das Leben leichter zu machen.“ Er war verletzt, das konnte ich sehen, aber irgendein wahnsinniger Teil von mir sehnte sich nach einem Streit, nur damit ich die Anspannung in mir loswurde.

„Du zahlst Leute aus, versuchst, Menschen dazu zu bringen, dich zu mögen und das musst du nicht tun, weil du ein guter Mann bist, den die Leute ohnehin mögen.“

„Himmel, sag mir, was du wirklich denkst“, murmelte er.

„Hast du überhaupt noch Geld übrig?“

Er verdrehte seine Augen. „Ich habe gerade eine hohe Summe in einen Fonds für Maddie gezahlt und ich kann dir immer noch ein Haus kaufen.“ Er gab nicht an, sogar wenn er alles Geld der Welt hätte, würde es ihm nichts bedeuten. „Ich werde mit Natalie reden-"

„Nein, das wirst du nicht. Es ist beleidigend, einfach allem und jedem Geld zu geben. Sie wird es nicht annehmen, ich werde es nicht annehmen und wir müssen das als Familie bewältigen, einen Ort zum Leben finden, der ganz uns gehört."

„Was, wenn ich auch deine Familie sein möchte?", murmelte Colorado. „Wir haben hier etwas, eine Verbindung-"

„Ich kann nicht, ich habe Ziele-"

„Maddie würde-"

„Du wirst immer einen neuen Manny finden." Ich entzog ihm meine Hand und stand auf, aber er war genauso schnell und hinderte mich am Gehen.

„Ich will keinen anderen Manny oder einen anderen Mann in meinem Leben oder eine Frau oder was auch immer. Ich möchte, dass du ernsthaft darüber nachdenkst, zu bleiben. Ihr alle drei."

Ein Teil von mir wollte, dass es eine echte Option war, dass Colorado und ich mehr waren, weil ich ständig an ihn dachte und er in mir den Wunsch nach Dingen weckte, die ich mir zuvor nie vorgestellt hatte, aber der andere, größere Teil von mir wusste, dass ich ernsthaft meine Familie priorisieren musste. Ich wollte mehr, als ein Manny zu sein und wenn ich mit Colorado nichts Ernstes haben konnte, wenn dies das Ende war, dann mussten wir einen Ort finden, an dem wir von vorne anfangen konnten. Ich weigerte mich, nur ein praktischer Partner für Sex zu sein, der sich zufällig auch um sein Baby kümmerte, während er tourte und Musik machte, oder Hockey spielte.

„Das wird nicht passieren."

„Was, wenn wir es anders machen?" Er hob seine Hände vor sich. „Du willst weder mein Geld noch meine Hilfe, aber wenigstens könnten wir eine Seite für Spenden einrichten?"

„Ich denke nicht."

Er riss mich an sich. „Du bist ein stolzer Idiot", murmelte er an meinem Hals.

„Und du ein verschwenderischer", gab ich zurück, obwohl es mir das Herz brach, es zu sagen. Wir standen in dieser engen Umarmung, bei der ich mein Gesicht an seinem Hals vergrub und sein T-Shirt eine lange Weile festhielt. Wen versuchte ich zu verarschen, wenn ich mir sagte, dass ich diesen Job jemals ungeschoren verlassen konnte? In der kurzen Zeit, die ich hier war, hatte ich mich in Maddie verliebt und ich hatte mich in ihn verliebt und es ergab überhaupt keinen Sinn. Er war in mein Leben gekommen, hatte es auf den Kopf gestellt, hatte mir gezeigt, wie romantische Liebe aussehen konnte und ich verlor mich in ihm. Wenn er nur ein Arschloch wäre oder ein schlechter Dad oder mich nicht zum Lächeln bringen würde – dann wäre ich in der Lage, diese langsame Trennung zu ertragen.

„Na gut, ich werde mich raushalten", meinte er seufzend. „Aber der Grund, warum ich dich gesucht habe? Ich muss hier raus, wir fahren zu meiner Hütte. Nur ich und Maddie und du. Simon bleibt hier bei Natalie und Emma, aber ich brauche Zeit für Maddie und mich."

„Ich muss bleiben-"

„Es steht im Vertrag, dass du mitkommst", murmelte er und küsste mich und mein verräterischer Körper sei verflucht, aber welche Zweifel und Einwände ich auch hatte und trotz all der Anspannung und dem Stress, die ich in mir trug, schmiegte ich mich an ihn und erwiderte den Kuss.

# FÜNFZEHN

## Colorado

Der Abschiedstag brachte mich nicht zum Lächeln, oder hob auch nur meine Stimmung. Die Tucson-Presse war sehr nett, aber es war dennoch hart. Wir alle mussten vor unseren leeren Spinden stehen und über das nächste Jahr reden und dass wir es so weit geschafft hatten, aber immer noch ein paar Fehler im System beheben mussten. Coach rief uns alle für eine kurze, aber von Herzen kommende Rede zusammen, nachdem die Presse gegangen war.

„Ich weiß, dass diese Niederlage uns alle fertiggemacht hat, aber anstatt uns darauf zu fokussieren, möchte ich, dass ihr alle euch darauf konzentriert, wie weit wir in so kurzer Zeit gekommen sind. Noch vor wenigen Jahren wurden wir verachtet und man hat auf uns gespuckt. Das ist jetzt nicht mehr der Fall." Er schaute jedem von uns in die Augen, während er sprach. Man konnte den Stolz in seinem Blick sehen. „Wir haben uns die Ärsche aufgerissen, haben uns dem Gegenwind und persönlichen Hürden gestellt und wir sind stärker und weiser daraus hervorgegangen. Die nächste Saison werden wir bis zum Schluss gehen, weil wir den Antrieb haben, wir haben das Können und die gottverdammte Courage!"

„Raptors!!", schrien wir alle und machten dann ein großes Team High Five. Coach schüttelte jedem von uns die Hand, als wir unsere jetzt leere Umkleide verließen. Als ich zu ihm kam, packte er meine Hand und schüttelte sie heftig.

„Ich bin so verdammt stolz auf dich, Colorado. Du bist so erwachsen geworden. Lass dir vor dem Trainingscamp die Haare schneiden."

Ich schnaubte amüsiert, warf dann meine Haare nach hinten, mit der Bewegung, die all die Frauen und Männer wild machte. „Das werde ich, Coach." Ich umarmte ihn, weil ich ein Umarmer bin, ging dann weiter, hinaus in die sengende Sonne.

Ich rannte zu meinen Freunden, die sich um Vlads Auto versammelt hatten. „Jungs, hey, ich bin jetzt eine Woche in der Wüste mit meinem kleinen Mädchen und ihrem Manny, darum werde ich in den Sozialen Medien ein Geist sein."

„Moment, was? Keine Party?", fragte Henry.

„Nein, Mann, keine Partys. Nicht gleich. Ich habe ein paar größere Lebensprobleme im Moment und ich muss etwas Zeit mit der Natur verbringen, um meine Mitte zu finden."

„Du klingst wie deine Großmutter, aber das ist cool", sagte Tate, der sich lässig an Vlads Auto lehnte. „Wir rufen einfach Apollo an und er kann eine seiner Partys schmeißen."

„Er hat schon nach einem Grund gesucht", gestand Henry, schaute ganz hingerissen aus, als er über seinen Mann redete.

„Ruf uns an, wenn du aus der Wildnis zurückkommst. Wir können abhängen." Ryker warf seine Taschen hinten in Alex' Jeep.

„Absolut." Ich umarmte sie alle, abgesehen von Vlad, der mir den Kopf tätschelte.

„Handel dir keinen Ärger ein. Tate und ich verlassen das Land in ein paar Tagen und ich werde nicht zurückfliegen, um deinen dürren Hintern vor einer weiteren Emu-Situation zu retten."

„Keine Emus, versprochen." Ich würde ein Lama nicht ausschließen, Maddie würde es lieben, aber das behielt ich für mich.

Ich hatte Joseph hintergangen, genau genommen, sobald ich konnte, und hatte eine Spendenseite eingerichtet, nachdem ich mit Natalie darüber debattiert hatte, dass sie keine Wohltätigkeit annehmen würde. Ich hatte mir dieselben sturen Argumente angehört, die Joseph angebracht hatte. Dann hatte ich meine Teamkollegen angerufen und ihnen allen gesagt, dass sie spenden sollten.

Als ich wieder zu Hause war, befanden sich fünfzigtausend auf dem Konto, aber ich würde niemandem erzählen, was ich getan hatte. Ich hätte Simon wegen der Spendensache warnen sollen, weil er mit Natalie zu Hause war, darum schickte ich ihm eine kurze Nachricht, die er lesen würde, nachdem ich außer Reichweite war.

Joe wartete bereits, als ich in die Auffahrt einbog, Simon stand stoisch hinter ihm. Alchemy war da, in einem roten Kaftan und einem Kopfschmuck aus Rinde und etwas, das wie Federn eines Rennkuckucks aussah.

„Es gefällt mir nicht", sagte mein Bodyguard, als wir Koffer, Kühltaschen mit Essen, Laufställe, Windeltaschen und eine Kiste mit Plüschtieren in den Kofferraum meines Dodge packten. „Ich werde dafür bezahlt, dich zu beschützen."

„Mir wäre es lieber, wenn du auf diese alte Frau aufpasst." Ich deutete mit dem Daumen auf meine Großmutter, die davongewandert war, um in den Goldfischteich zu waten, nachdem sie uns alle mit einem Staub gesegnet hatte, der nach Ingwer roch. „Außerdem Natalie und Emma. Joe macht sich Sorgen um ihren Zucker und sie braucht jemanden, auf den sie sich stützen kann. Ich denke, sie mag dich so sehr wie du sie, und so sehr, wie ich Joe liebe." Ich ging zu Joe und reichte ihm den Hochstuhl, den er ordentlich zusammenfaltete und dann strategisch zwischen die anderen Gegenstände schob.

Simons Mund stand auf. „Du liebst Joe? Und ich und Natalie und … Ich-"

„Kumpel, alles gut. Ich sehe Liebe in der Luft. Das ist meine Superkraft. Bleib nur in ihrer Nähe, während wir weg sind." Ich tätschelte seinen dicken Bizeps.

Er nickte und keine weiteren Sorgen über mich wurden ausgesprochen.

Sobald wir bereit zum Aufbruch waren, schnallte ich

Maddie in ihrem Autositz auf der Rückbank an, während Joe seine Mädels küsste und umarmte. Simon war bereits zu einem Ausflug in den Zoo, einen Park und zu mehreren Spielplätzen überredet worden. Emma hatte diese Wirkung auf Männer.

„Diese Hütte hat Internetzugang, oder?"

„Ja, aber der ist beschissen. Wir haben Netz, für den Fall, dass etwas passiert. Hör auf, dir Sorgen zu machen. Diese Auszeit wird uns beiden guttun. Du siehst so angespannt wie eine Klaviersaite aus."

Er atmete langsam aus, als wir in Richtung Westen zur Sonora-Wüste aufbrachen. „Mir geht viel durch den Kopf."

„Ich weiß. Wir werden uns in der Hütte über einiges klar werden. Hast du dein Teleskop mitgebracht?"

„Es ist hinten neben deinem Gitarrenkoffer."

„Hervorragend. Lass uns ein wenig Musik hören." Schon bald füllte Aerosmiths Album *Rocks* den Truck. Maddie nickte immer wieder ein und Joe schwieg die meiste Zeit. Ich ließ ihm seine Ruhe. Ich war selbst in mich zurückgezogen. Wir hatten beide viel verloren.

Nicht zu vergessen, dass ich das Gefühl hatte, dass ich es verbockt hatte, als ich angeboten hatte, ihm seinen Stress zu nehmen. Ich hatte den Streit über die Versicherung gehört und ich konnte dabei helfen, aber so wie ich es angegangen war, war das Dämlichste, was ich je gemacht hatte. Ich wollte, dass Joe blieb, weil er sich ein Leben woanders nicht vorstellen konnte, aber nicht jeder flog, geführt von Herz und Instinkt, durchs Leben.

Irgendwie musste ich an seine wissenschaftliche Seite

appellieren und ihn dazu bringen zu sehen, dass wir beide, plus Maddie, Sinn ergaben.

Die Fahrt war beruhigend und ereignislos. Joes hübsche Augen wurden groß, als wir von der Hauptstraße abbogen und über einen Weg rumpelten, der zu meiner Hütte führte. Er starrte das kleine Lehmziegelhaus mit der Pergola-Veranda und dem Hot Tub für mindestens zwei Minuten an. Die Berge erhoben sich in der Ferne und ein schiefer alter Baum beschattete die Veranda.

„Das ist keine Villa", murmelte er. Ich nickte. „Es ist ein wunderbares kleines Heim, aber ich hatte einfach angenommen …"

„Ja, ich weiß. Dieser Ort ist ziemlich magisch, vor allem in der Nacht. Ich liebe die Wüste." Ich drückte sein Bein, beeilte mich dann, das Haus zu öffnen und zu lüften. Es war klein, definitiv, zwei Schlafzimmer, ein großes Bad, eine Küche und eine Kombination aus Wohn- und Esszimmer. Das Innere war ganz kühle Schattierungen von Beige und Weiß mit blauen Akzenten. Wir kümmerten uns um Maddies Sachen und fütterten sie, legten sie dann für ein Nickerchen hin, während wir aufräumten und unsere Kleidung auspackten.

„Ich vermute, ich habe ein paar Dinge mit dir verbockt", fing ich an.

„Hast du nicht, es liegt an mir, ich bin nur-"

„Nein, es war meine Schuld. Ich bin zu sehr daran gewöhnt, mich aus Problemen herauszukaufen, aber du bist anders. Das hier ist anders. Ich hatte diese Idee, dass wir … hör zu, wenn du dich nicht wohlfühlst, im selben Bett zu schlafen, können wir das Sofa herrichten-"

Er wirbelte von dem Koffer herum, den er gerade auspackte, packte meine Hüften, riss mich an sich. Sein Mund landete mit einem *Klacken* von Zähnen auf meinem. Der Mann wurde mit jedem Tag mutiger und mutiger, nur dass wir beide in den letzten Tagen so niedergeschlagen gewesen waren, dass Küssen vom Radar verschwunden war. Wie es schien, war es zurück. Seine Finger gruben sich in meine Hüften, während unsere Zungen miteinander tanzten.

„Ich möchte mit dir schlafen", flüsterte er, als wir Luft holten. „Zumindest einmal, richtig, bevor wir damit aufhören müssen."

Ich ignorierte den Großteil dieser Aussage, denn soweit es mich betraf, war Joe eine Droge und ich süchtig und er würde mich niemals verlassen.

„Die Nacht kann nicht schnell genug kommen", antwortete ich, bevor ich mir wieder seinen Mund schnappte. Maddies schwacher kleiner Ich-bin-wach-Laut kam aus dem Babyfon. Wir seufzten beide. Ich legte meine Brauen auf seine. „Heute Nacht."

„Heute Nacht", antwortete er leise, bevor er sich aufmachte, um sich um Maddie zu kümmern.

Wir verbrachten den Rest des Tages mit Faulenzen, aßen die Sachen, die wir mitgebracht hatten, lagen im Schatten und waren faul. Joe stellte sein Teleskop auf, während er endlos über die Milchstraße plauderte und diesen Stern und jene Konstellation. Ich konnte seine Aufregung spüren und die Liebe, die er für die Sterne und Planeten hatte. Maddie schlief in meinen Armen, als die Sonne unterging, ihre dicken Arme und Beine wurden kühl, als die Nacht kam.

„Ich werde sie hinlegen und dann machen wir den Hot Tub an", sagte ich und bekam ein Nicken von Joe, der mit seinem großen schwarzen Teleskop herumspielte. „Dann werde ich mich in einen Skorpion-Mann verwandeln und eine blutige Spur durch die Campingplätze ein paar Kilometer von hier ziehen."

„Okay." Er presste sein Auge näher an das Such-Ding. „Ich möchte dir Herkules und den Schützen zeigen. Oh! Und Cassiopeia!"

Ich ging kopfschüttelnd davon. Nach einer sauberen Windel und einer letzten Flasche, sank ich in den alten Weidenschaukelstuhl, den wir von der Veranda hereingebracht hatten und wiegte mein kleines Mädchen. Sie schmiegte sich an meinen nackten Brustkorb, ihre langen Wimpern ruhten auf seidig rosigen Wangen.

„Ich liebe dich mehr als alles andere, mein süßer Engel", gurrte ich, küsste ihre dunklen, flaumigen Haare und legte sie dann in ihr Reisebettchen.

Sobald ich mir sicher war, dass sie gut zugedeckt und das Fenster geschlossen war, schaltete ich das Babyfon an, schloss die Tür, zog meine Shorts aus und wanderte nach draußen. Joe schaute immer noch in den Himmel. Ich zwickte seinen Hintern, als ich an ihm vorbeikam, mein Schwanz schwang in der kühlen Luft und ich bekam ein Quieken von ihm. Er sprang hoch und wirbelte herum, seine Augen wurden riesig, als er sah, wie ich meinen nackten Hintern in den Hot Tub senkte, nachdem ich die Düsen angemacht hatte.

„Oh, tragen wir keine Badehose?"

Ich lachte. „Nein. Keine Badehose. Es ist Nacht, Joe."

Er starrte mich an, warf dann einen Blick auf das Teleskop. „Aber Herkules …"

„Wird morgen Nacht auch noch da sein."

„Ähm, ja, stimmt, natürlich wird er das. Sie sind schon seit hunderttausenden von Jahren da und darum würde nur ein Narr denken, dass sie morgen Nacht nicht da sein werden."

„Hast du Angst?"

Er klang, als hätte er Angst. Genaugenommen klang er panisch.

„Nein! Ich habe nur …" Er strich sich mit einer Hand über sein Gesicht. „Ja, nicht wirklich. Angst. Nicht wirklich Angst, nur … nervös. Ich habe noch nie … du weißt schon." Er hob seine Hände in die Luft. Fuck, der Mann war zu niedlich.

„Du hast noch nie den Tango getanzt? Noch nie die Glocken gespielt? Bist noch nie über einen silbernen See gefahren, in einem Boot aus leuchtendem Rosa und Gold?"

„Dein Verstand ist wirklich skurril."

„Das ist das kreative Gen der Penns. Ich verspreche, wir werden nichts tun, wofür du nicht bereit bist oder was du nicht tun möchtest. Komm schon, rein mit dir."

Er riss sich sein *Space for Rent*-T-Shirt herunter, widmete sich dann seiner kurzen Hose. Sein Blick huschte immer wieder zu mir und ich war froh, dass ich die Solarlichter auf der Veranda noch nicht ausgemacht hatte. Die verschiedenen Emotionen auf seinem Gesicht zu sehen, während er sich auszog, machte mich härter als jeder Porno, den ich je gesehen hatte. Er kam zum Hot Tub, während ich ihn musterte. Er war ein wunderbarer Anblick. Lange Beine, starke Arme, ein Schwanz, der eine große lila Eichel hatte und leicht nach rechts hing, und fette, schwere Eier. Mir lief das Wasser im Mund zusammen. Als er sich gesetzt hatte, drehte er sich zu mir, das blubbernde Wasser spritzte ihm ins Gesicht. Ich schaute zu, wie ein Tropfen von seiner Braue zu seiner Nase floss. Ich rutschte näher, um ihn mit meiner Zunge zu fangen, als er über seine Lippen glitt.

„Ich möchte heute Nacht alles machen", sagte er, seine Worte gingen beinahe in dem rauschenden Wasser um uns herum unter. „Alles, ich möchte alles mit dir erleben."

Da küsste ich ihn hart, und er keuchte und wand sich, als ich von seinen geschwollenen Lippen zu seinem Hals weiterwanderte. Ich nahm ihn unter dem blubbernden Wasser in die Hand. Sein Kopf fiel nach hinten. Ich knabberte und saugte an seinem Hals und dann an seinem Schlüsselbein, während ich ihn pumpte.

„Oh Gott, oh Gott, das ist so gut. Mehr, bitte, mehr …"

Weil ich mehr wollte, genau wie er, schob ich ihn höher, stieß, bis er kapierte und aus dem Tub kletterte, um seinen Hintern auf dem Rand zu platzieren. Ich legte meine Hände auf seine Knie und spreizte seine Beine. Da war sein Schwanz, der stolz hochstand und diese wunderschönen Eier.

„Ich will dir einen blasen. Mach dir keine Sorgen,

wenn du kommst. Das wird heute Nacht nicht das einzige Mal sein."

„Oh Gott …"

Ich glitt zwischen seine Oberschenkel, mein eigener Schaft war steif und schmerzte, und legte meine Hände auf seinen nassen Bauch und schluckte seinen Schwanz. Liebestropfen trafen meine Zunge, bevor sein Schwanz tiefer rutschte. Ich nahm ihn noch weiter auf, war gierig in meiner Lust und würgte. Er zog sich ein wenig zurück, aber ich saugte ihn wieder ein, versiegelte meine Lippen um ihn. Er stöhnte. Ich umfasste seine Eier, rollte sie und zog dann fest daran. Er wölbte sich auf, stützte sich auf dem Rand ab und stieß wie wild, seine Wichse füllte meinen Mund und bedeckte meine Zähne. Ich schluckte alles hungrig.

„Oh Gott, das war … Es tut mir leid. So leid. Ich habe noch nie … es war so gut und ich … Scheiße. Ich bin zu schnell gekommen."

Ich hielt die Basis seines Schwanzes und leckte ihn sauber. Dann stand ich auf und nahm sein Gesicht in meine Hände. Er befeuchtete seine Lippen. Ich fütterte ihm meinen Schwanz. Er fiel darüber her wie ein Mann, der am Verhungern war. Seine Zähne kratzten an meiner Länge nach unten. Ich zischte, hielt ihn aber fest, bewegte meine Hüften, zeigte ihm die Geschwindigkeit, die ich brauchte. Sein Mund war heiß und feucht und seine blauen Augen jetzt so schwarz wie die Wüstennacht. Ich fickte ihn für einen Moment sanft, dann musste ich ihn herausziehen.

„Ich will mehr", grunzte er, jagte meinem Schwanz mit seinem sündigen Mund nach.

„Lass uns ins Bett gehen."

Irgendwie schafften wir es ins Hauptschlafzimmer, bevor ich die wenige Kontrolle verlor, die ich noch hatte. Er fiel auf das Bett, seine Haut war noch feucht und gerötet vor Lust und sein Schwanz bereits halb hart. Er sah perfekt und richtig aus, auf der dunkelblauen Decke. Er *fühlte* sich perfekt und richtig in meinem Leben an.

Ich kam über ihn, nachdem ich mir Gleitgel und mehrere Kondome aus meiner Rasiertasche geschnappt hatte. Er wimmerte, als ich mich neben ihn legte anstatt auf ihn. Wir küssten uns ein wenig mehr, sein Körper summte vor Begehren, als ich seinen Mund verließ, um seine dunklen kleinen Nippel zu lecken und zu beißen.

„Ja, oh ja, autsch! Nein, hör nicht auf. Härter, oh Gott, ich muss dich jetzt wirklich anfassen." Ich hob meinen Kopf, küsste seinen harten Nippel und bewegte mich dann nach unten, um seinen Nabel mit der Zunge zu ficken, dann einen großen roten Knutschfleck auf seinem Hüftknochen zu platzieren. Joe löste sich langsam auf. Seine Worte wurden unverständlich und kamen eilig, heiß und begierig. Ich stupste seinen Schwanz mit meiner Nase zur Seite und vergrub mein Gesicht dann in den dunklen Locken an der Basis. „Bitte … Colorado, ich brauche …"

„Ich weiß, was du brauchst. Ich muss dich vorbereiten. Versuch, dich zu entspannen."

„Genau, als ob … ah, zur Hölle, als ob ein Mann sich entspannen kann, während du … was machst du da? Oh *fuuuuck*."

Ich saugte einen haarigen Hoden in meinen Mund,

dann den anderen, während meine Finger über sein Loch tanzten und es anstupsten. Er schmeckte nach Moschus und Mann. Ich strich mit meiner Fingerspitze um seinen Hintern, drückte auf seinen Damm, während ich wie ein Hund mit einem leckeren Knochen über seine Eier sabberte. Wo wir gerade von Knochen redeten …

Ich ließ seinen linken Hoden aus meinem Mund gleiten, bearbeitete dann mit der Zunge den Schlitz in seinem Schwanz, genoss seinen Geschmack, saugte dann an der Eichel. Als er vollkommen hinüber war, griff ich nach dem Gleitgel. Seine Augen flammten auf. Ich löste mich für eine Sekunde von seinem Schaft, bedeckte meine Finger mit Gel und kam dann wieder neben ihn, sein Schwanz in meiner Kehle und meine Hand bewegte sich unter seine Eier. Er spannte sich an, als ich die Spitze meines Mittelfingers hineinschob. Ich schnurrte um seinen Schwanz.

„Oh, scheiße, Himmel, ich … kann nicht … Ah! Oh, mehr davon …"

Ich summte und saugte und arbeitete meinen Finger hinein. Seine Fersen gruben sich in die Matratze, er hob seine Hüften vom Bett und gab mir besseren Zugang zu seinem Hintern. Als der zweite Finger sich durch diesen Ring aus Widerstand bohrte, zog ich sie ein wenig an. Er schrie wie ein Rockstar, als ich seine süße Stelle rieb. Ein Strom Liebestropfen bedeckte meine Zunge. Ich wusste, dass er nicht lang durchhalten würde, und ich auch nicht, wenn man die Pfütze betrachtete, die ich auf dem Bett und seinem Oberschenkel gemacht hatte. Ich zog meine Finger zurück, küsste seine geteilten

Lippen und kam dann zwischen seine gespreizten Beine.

„Jetzt? Jetzt, oh, bitte, sag jetzt", keuchte er.

Ich antwortete, indem ich ein Kondom über meinen Schwanz zog, dann großzügige Mengen Gleitgel über mich selbst, ihn und das Bettzeug verteilte. „Jetzt, Baby", antwortete ich, hob seine Beine an und drückte sie dann gegen seinen Brustkorb. Ihn weit offen zu sehen, seine Finger in seine Waden gekrallt, sein Hintern glitschig und offen für mich, war einfach … Ich rieb mit meiner Eichel über sein Loch, drang dann ein.

„Ah! Oh, okay, das wird nicht passen!" Er spannte sich an.

Ich fiel über ihn, leckte an seinen festen Lippen, bis er anfing, auf meine Küsse zu reagieren.

„Entspann dich, es wird gleich gut werden. Vertrau mir, Joe, vertrau mir." Ich knabberte an seiner Unterlippe, dann gab ich ihm etwas mehr. Dieses Mal zog er sich nicht zusammen, darum drang ich tiefer ein, dann tiefer und dann noch tiefer. Als ich ganz in ihm war, hielt ich inne, gab ihm Zeit, zu Atem zu kommen und mir, um den Drang zu unterdrücken, in diesen engen, heißen Hintern zu rammen.

„Okay, das ist … es ist gut. Ich kann nicht … so voll, aber so … oh! Oh ja, das war … oh Gott!" Ich bewegte mich wieder vor und zurück. „Mehr, glaube ich … mehr, ja mehr."

„Lass nicht zu, dass ich dir wehtue", presste ich hervor, als ich anfing, ernsthaft zu stoßen.

Seine Lider hoben sich ruckartig und unsere Blicke trafen sich und hielten einander fest. Ich ließ mich auf ihn sinken, seine Beine glitten über meine Hüften und ich starrte in seine Augen, als meine Eier hart wurden. Ich spürte die Wärme seiner Erlösung einen Moment, bevor ich selbst kam. Er wand sich und krallte sich in meine Schultern. Meine Haare hingen mir ins Gesicht, mein Rückgrat knackte ein paar Mal, als ich mich durchbog, um diese zusätzliche Tiefe zu bekommen und dann brach ich auf ihm zusammen.

„Ugh." Er schnaufte, dann schloss er seine Arme um meinen Hals, während sein Schwanz zuckte und spritzte. Ich leckte an seinem Ohr, saugte am Ohrläppchen und fand dann seinen Mund. Er saugte an meiner Zunge, leises kleines Stöhnen entkam ihm, als unsere Körper anfingen, vom Kosmos zurückzukehren.

„Geht es dir gut? Hat es wehgetan? Ich habe versucht, sanft zu sein", sagte ich, hob dann mein Gesicht aus seiner Halsbeuge.

Er schien keine Schmerzen zu haben. Er wirkte glücklich und zufrieden, so zufrieden.

Auch verschwitzt und mit Samen bedeckt, aber absolut glücklich. „Mm, nein, nicht wirklich. Das war … danke. Ich hatte keine Ahnung, dass Sex es wert sein könnte. Denke ich." Er hob die Hand, um meine Haare aus meinem Gesicht zu schieben. Was absolut wunderbar war, weil ich dadurch sein wunderschönes Gesicht besser sehen konnte.

„Du denkst was? Ich weiß, dass ich denke, dass ich mich Hals über Kopf in dich verliebt habe." Ich stahl mir einen Kuss von seinen lächelnden Lippen.

„Ja, vielleicht denke ich, dass du mir Sterne in die Augen gezaubert hast", gab er nach einer Pause zurück.

Ich lachte. „Wir leuchten wie der Mond und die Sterne."

Sein Grinsen wurde breiter und das Spiel begann. „Galaxien leuchten auf, wenn du lächelst."

Ich senkte meine Lippen auf seine. Er hatte diese Runde alberner kitschiger romantischer Weltraum-Wortspiele gewonnen, genau wie er mein Herz gewonnen hatte. Jetzt musste ich ihn nur dazu bringen, mein wahres Ich zu sehen.

## SECHZEHN

# Joseph

Wir schliefen aneinandergeschmiegt ein, Maddie in dem Reisebettchen, oder zumindest Colorado schlief ein, sein Arm lag über mir und sein Gesicht war an meinen Hals gepresst. Wie er schlafen konnte, wusste ich nicht, aber auf gar keinen Fall konnte ich mich bewegen, ohne ihn zu wecken, darum starrte ich, auf das Bett gedrückt, aus dem Fenster in die Schwärze dahinter.

Mein Handy leuchtete auf und ich schaute sofort nach, Nachricht um Nachricht von Natalie, die ich zunächst nicht kapierte, weil ich sie von hinten las. Ich scrollte nach oben und fing von vorne an.

*Hast du diese GoFundMe gesehen?*

*Wo bist du?*

*Himmel, die Spenden haben gerade die einhunderttausend überschritten. Wer hat das gemacht? War es Colorado? Ich habe ihm gesagt, dass wir keine Wohltätigkeit wollen.*

*Hat Colorado all dieses Geld gespendet?*

*Hast du ihm nicht gesagt, dass wir keine Wohltätigkeit*

*wollen? Es sind jetzt 125, alle Spenden sind anonym, was zur Hölle? Ist das Colorado? Weiß Simon davon? Weißt du davon?*

*Ruf mich an!*

*Oh Gott, es ist nicht Simon, er hat gesagt, dass Colorado ihm geschrieben hat und dass er es eingerichtet hat. Ich verstehe nicht, warum er das getan hat. Ich kann das nicht glauben.*

Ich versuchte, Colorados Arm zu bewegen, aber er schnaufte und packte mich, drückte einen verschlafenen Kuss auf meinen Arm und schlief dann weiter. Hatte er diese Seite eingerichtet? Ich klickte auf den Link und sah, dass die Spendensumme, alles anonym gespendet, jetzt bei einhundertfünfzigtausend Dollar lag. Die gespendeten Summen waren hoch, zwanzigtausend hier, dreißig da und eine betrug sogar sechzigtausend. Colorado spendete sicher nicht, schließlich war er hier bei mir, drückte mich auf das Bett. Ich kehrte zu den Nachrichten zurück.

*Simon hat mich geküsst. Ich habe ihn auch geküsst. Ich glaube, dass ich vielleicht mit ihm ausgehen werde. Er hat gesagt, dass er mich mag.*

*Ruf mich an, Joseph. Scheiße, es sind über 200, hat Colorado dir gesagt, was er gemacht hat? Ich werde ihn umbringen.*

*Ich kann nicht aufhören zu weinen und Simon lässt mich nicht los, er sagt, dass es in Ordnung ist. Ist es in Ordnung? Dass ich das nehme, obwohl ich dumm war?*

*Ich werde Colorado nicht umbringen, okay, Simon hat mir erklärt, dass er ein guter Mann ist, dass er das macht, weil er sicher ist, dass C in dich verliebt ist? Ist er das? Ruf mich an!*

Colorado liebte mich? Nein, er liebte wahrscheinlich die Tatsache, dass er Sex und einen Manny gleichzeitig haben konnte. Ich war verwirrt, weil mir das alles neu war. Der Sex war gigantisch, aber die Art, wie er mir danach in die Augen geschaut und mir gesagt hatte, dass er Hals über Kopf in mich verliebt war, machte mich unsicher, was vor sich ging. Und jetzt diese Wohltätigkeitsseite? War das er? War ich wütend, weil er das gemacht hatte? Ich hatte mich so heftig in ihn verliebt, aber wenn er nur wollte, dass ich für Maddie da war, wäre es dann nicht besser, wenn ich ging? Wenn ich all diese Emotionen hatte, aber er nur Lust und Bequemlichkeit fühlte, wie konnte ich das überwinden? Ich wollte wissen, wie das jemals funktionieren konnte, ich wollte für Natalie und Emma die Dinge in Ordnung bringen. Ich wollte meinen Abschluss. Ich wollte so viel. Ich wusste nicht, wo ich bei dieser Gleichung anfangen sollte, weil mir Teile fehlten. Frust baute sich in mir auf, als ich versuchte, alles zusammenzufügen und dann, in einer hektischen Bewegung, schob ich Colorado von mir und er schnaubte im Schlaf und fiel beinahe auf der anderen Seite herunter.

„Wa?", fragte er und rumpelte dann auf, um nach Maddie zu sehen, starrte auf das Heben und Senken ihres Brustkorbs, bevor er wieder ins Bett fiel, als ob seine Schnüre durchschnitten worden wären. Er war aus dem Schlaf gerissen worden und sein erster Gedanke war gewesen, dass mit Maddie etwas nicht stimmte. Sie bedeutete ihm alles, ich konnte nicht leugnen, dass ich die Liebe sah, die er für sie hegte.

Ich war eifersüchtig.

„Hast du eine Seite für Spenden für Natalie und Emma eingerichtet und wusstest du, dass Simon meine

Schwester geküsst hat, und liebst du mich und warum möchtest du, dass ich bleibe?"

Alles sprudelte aus mir heraus. „Und worum ging es beim Sex? Was bedeutet dir das?"

Colorado blinzelte mich an, setzte sich dann im Lotussitz hin und legte seine Hände auf seine Knie. Er sah aus, als würde er versuchen, seine Gedanken zu beruhigen, aber das gab mir keine Antworten.

„Sag es mir!", befahl ich und schubste ihn so heftig, dass er tatsächlich rückwärts auf den Boden fiel, grummelte, als er wieder nach oben kam und dabei die kleine Lampe auf dem Nachttisch anschaltete.

„Autsch", murmelte er.

„Nun?"

„Okay, ich gebe zu, dass ich die Seite eingerichtet habe-"

„Ich habe gesagt, dass ich dein Geld nicht will. Ich habe gesagt, dass ich mich um sie kümmern kann-"

„Es ist nicht mein Geld. Ich habe keinen einzigen Cent gespendet." Er hob seine Hände.

Ich konzentrierte mich auf seinen unschuldigen Gesichtsausdruck. Vertraute ich ihm? „Wer hat es dann getan?"

Er zuckte mit den Schultern. „Ich habe den Jungs erzählt, was passiert ist und sie haben ein wenig ausgeholfen, vermute ich." Ich legte das Handy zwischen uns, die Seite war deutlich zu sehen und zeigte zweihundertfünfundzwanzig und er sah so überrascht aus, wie ich es war. „Oh."

„Ja, oh. Außerdem küsst Simon meine Schwester und sagt ihr, dass alles in Ordnung ist und so ist meine

Schwester nicht. Wir arbeiten hart, für Emma alles richtig zu machen, und es war unsere Schuld, dass das Haus nicht versichert war."

Er rutschte vorwärts und streckte mir seine Hände hin und wartete. Ich nahm sie erst, als klar wurde, dass er nichts sagen würde, bevor wir auf diese Weise verbunden waren.

„Ich habe Glück", fing er leise an. „Ich mag keine große Familie haben, oder Eltern, die für mich da waren, aber ich habe Hockey geschenkt bekommen und eine Großmutter, die mich so sein ließ, wie ich bin. Mein Glück hat mich Hockey spielen lassen und dadurch verdiene ich mehr Geld, als ich je selbst ausgeben werde. Ich möchte da rausgehen und alles Leuten geben, die es brauchen und der Großteil fließt in eine Stiftung, aber ich habe trotzdem noch so viel. Wir alle. Und wofür? Weil wir ein Spiel spielen. Als ich den Jungs gesagt habe, dass sie helfen können, wenn sie wollen, gab es keinen Druck und sie haben gerne geholfen."

„Ich habe das nie gewollt."

„Ich verstehe nicht warum."

„Weil ich dir jetzt etwas schulde, und das macht den Rest schwierig."

Er seufzte und verflocht unsere Finger, zog mich näher, bis wir Knie an Knie saßen. „Ich wusste nicht, dass Simon deine Schwester küssen wollte, aber etwas an den beiden zusammen bringt mich zum Lächeln und er ist ein Teddybär und er könnte sie und Emma so sehr lieben. Hast du das krasse Zelt gesehen, das er für Emma gebaut hat? Er ist ein guter Mann. Nervig, sitzt mir ständig auf der Pelle, was frustrierend ist, aber ein guter Mann und denkst du nicht, dass Natalie es verdient, jemanden kennenzulernen?"

Mein Kopf tat weh. Wenn sie jemanden hatte, wo war dann mein Platz in der Familie? Der verrückte Wissenschaftsonkel, der nie richtig in die Welt passte, wie es normale Leute taten.

„Was war die nächste Frage? Oh ja, die große Frage. Warum möchte ich, dass du bleibst?" Er beugte sich vor und ungebeten kopierte ich die Bewegung, bis er einen sanften Kuss auf meine Lippen drücken konnte. Der Kuss vertiefte sich für einen Moment und dann zog er sich zurück. „Maddie liebt dich-"

Ich wusste es. Ich versuchte, meine Hände wegzureißen, aber er hielt sie fest.

„Und *ich* liebe dich", fügte er hinzu.

„Moment. Was? Das tust du?"

„Ja, das tue ich. Du bist in unser Leben gekommen und hast alles verändert und als du dich gegen mich gestellt und mir erklärt hast, dass du meine Tochter vor einem Gang-Leben retten würdest, habe ich angefangen, mich zu verlieben. Dann die Küsse und wie du Maddie ansiehst und die Liebe, die du für deine Schwester und Emma hast und wie du mich ansiehst, wenn du denkst, dass ich dich nicht sehen kann und wie wir uns küssen." Er holte Luft, nachdem die Worte angefangen hatten, ineinander überzugehen. „Nicht zu vergessen, wie sexy du bist, dann wie du so ruhig und lustig sein kannst und wie du das Chaos in meinem Leben ins Gleichgewicht bringst. Ich liebe dich und ich möchte dich für den Rest meines Lebens an meiner Seite haben."

Das war eine Menge zu verarbeiten und ich musste alles durchgehen, bevor ich ihm antwortete. All die Variablen waren da und ich musste sie nur zusammenbringen und dann hätte ich eine Arbeitshypothese, die ich testen konnte. Er liebte mich. Mich. Nicht nur wegen Maddie. Nicht nur aus Bequemlichkeit oder für Sex, sondern weil ich sein Leben bereicherte.

Genau wie er meines bereicherte.

Leben. Grund. Familie. Liebe.

„Ich denke …" Ich konnte die Worte nicht aussprechen.

„Du kannst nicht mit ‚Ich denke' aufhören." Er lächelte. „Was denkst du?"

„Dass du kompliziert bist und dein Leben ist Chaos und ein Durcheinander und dass du diese Art hast, das Leben durch Hockey und Musik zu betrachten und dein Geld, die meinem direkt entgegengesetzt ist. Du bist lustig und großzügig und glücklich und ich denke, dass ich dich auch liebe."

Er grinste und drückte mich auf das Bett, küsste mich überall, hielt mich unter sich fest und sagte mir immer und immer wieder, dass er mich liebte.

Und ich fühlte mich geliebt.


ALS MADDIE AUFWACHTE, war es kurz nach drei Uhr nachts. Ich rutschte unter Colorados Arm hervor, um nach ihr zu sehen, aber er war ebenfalls wach und er streckte die Hände nach ihr aus. Zusammen fütterten wir sie schweigend, teilten sanfte Küsse und dann kuschelten wir zusammen und Maddie war bei uns. Colorado zu lieben und etwas Ernstes mit ihm anzufangen waren zwei verschiedene Dinge, aber das Konzept, mit ihm und Maddie zusammen eine Familie zu bilden, war berauschend. Ich stellte mir eine Zukunft vor, in der Natalie und Emma Simon hatten oder jemanden wie ihn und ich hatte Colorado und Maddie und wir alle lebten glücklich für immer und ewig. Es war ein Traum, den ich für mich behielt, weil nur die Worte auszusprechen vielleicht bewirken würde, dass alles sich auflöste.

Ich schaute auf mein Handy, aber es gab keine neuen Nachrichten und ich vermutete, dass Natalie schlafen gegangen war, vielleicht mit Simon, wer wusste das. Ich schickte ihr ein Herz und einen Kuss und dann legte ich mein Handy wieder auf den Nachttisch, bevor ich Maddie wiegte, während ich aus dem Fenster in die Nacht hinausstarrte. Ich verspürte einen unglaublichen Frieden, als ob jeder Teil der Gleichung, die das Leben war, an die richtige Stelle gerutscht war.

„Rede mit mir", flüsterte Colorado und presste eine Hand in meinen Rücken. Ich schmiegte mich in seine Arme, Maddie schlief in meinen.

„Das ist angsteinflößend", gestand ich.

„Niemand hat gesagt, dass Liebe einfach ist." Colorado lachte. „Aber weißt du, Liebe ist ein guter Anfang und wir können den Rest selbst herausfinden. Wie, wo werden wir heiraten? Wie lang dauert es, bis du vor dem Gesetz Maddies Erziehungsberechtigter bist, wo werden wir wohnen, wenn wir unser eigenes Heim einrichten, diese Dinge."

„Hä?"

„Niemand hat gesagt, dass Liebe einfach ist", fing er wieder an.

Ich drückte meine Hand auf seinen Mund. „Das habe ich alles gehört. Du hast das H-Wort gesagt."

Er küsste meine Hand, knabberte an der Haut und saugte einen Knutschfleck hinein und ich ließ ihn, weil es mir Zeit zum Nachdenken verschaffte. „Ich nehme an, du meinst heiraten?", sagte er, als ich meine Hand bewegte. „Du wirst mich eines Tages heiraten, oder? Nachdem du mir vergeben hast, dass ich Natalie und Emma geholfen habe, nachdem du deinen Abschluss hast, wenn du den Job deiner Träume hast? Bevor wir mehr Kinder haben. Ich kann uns mit sechs oder acht sehen, vielleicht mehr, wenn wir ein großes Haus haben."

„Wir? Acht?", fragte ich schwach.

„Dann sechs."

„Sechs?"

„Es ist mir egal, wenn es nur wir beide und Maddie sind, aber ich habe schon immer eine große Familie gewollt, mit der Person, in die ich mich bis ans Ende der Zeit verliebe."

Er war so ernst, dass ich ihn über Maddies Kopf hinweg küsste. Dann legte ich sie in ihr Bettchen und schlurfte zurück, um mich wieder neben ihn zu setzen. „Wie wäre es mit drei?", schlug ich leise vor – meine Art zu sagen, dass ich mit dem Rest einverstanden war.

Da entspannte er sich und zog mich in seine Arme. „Drei klingt hervorragend."

Genaugenommen klang es perfekt.

# Epilog

## COLORADO

### Sechs Wochen später

Es war eine herrliche Sommernacht in der Wüste. Maddie lag ganz warm und gemütlich in ihrem Reisebettchen neben mir. Ich lag auf der Liege, schaute in den Himmel und Joe lag neben mir. Sein Kopf ruhte an meiner Schulter. Es war Perfektion und niemand war auf viele Kilometer in der Nähe, nur ein einsamer Kojote.

„Ich glaube, ich habe bis jetzt zehn gezählt", sagte ich, gerade als eine weitere Sternschnuppe über den Himmel raste. Maddie gurrte und trat mir ihren dicken kleinen Beinen so heftig, dass das Bettchen wackelte. Das Mädchen fing an, dem Michelin-Männchen zu ähneln, mit all ihren Rollen. „Und es sind elf."

„Ich habe dir doch gesagt, dass der Meteoritenschauer der Perseiden großartig sein würde. Es ist einer der Besten im Jahr! Ich weiß es ist spät für Maddie, um wach zu sein …"

„Ihr geht es gut. Vielleicht wird sie sechs oder mehr Stunden schlafen und uns Zeit lassen, die Laken in Brand zu setzen", gab ich zurück, drehte meinen Kopf, um seine Haare zu küssen.

„Bald. Sie wird schon bald anfangen, die Nächte durchzuschlafen."

Das wäre ein wahrer Segen. Ich nickte, genoss die Show über mir, mein niedergeschlagener Geist wurde von dem Mann, den ich liebte und meinem kleinen Mädchen angehoben. Ein paar weitere Momente vergingen, in denen mehrere Sternschnuppen vorbeikamen.

„Bist du sicher, dass es dir gut geht?", fragte Joe einen Moment später.

„Ja, alles gut. Es war die richtige Entscheidung, für Maddie und für uns." Ich unterdrückte das Seufzen, das mir entkommen wollte.

„Aber du liebst es zu touren", wandte er ein, seine Hand kam nach oben, um ein paar Haare aus meinem Gesicht zu streichen.

Ich hatte sie nicht geschnitten, obwohl das Trainingscamp in ein paar Wochen starten würde. Ich hatte nicht vor, sie zu kürzen. Joe liebte sie lang und die Fans mochten meine epischen Haarschlenker. Die Hockeyfans. Meine Musikfans würden, leider, nie wieder sehen, wie ich meine Haare auf der Bühne nach hinten warf. Oder zumindest in den nächsten achtzehn Jahren nicht.

Die Entscheidung war mir extrem schwergefallen, aber Hockey hatte aus mehreren Gründen gewonnen, aber die beiden für mich ausschlaggebenden waren, dass es verlässlicher und familienorientierter war. Ich liebte die Furballs und das Rock-and-Roll-Leben, aber ich war über Tourbusse und jede Nacht einen neuen Liebhaber hinaus. Ich hatte Joe und Maddie und ich war zufrieden. Ich war der Vater und hoffentlich eines Tages der Ehemann, von dem ich mir immer gewünscht hatte, dass Liberty es gewesen wäre. Ich hatte eine Familie.

„Ich liebe dich und Maddie mehr. Ich werde weiter Songs für die Band schreiben. Der Himmel weiß, dass diese Clowns keine Glückwunschkarte schreiben können, ganz zu schweigen von einem Metal-Song."

„Sie werden dich vermissen."

„Nein, sie werden klarkommen. Sie haben bereits Miles Crept für die Vocals engagiert. Er ist verdammt gut. Scheiße." Ich beeilte mich, Maddies kleine Ohren zu bedecken. „Sie wird ein Mundwerk wie ein Dockarbeiter haben."

„Wahrscheinlich." Er kicherte ein wenig, hob seinen Kopf, seine Finger spielten mit einer Haarsträhne an meiner Schläfe. Ein weiterer Blitz aus Licht kam vorbei. Joe wand sich ein wenig, gerade genug, dass sein Bauch sich fest an meine Seite drückte. Die Liege war nicht für zwei Männer gemacht, aber wir kamen klar. Genau wie mit allem anderen in unserem Leben. „Ich habe gespürt, dass du traurig warst, die Band zu verlassen, als du gefragt hast, ob wir hierherkommen können."

„Mm, ja, dieser Ort und mein Geist sind verbunden. Ich finde hier Frieden und in deinen Armen." Er küsste mein Kinn. „Du hast all deine Kurse für den Herbst organisiert?"

„Ja, so ziemlich. Ich werde wahrscheinlich in der

ersten Woche ein paar ändern, aber insgesamt bin ich zufrieden mit meinem Zeitplan. Bist du sicher-?"

„Ja, ich bin mir sicher. Ich möchte dich im Haus bei mir und Maddie haben. Dass Natalie auf sie aufpasst, während du an der Uni bist, wird perfekt funktionieren."

„Du zahlst ihr doppelt so viel wie mir", bemerkte er mit einem Anflug von Humor.

„Nun, sie muss ein Kind ernähren und einen Simon. Außerdem hat sie medizinische Bedürfnisse und sie hat mir wirklich geholfen. Wenn sie sich nicht freiwillig gemeldet hätte, auf Maddie aufzupassen, hätte ich einen neuen Manny anheuern müssen. Und was, wenn er irgendein sexy Wissenschafts-Nerd-Sternenflottenkadett wäre, der mir schöne Augen macht?"

„Ich würde ihn umnieten", antwortete Joe mit einem leichten Knurren. Mm. Ich mochte es, wenn er ganz besitzergreifend wurde.

„Also, du siehst, sie rettet unsere Beziehung. Außerdem, nur damit du es weißt, es gibt keinen Sternenflottenkadetten-Nerd-Jungen, der mich dir je wegnehmen könnte. Ich bin für immer dein."

Er schob seine Finger in meine Haare, drehte dann meinen Kopf, damit er meinen Mund schmecken konnte. Maddie furzte. Der romantische Augenblick war dahin.

„Du hast die Leidenschaft getötet, Boo!" Ich lachte, als mein Blick zurück zu den Sternen wanderte.

„Ich hoffe, Nat weiß, was sie tut. Ich mag Simon, aber nach nur einem Monat bei ihm einzuziehen, ist einfach-"

„Du bist nach nur zwei Monaten bei mir eingezogen", erinnerte ich ihn sachte.

„Trotzdem …"

„Alles wird gut. Simon liebt sie und Emma. Sie werden absolut glücklich sein, genau wie wir. Wir alle haben unsere Heimat in jemandes liebendem Herzen gefunden."

„Wow, das war … wunderschön. Hast du je daran gedacht, Songs zu schreiben? Oh! Schau dir das an!" Er deutete nach oben. „Das ist ein Earth-Grazer, ein erdnaher Asteroid! Oh, heiliger Strohsack, die sind selten!" Wir lagen da, schauten dem sich langsam bewegenden, bunten Meteor zu, der sich horizontal über den Wüstenhimmel bewegte. „Wow, das war so unglaublich!"

„Earth-Grazer, hm? Das wäre ein *perfekter* Name für ein Lama."

Sein Kopf ruckte von meiner Schulter hoch. „Ein was?"

„Nichts, gar nichts." Ich konnte nicht *alle* meine Rockstar-Eigenheiten aufgeben, oder?

„Colorado, was hast du vor?"

„Nichts. Küss mich einfach noch einmal, dann verlieren wir uns wieder in den Sternen."


**ENDE**

## Hockey - RJ Scott & V.L. Locey

Harrisburg Railers Hockey

Owatonna U. Hockey

Arizona Raptors Hockey

Chesterford Coyotes YA Hockey

LA Storm

Blockwechsel (Harrisburg Railers Buch 1)

**Kann Tennant Jared zeigen, dass Alter nur eine Zahl ist und dass nur die Liebe zählt?**

Die Rowe Brüder sind berühmte Hockey Teufelskerle, aber als jüngster des Trios musste Tennant immer gegen den Ruf seiner Brüder anspielen. Um aus ihrem Schatten zu treten, und gegen ihren Rat, nimmt er einen Wechsel zu den Harrisburg Railers an, wo er Jared Madsen trifft. Mads ist ein alter Freund der Familie und der ehemalige Teamkollege seines Bruders. Mads ist Tennants neuer Coach. Und Mads ist der attraktivste Mann, den er je gesehen hat.

Jared Madsens Hockey-Karriere wurde von einem Herzfehler

frühzeitig beendet, aber durch die Arbeit als Coach bleibt er nahe am Spiel. Als Ten ins Team wechselt, wird seine akribisch geordnete Welt ins Chaos geworfen. Weil er neun Jahre jünger und der Bruder seines besten Freundes ist, weiß Mads, dass er unbedingt die Finger von Ten lassen muss, aber sobald er Tens Bewegungen sieht, auf dem Eis und im richtigen Leben, weiß er, dass sein Herz ihn wieder in Schwierigkeiten bringen könnte.

### Harrisburg Railers Hockey

1. Blockwechsel
2. Erste Saison
3. Am tiefen Ende
4. Poke Check (Deutsche Ausgabe)
5. Letzte Verteidigung
6. Torlinie
7. Neutrale Zone
8. Hat Trick (Deutsche Ausgabe)
9. Save the Date (Deutsche Ausgabe)
10. Mit Baby sind es drei
11. Rivalen
12. Perfekte Geschenke
13. Family First (Deutsche Ausgabe)

# LA Storm

## Ein Drehbuch zur Liebe (LA Storm Buch 1)

**Der Hollywoodstar Finn ist zwar Kanadier, trotzdem muss Cameron ihm zeigen, wie man Eishockey spielt.**

Der Schauspieler Finn Kerrigan befindet sich an einem Scheideweg. In seiner Kindheit hat er in Seifenopern mitgespielt, dann in einer unglaublich erfolgreichen Actionfilmtrilogie und jetzt hat er endlich die Möglichkeit, für eine tiefsinnige und leidenschaftliche Rolle vorzusprechen, die sein Leben verändern könnte. In dieser Rolle würden die Leute ihn als ernsthaften Schauspieler wahrnehmen und vielleicht würde er sogar den einen oder anderen Preis gewinnen (und nein, die Goldene Himbeere für seine

Actionfilme zählt nicht). Sobald er als Schauspieler etabliert ist, könnte er sich endlich outen und seine Wahrheit offen leben. Aber als er lügt, um die Rolle eines Eishockeyspielers in einer Mannschaft mit Problemen zu bekommen, kann er sich plötzlich nicht mehr verstecken. Er kommt zwar aus Kanada, ist aber nicht mehr auf Kufen gestanden, seit er zehn Jahre alt war, und nein, er hat das Eislaufen nicht im Blut. Als es nur noch einen Monat dauert, bis er bei Beginn der Dreharbeiten enttarnt werden würde, tut er sich mit einem Spieler zusammen, der ihm Tipps geben soll. Allerdings rechnet er nicht damit, wie viele seiner Geheimnisse ans Licht kommen würden. Die Lust baut sich mit jedem heißen Kuss weiter auf, aber es würde ihm das Herz brechen, Cameron am Ende der Dreharbeiten loszulassen.

Cameron Chavkin ist das Gesicht der LA Storm. Und der Körper, das Haar und das Lächeln. Er ist am Höhepunkt seiner Karriere, Männer und Frauen wollen mit ihm zusammen sein und er spielt besser als je zuvor in seinem Leben. Sein Haus steht neben dem eines berühmten Rockstars, teure Autos sind in seiner Garage und er wird sogar darum gebeten, einem berühmten Schauspieler zu helfen, sich auf seine Rolle in einem Film über Eishockey vorzubereiten. Das Leben ist ziemlich gut. Bis der Bad Boy des Eishockeys auf Finn trifft, einen aufgedrehten Mann mit mehr Geheimnissen als Cameron Werbeverträge hat. Cameron will sich fernhalten, wird aber mitgerissen, obwohl er es nicht möchte. Als es Zeit wird, sich zu verabschieden, tut sich der begehrteste Junggeselle der Storms schwer, dem Drehbuch zu folgen.

**LA Storm**

Owatonna U. Hockey

Ryker (Deutsche Ausgabe)
(Owatonna U. Buch 1)

*Lernt in dieser fesselnden Romanze die Männer des
Hockeyteams der Owatonna University kennen!*

**Hockey liegt dem reichen Ryker im Blut – während
der Junge vom Land, Jacob, nur versucht, durchs
College zu kommen. Dennoch haben diese beiden
absoluten Gegensätze bald Schwierigkeiten, an etwas
anderes als einander zu denken.**

Ryker ist Hockey-Adel, Jacob ist ein armer Junge vom Land.

Können zwei vollkommen unterschiedliche Menschen eine gemeinsame Basis finden und zu den Männern werden, die sie sein möchten?

Ryker entstammt einer langen Reihe Championship-gewinnender Hockeyspieler. College-Hockey zu spielen, um sein Spiel zu entwickeln, ist sein einziger Fokus und nichts wird sich ihm in den Weg stellen, daran zu arbeiten, der beste Spieler zu werden, der er sein kann. Er hat keinen Platz für Beziehungen, Menschen, die seine Fehler sehen oder irgendjemanden, der ihn wegen seiner Träume anspricht. Er hat ganz sicher keinen Platz für die Liebe und Jacob kennenzulernen ist nichts als eine nützliche Ablenkung nebenher. Schließlich ist der Versuch, seinen Teamkollegen von den Owatonna Eagles ins Bett zu bekommen weniger Arbeit und mehr Spaß. Als seine Familie von einer Tragödie erschüttert wird, zerbricht sein zauberhaftes Leben und die einzige Person, an die er sich wenden kann, ist der Mann, der behauptet, ihn zu hassen.

Jacob Benson hat sein ganzes Leben lang nur harte Arbeit und erstickende konservative Werte gekannt. Geboren und aufgewachsen in der kleinen ländlichen Gemeinde Eden Crossing, Minnesota, ist er der einzige Sohn einer hart arbeitenden, aber in Geldnöten steckenden Familie, die eine Milchwirtschaft betreibt. Jacob nutzt sein Können im Hockey, um seinen Abschluss in Agrarwissenschaften zu finanzieren. Diese vier Jahre an der Owatonna U. werden wahrscheinlich die einzige Zeit sein, die er haben wird, um das Leben zu genießen, seine sexuelle Orientierung akzeptiert zu sehen und offen zu leben, ehe er unausweichlich auf die Farm zurückkehrt. Einen reichen hübschen Jungen wie Ryker Madsen zu treffen, dämpft seinen Genuss des Lebens weit weg von zu Hause. Rykers leichtfertige, sorgenfreie Einstellung geht Jacob auf die Nerven. Wenn Ryker also alles ist, was er nicht mag, warum will er dann nichts mehr, als die sündigen

Träume zu erkunden, in denen sein nerviger Teamkollege jede Nacht die Hauptrolle spielt?

Owatonna U. Hockey

1. Ryker
2. Scott
3. Benoit
4. Weihnachtslichter
5. Valentine's Hearts (Deutsche Ausgabe)
6. Wüstenträume in Arizona

Von Küste zu Küste (Arizona Raptors, Buch 1)

- *Gegensätze ziehen sich an*
- *Ein bissiger Team-Eigentümer, der von seiner Familie enterbt wurde*
- *Gefangen in einer Klausel in einem Testament*
- *Ein Coach, der sich nicht fürchtet, Dinge zu ändern*
- *Geheimer Motel-Sex*
- *Leidenschaftliche Diskussionen und sture Hitzköpfe*

**Als Gegensätze sich anziehen, wird dieses Team von ganz unten in der Liga nie wieder so sein wie zuvor.**

Eine Bedingung im Testament seines Vaters zwingt Mark zurück in die Arme einer Familie, die ihn verstoßen hat und macht ihn zu einem Drittel zum Eigentümer eines Hockeyteams, das kurz vor dem finanziellen Ruin steht. Er schaut sich Hockey nicht einmal an, mag es auch nicht und will nichts mehr, als wieder zurück nach New York zu gehen. Dann ist da noch der neue Coach, ein sturer, eigensinniger, irritierender Mann mit einem Überlegenheitskomplex und fragwürdigem Musikgeschmack. Sich mit Rowen anzulegen, wird zur neuen Normalität, aber dazu kommen auch leidenschaftliche Diskussionen und eine alles verschlingende Lust.

Als ihm angeboten wird, eines der schlechtesten Teams der Liga zu einem zukünftigen Mitbewerber um den Cup umzubauen, kann Rowen sich diese Gelegenheit nicht entgehen lassen. Noch nie in seinen zwanzig Jahren Hockey hat er ein Team gesehen, das so schlecht geführt wurde oder Spieler, die so voller Feindseligkeit und Engstirnigkeit sind. Aber etwas an diesem Team und dieser Stadt überzeugt ihn, seine Ärmel hochzukrempeln und anzufangen, alles auseinanderzunehmen. Wenn nur Mark, einer der drei Geschwister, denen die Raptors jetzt gehören, nicht so verdammt stur und doch so verdammt reizvoll wäre, könnte sein Job leichter sein. Es sieht nicht so aus, als ob einer von beiden nachgeben möchte, aber eine Nacht in einem dunklen, abseits gelegenen Hotel verändert alles.

### Arizona Raptors Hockey

1. Von Küste zu Küste
2. Über den Großen Teich
3. Schatten und Licht
4. Zucker und Eis
5. Schule und Rock

Abseits des Eises
(Chesterford Coyotes Buch 1)

**Eine Coming of Age Liebesgeschichte mit High School, Hockey-Rivalitäten, Freundschaft, Familie und Coming out.**

Sorens Welt verändert sich auf einen Schlag, als er und sein jüngerer Bruder von Hockey-Adel adoptiert werden. Sein neues Leben zu begreifen, ist schwer genug, doch als er in einer Privatschule angemeldet wird, bedeutet das, dass er sich einer ganzen Reihe neuer Probleme stellen muss. Durch Freundschaften, Familie und Hockey zu navigieren ist eine Sache, aber sich zu dem Jungen hingezogen zu fühlen, der ihm auf die Nerven geht, ist eine ganz andere.

Felix muss einen Ruf schützen. Er ist der Junge, der alles zu haben scheint, aber Äußerlichkeiten können täuschen. Mit seinen Lügen über sein perfektes Leben hat er eine Fantasiewelt geschaffen, an die er mittlerweile sogar selbst glaubt. Nur, dass es nicht lange dauert, bis alles in sich zusammenfällt, all seine hübschen Lügen kommen ans Licht und nur sein größter Rivale sieht durch seinen Schmerz hindurch und steht zu ihm.

Kämpfen ist einfach, Freundschaft ist schwierig, aber Liebe ist alles.

Chesterford Coyotes YA Hockey

# Lernt RJ Scott kennen

RJ Scott ist die Bestsellerautorin von über hundert Gay Romance Büchern. Sie schreibt emotionale Geschichten mit komplizierten Charakteren, Cowboys, alleinerziehenden Vätern, Hockeyspielern, Millionären, Prinzen und den Männern, die sie lieben.

Sie lebt etwas außerhalb von London und verbringt jede wache Minute, die sie nicht mit ihrer Familie zusammen ist, damit, zu lesen oder zu schreiben. Das letzte Mal, als sie eine Woche Pause vom Schreiben hatte, hat es ihr gar nicht gefallen. Und sie ist bis heute auf der Suche nach der Tafel Schokolade, der sie nicht gewachsen ist.

Newsletter - gayromance.co.uk/pages/deutsch

instagram.com/rjscott_author

amazon.com/author/rj-scott

bookbub.com/authors/rj-scott

patreon.com/RJScott

## Lernt V.L. Locey kennen

V.L. Locey liebt abgetragene Jeans, Yoga, aus vollem Herzen zu lachen, spazieren zu gehen, lesen und Geschichten voller Lust zu schreiben, griechische Mythologie, die New York Rangers, Comicbücher und Kaffee. (Nicht unbedingt in dieser Reihenfolge.) Sie lebt mit ihrem Ehemann, ihrer Tochter, einem Hund, zwei Katzen, einer Gruppe Hühner und zwei Jersey-Rindern zusammen.

Wenn sie keine peppigen Geschichten schreibt, genießt sie es, den Tag mit ihren Tieren in den sanft abfallenden Hügeln von Pennsylvania zu verbringen, mit einer frischen Tasse Kaffee in der Hand. Sie kann auch online auf Facebook, Twitter, Pinterest und Goodreads gefunden werden.

Webseite: vlloceyauthor.com